Losers

Van Machteld Bouma verscheen eveneens bij Artemis & co

Pur

Machteld Bouma

Losers

Artemis & co

Uw geluksnummer:

125128

De auteur ontving voor dit boek een stimuleringsbeurs van de
Stichting Fonds voor de Letteren en het Vlaams Fonds voor de Letteren.

Vlaams
Fonds
voor de
Letteren

ISBN 978 90 472 0059 8
© 2008 Machteld Bouma
Omslagontwerp en -illustratie © Studio Ron van Roon
Foto auteur © Tessa Posthuma de Boer

Verspreiding voor België:
Veen Bosch & Keuning uitgevers n.v., Wommelgem

Voor papa, geen loser

Uiteraard is het de Nationale Postcode Loterij die me inspireerde tot het schrijven van dit verhaal. Ik heb de loterij in Losers *echter naar mijn hand gezet wat betreft spelregels, prijsuitreiking, de bijbehorende televisie-uitzending en de gevolgen. Vooral de laatste zijn aan mijn fantasie ontsproten.*

Machteld Bouma

Proloog

Toen op de avond van 1 januari de eerste letter van de winnende postcode bekend werd, besefte Maria Gerbel, op de bank in haar huiskamer, Fermatstraat 13, dat er een gerede kans was dat ze deze avond
niet zou overleven.

Ze keek naar de man naast haar. Hij had zijn achtste flesje bier
van die avond geopend, zette het aan zijn lippen en nam een slok.
Toen boerde hij en gaf haar een klap op haar schouder. Ze kromp in-
een.

'Achthonderd euro is binnen!' riep hij. Achthonderd euro was de
troostprijs. Hij schoof zijn zware lijf naar het randje van de bank, zijn
ogen gefixeerd op de televisie (een enorm plasmascherm). Hij was al
tamelijk dronken.

'Nou de miljoenen! Kom maar op!'

Toen de tweede letter in beeld verscheen, stond Berend op. Hij
stak zijn twee dikke armen met gebalde vuisten in de lucht, zijn
mond zo ver open dat Maria aan een nijlpaard moest denken. Hij
greep een volgend flesje bier en liep naar de kamerdeur, op weg naar
buiten. Halverwege verloor hij zijn evenwicht en graaide met zijn
vrije hand naar iets om op te steunen. Het iets werd de kerstboom. Hij
vloekte toen hij met boom en al dreigde te kapseizen, maar hervond
nog net zijn evenwicht.

Toen hij weer recht stond, had hij een zilverkleurige slinger in zijn
hand, waaraan hij met een idiote grijns op zijn gezicht begon te trekken. Kerstballen vielen uit de boom en gingen aan scherven. Goud-
plastic engeltjes stuiterden over de tegelvloer. Toen de slinger los

was, wikkelde Berend hem om zijn hoofd en brulde: 'Feest! Feest!'

Hij ging naar buiten, het pilsje in de hand.

Maria bleef doodstil op de bank zitten.

1

De Fermatstraat telde één winkel, een slagerij. Het was de plek waar de straatbewoners elkaar ontmoetten. Vroeger waren er meer trefpunten, toen de groentezaak van Stefeneel er nog was en op de hoek met de Pascalweg een orthopedische schoenenzaak. Vooral die laatste winkel gaf flink aanloop, omdat decennialang moeders hun kinderen met platvoeten naar de Fermatstraat sleurden om er op advies van schoolartsen verantwoord schoeisel te kopen. Schoenen kopen in de Fermatstraat was synoniem aan het hebben van moeilijke voeten. Het echtpaar dat de zaak dreef gaf een jaar of tien geleden de strijd echter op (met kinderen en met sportschoenen) en trok de winkelruimte beneden bij het woonhuis boven. De slagerij was blijven bestaan. Die winkel liep nog steeds goed; er was niet alleen aanloop uit de buurt maar om een of andere reden waren er ook telkens weer mensen in verre wijken van de stad die *het slagertje in de Fermatstraat* ontdekten. Zij veroorzaakten met hun grote gezinswagens parkeeroverlast in de straat en vroegen in de witbetegelde zaak om de beroemde hausmacher.

Ook de klant die vandaag voor de toonbank stond te wachten was een vrouw van buiten de wijk. De echtgenote van de slager hielp haar, terwijl de slager zelf achter in de zaak varkenspoulet stond te snijden. De slager heette Arie Koker en hij was, tot drie maanden geleden, een glanzende man. Zijn vrouw heette Sté. Zij was altijd al een doffe vrouw.

Sté liet een rosbief op de weegschaal vallen en zei: 'Achthonderdveertig gram.' Ze veegde haar handen af aan haar witte schortjurk.

'Prima,' zei de onbekende vrouw opgewekt. Het was een keurige dame, met honingblond haar, maar slager Arie zag dat de houding van zijn vrouw afwijzend was. Sté wantrouwde tegenwoordig onbekenden. Het waren mensen die wilden weten *hoe dat nou voelde* en dan besmuikt lachten. Of mensen die namen wilden hebben van straatbewoners die geïnteresseerd zouden kunnen zijn in beleggingen. Of nog erger: het waren journalisten. Toen dan ook de onbekende dame vriendelijk vroeg: 'Dat is me wat hier in de straat?', toen hoorde Arie tot zijn schrik zijn Sté snauwen: 'Ik weet niet waarover u het hebt.'

De schouders van de dame schoten verschrikt omhoog. Ze begon haastig naar haar portemonnee te grabbelen, terwijl Sté de rosbief van de weegschaal pakte en hem op de toonbank liet vallen. (Sté bezat de gave om rosbief, biefstukken en hamlappen zo op het hardstenen bovenblad neer te laten komen dat niemand kon vergeten dat men hier van doen had met dode beesten.)

De winkeldeur ging weer open en Arie keek om. Het was Effie Wijdenes, haar blauwe boodschappentas als een schild voor haar buik geklemd. Effie woonde naast de slagerij en ze kwam er elke dag. Arie kon zien dat ze vandaag popelde om een bijdrage te leveren aan de mondelinge nieuwsuitwisseling in de straat. Tot nu toe was Effies aandeel nogal beperkt geweest, want ze maakte sinds het verscheiden van haar man niet veel meer mee. Zelfs over de avond dat hier alles anders werd, had ze niets te berde te brengen; ze was die avond al om negen uur naar bed gegaan om vervolgens overal doorheen te slapen. Overigens waren er niet zoveel mensen in de Fermatstraat die zich verwonderden over die diepe slaap van Effie, maar erover spreken deed men niet. Zelfs niet in de slagerij. De enige die er misschien iets over had willen zeggen was de caissière van de supermarkt vier straten verderop, waar Effie de vele flessen goedkope sherry kocht die ze, wanneer ze leeg waren, in een andere wijk zo geruisloos mogelijk in de glasbak liet glijden. Maar de caissière werd niets gevraagd.

De onbekende vrouw rekende af en vertrok met haastige passen, terwijl Effie net hoorbaar *naar bed naar bed zei Duimelot* humde. Pas nadat de winkeldeur was dichtgevallen, zei Effie: 'Half onsje ontbijtspek.'

Het was een stilzwijgende afspraak dat je altijd iets bestelde in de slagerij, ook al kwam je alleen om nieuws te halen of te brengen. Er werd de laatste tijd erg veel vlees gegeten in de Fermatstraat.

'Dat soort vrouwen is het ergst,' zei Sté. Ze stelde de snijmachine af op de dunste plakjes. Effie knikte en mompelde *eerst nog wat eten*. Sté drukte met haar rechterhand het ontbijtspek tegen de draaiende schijf en ving tussen duim en wijsvinger van de linker het eerste plakje op.

'Nummer 13 is ook verkocht,' zei Effie voordat er weer een regel van het kinderrijmpje ontsnapte. 'Er wordt daar nu verbouwd.'

Arie keek op. Sté ook. Effies blik ging angstig naar Stés handen bij de snijmachine. Toen haalde Sté haar schouders op.

'Dan is het wel duidelijk,' zei ze en ze legde een velletje cellofaan op de plakjes spek. 'Die komen niet meer terug.' Ze bedoelde de mensen die op 13 hadden gewoond.

Arie zag Effie een blik werpen op de klok achter in de zaak. Het was halftwaalf. Effie kreeg ineens haast en vertrok snel.

Toen Arie een paar minuten later met de varkenspoulet naar de koelvitrine liep, stond Sté door de etalageruit naar buiten te kijken. Ze had haar armen over elkaar geslagen. Zoals ze nu stond, stelde Arie treurig vast, was precies zoals ze drie maanden geleden had gestaan, op de avond van 1 januari.

Ze hadden die avond in de huiskamer boven de winkel televisie gekeken. Ze zaten naast elkaar op de bank, tot het moment dat in de uitzending van de loterij de tweede letter van de winnende postcode in beeld kwam. Toen was Sté zonder een woord opgestaan en de kamer uitgelopen. Arie had haar in de gang de schortjurk horen pakken die daar aan het haakje hing, zoals ze altijd deed voor ze naar de winkel ging. Hij hoorde dat ze de trap afliep, maar daarna bleef het stil. Bezorgd ging hij kijken.

Sté had het licht niet aangedaan. Ze stond in de donkere slagerij door het etalageraam naar de straat te kijken, in de lucht van de schoonmaakmiddelen waarmee ze dagelijks haar handen rood schrobde en de lucht van dood vlees, die ondanks haar gepoets nooit uit de zaak verdween. Na een tijdje waren ook de kruitdampen te ruiken van het vuurwerk dat in de straat werd afgestoken. Wie die avond door het grote raam van slagerij Koker naar binnen keek, had Sté in het licht van de straatverlichting kunnen zien staan als een bleke etalagepop. Ze had haar voeten een stukje vaneen en keek naar de straat als een generaal die het slagveld overziet waarop zojuist de oorlog werd verloren.

Sté en Arie hadden de straatprijs gewonnen van achthonderd euro per lot. De postcode die vele miljoenen euro's won, was de postcode van de overkant.

Arie zette de varkenspoulet in de koeling. Nadat hij er een plastic prijskaartje bij gestoken had, liep hij naar de werkplaats achter de winkel. Hij ging worstjes maken. Merguez-worstjes. Daar waren scherpe kruiden bij nodig, en dat, dacht Arie, verklaarde de tranen die hem zo nu en dan in de ogen sprongen. Toen hij de worstjes even later naar de winkel bracht, ging net de winkeldeur weer open. Er kwam opnieuw een vrouw binnen die hij niet kende. Ze werd op de voet gevolgd door het zwarte schaap van Stefeneel.

2

Het zwarte schaap van Stefeneel had blonde krullen en blauwe ogen. Hij heette Stijn en was een van de vier zonen van Stefeneel. Stijn woonde, anders dan zijn succesvolle broers, nog steeds bij zijn ouders, boven wat vroeger de groentewinkel van Stefeneel was geweest, in een huis dat iets hoger was dan de andere huizen in de Fermatstraat.

In de groentewinkel had het hele gezin Stefeneel meegewerkt: vader, moeder, de zus en de drie broers van Stijn. De drie broers gingen een paar keer per week heel vroeg in de ochtend naar de veiling, terwijl de vader vers gesneden salades prepareerde en aardappels door de schilmachine gooide. Daarna stonden de gezinsleden bij toerbeurt in de winkel en 's avonds maakten moeder en dochter de boel schoon. Dat alles deden de Stefeneels onder het gewicht van een zwaar geloof, waarin hard werken de rechte weg naar eeuwige genade was. Het was dan ook niet gebrek aan werklust waardoor de zaak uiteindelijk sloot en ook niet gebrek aan klandizie; het was het succes van de drie broers van Stijn. Zij deden naast de lange uren die ze aan de zaak besteedden avondopleidingen en behaalden steeds hogere diploma's. Dat resulteerde er uiteindelijk in dat ze hun groene stofjassen verruilden voor donkere pakken en stropdassen, omdat ze alle drie registeraccountant waren geworden. De bestelbus-met-opschrift werd een vlootje personenwagens met navigatiesysteem, de drie zonen trouwden met meisjes van hetzelfde zware geloof en verhuisden naar elders.

De overgebleven Stefeneels leefden van een middenstandspensioentje en van wat de dochter verdiende in de zaak van een achter-neef (ook in de groente). Net zoals het echtpaar van de moeilijke schoenen, bleven ze wonen in en boven wat vroeger de winkel was. Ook Stijn, de zoon die nooit in de zaak mee had willen werken en die ook geen registeraccountant werd. De Stefeneels waren daarmee degenen die het langst in de Fermatstraat woonden, langer nog dan slager Arie Koker. Ze hadden meegemaakt hoe in de loop der tijd de straat veranderde; hoe gezinnen met kinderen vertrokken en tweeverdieners zonder kinderen kwamen. De huizen waren tenslotte naar huidige maatstaven niet groot en de huizenprijzen stegen overal, ook hier. Tot drie maanden geleden, natuurlijk.

Stijn Stefeneel kende de vrouw die vóór hem de slagerij binnenging evenmin als slager Arie haar kende, en toch had Stijn een dringende vraag aan haar. Dat kwam doordat hij zojuist had gezien waar ze naar buiten was gekomen. *Nummer 13*. Hij ging voor de toonbank naast haar staan en keek nieuwsgierig opzij. Ze was van zijn leeftijd, klein, had roodgeverfd, halflang haar en droeg een zwarte overall met verfvlekken. Ze keek niet terug.

'Waarmee kan ik u helpen?' vroeg Sté. Ze klonk weinig enthousiast.

De vrouw in de overall staarde met gefronste wenkbrauwen naar het vlees in de koelvitrine. Toen keek ze op en vroeg: 'Heeft u eieren?'

Haar stem was een beetje hees.

Sté keek alsof ze het liefst zou willen zeggen: *dit is een slagerij, mevrouw, wij verkopen vlees*, maar het punt was dat Koker inderdaad eieren verkocht. Het was een aardig bijproduct. Ze knikte naar de plank aan de witbetegelde muur, waarop een paar artikelen stonden – rollen beschuit, wat kruiden en een tiental eierdozen. Naast de plank hing de opgezette kop van een wild zwijn, die met kleine, glazen oogjes boos de wereld inblikte.

'Ze hebben tenslotte ook kippen,' zei Stijn tegen de vrouw in de overall. *Flauw*, dacht hij, maar in elk geval keek ze even op. Ze trok één mondhoek omhoog. Mooie mond.

De vrouw rekende af en verliet meteen de winkel, de eierdoos in haar hand. Stijn ging haar onmiddellijk weer achterna, verbaasd na-gestaard door Arie en boos door Sté. Buiten op de stoep bleef de vrouw staan en keek argwanend naar hem op. Ze zei niets. Ze stonden voor het gesloten keukengordijn van Effie Wijdenes op nummer 8. Ongetwijfeld was achter dat keukengordijn Effie bezig een fles sher-ry open te schroeven voor de lunch, maar ach, de halve straat hield tegenwoordig de gordijnen dicht.

'We lijken op elkaar,' zei Stijn. Het was de tweede onhandige po-ging om het ijs te breken, maar de kleine vrouw bleef zwijgen. Hij wees naar een verfvlek op de linkerschouder van haar zwarte overall en daarna naar een paar streepjes verf op zijn eigen spijkerbroek. Ze waren van dezelfde, vermiljoenrode kleur. Opnieuw trok de vrouw één mondhoek op, toen draaide ze zich om en liep verder.

Handig, dacht Stijn terwijl hij haastig meeliep. En daarna dacht hij: *lul*. Maar ineens zei de kleine vrouw plompverloren: 'De eieren zijn om te bakken. Ik ging naar de slager omdat ik weinig tijd heb en dit hier de enige winkel is. Maar eigenlijk ben ik vegetariër.'

Stijn lachte verbaasd. Ze waren nu bij nummer 14, waar de jonge vader die Stijns buurman was, gaatjes in de gevel stond te boren. Op de stoep naast zijn voeten lag een bordje. PETER VASSAAN. PSYCHOTHE-RAPEUT. BIG/NIP.

Toen de kleine vrouw zich omdraaide om over te steken zei Stijn haastig: 'Heb jij nummer 13 gekocht?' Hij kon haar moeilijk achter-na blijven lopen.

Opnieuw bleef ze staan en keek ze hem onderzoekend aan.

'Ja,' zei ze. Ze dacht na en vervolgde toen: 'Ik kan eigenlijk wel even een paar extra handen gebruiken.'

Dat was niet wat hij had verwacht, maar hij ging graag met haar mee.

Stijn Stefeneel was nooit eerder bij nummer 13 binnen geweest en hij keek bezorgd om zich heen terwijl de vrouw in de keuken koffie ging zetten. Het huis was helemaal leeg. Wie had het leeggehaald? Wan-neer? 's Nachts? Hij had er nooit iets van gemerkt. In ieder geval was er niets meer in het huis dat nog deed denken aan de vorige bewoners en zo te zien was de kleine vrouw al druk bezig: hier en daar waren zachtboard plafondplaten losgetrokken, deuren waren uit hun hengsels gelicht en leunden tegen de muur, een paar stopcontacten bungelden los aan hun draden.

De vrouw kwam de keuken uit en reikte hem koffie aan. Hij was erop bedacht haar hand te raken toen hij de mok aanpakte. Warme, beetje ruwe huid. In de huiskamer zette ze haar mok op een omgekeerde cementemmer en begon alsof hij er niet was de berg post op te ruimen die in een slordige stapel op de vloer lag. Huis-aan-huisbladen legde ze apart (oude kranten zouden de komende tijd van pas komen) en van de reclamefolders bewaarde ze die van winkels in verf- en bouwmaterialen. Er waren drie enveloppen geadresseerd aan *de bewoners van dit pand*. Stijn kende ze. Twee waren van beleggingsmaatschappijen, die de laatste tijd opvallend geïnteresseerd waren in de Fermatstraat. Een was van de gemeente. Wie die laatste brief las, begreep waarom er vorige maand zoveel huizen in de Fermatstraat te koop hadden gestaan. Dát ze op de markt kwamen was natuurlijk te verwachten, maar deze brief verklaarde de snelheid en de gelijktijdigheid waarmee dat was gebeurd: de Fermatstraat zou binnenkort veranderen in een bouwput. De gemeente was bezig met het *groot onderhoud van het rioleringsstelsel in de stad* en begin januari had onderzoek in de Fermatstraat uitgewezen dat het riool hier geheel vervangen moest worden. Ze hadden voor dat onderzoek midden in de straat een groot gat gegraven, dat twee dagen open had gelegen en toen provisorisch was gedicht. (Er zat nog steeds een kuil in het wegdek.) Binnenkort zouden graafmachines, kranen, trilplaten of hoe die apparaten ook heetten, de straat dagenlang gaan bezetten. Misschien wekenlang. Het zou een takkeherrie worden en een klerezooi.

Dat stond dus in de brief en Stijn wist dat, maar de kleine vrouw maakte de envelop niet open. Ze legde hem in de vensterbank naast de tuindeuren, met als presse-papier een verfkrabber. Er lag nog meer gereedschap in de kamer: een enorme boormachine, een schuurmachine, tangen, hamers en een stucspaan. Stijn verschoof de laatste een stukje met zijn voet. De kleine vrouw zag het.

'Stuken doe ik zelf,' zei ze. 'Dat heb ik geleerd van mijn vader en ik kan het goed. Ik doe het meeste hier zelf, behalve de gasleidingen en het dak. De gasleidingen kan ik niet. Het dak doe ik niet want ik heb hoogtevrees.'

Stijn lachte. Hij vond het grappig dat ze antwoorden gaf op vragen die hij nog helemaal niet had gesteld. Hij bleef naar haar kijken. Haar ogen waren hazelnootkleurig. Met zijn koffie in de hand liet hij zich op een gereedschapskist zakken.

'En het antwoord op mijn volgende vraag?' zei hij.

'George,' zei de kleine vrouw. Ze sprak de naam uit als *zjorzje*, een duidelijke *e* aan het eind. Stijn dacht aan Georgette of Georgina. Of George Sand. Het maakte hem nieuwsgierig naar haar ouders. Het was echter niet wat hij wilde weten.

'Moet ik ook antwoord geven op vragen die jij nog niet hebt gesteld?' vroeg hij. Ze zette een voet op de derde tree van een kleine werktrap, leunde met een elleboog op haar knie en nam kleine slokjes koffie. Hij vond haar erg aantrekkelijk. Dat verbaasde hem, want hij beschouwde zichzelf niet als licht ontvlambaar. Zo'n drie dagen per week was hij omringd door jonge, interessante vrouwen, sommigen naakt, en dat leidde tot affaires wanneer hij er zin in had, maar nooit tot de begeerte die hij nu ineens voelde.

'Je doet iets kunstzinnigs,' zei de kleine vrouw peinzend, 'want de verf op je kleren is olieverf en de kleuren zijn bijzonder. Je woont hier in de buurt, want ze kennen je bij de slager. En je woont alleen.' Nu lachte ze even. 'Maar dat is een gok.'

'Ik woon hier aan de overkant,' zei hij. 'Op nummer 16. Bij mijn ouders en mijn zus.'

Ze verslikte zich in haar koffie.

'Dan zat ik er helemaal naast,' zei ze. 'Ik dacht dat je meerderjarig was.'

'Late roeping in de kunst, nog in opleiding, arm als een kerkrat,' zei hij, een tikje beledigd. Ze blies langzaam haar adem uit en veranderde haar lichaamshouding een fractie. Ze leunde nu een beetje achterover.

'Dat overkomt alleen mannen,' zei ze. 'Na je dertigste nog bij je ouders wonen.'

De minachting in haar stem irriteerde hem even hevig als de op-komende verliefdheid. Hij dronk zijn mok snel leeg en stond op van de gereedschapskist.

'Waarmee moest ik helpen?' zei hij.

George stond ook op en reikte hem een paar werkhandschoenen aan. Terwijl hij ze aantrok stelde hij eindelijk de vraag die hij had willen stellen sinds hij haar vanmorgen dit huis uit had zien komen.

'Heb jij dit huis van de Gerbels gekocht?' Wat hij bedoelde was: *weet jij waar ze zijn?* Wat hij eigenlijk wilde weten was: *waar is Maria?*

Ze keek hem aan en fronste.

'De Gerbels? Wie zijn dat? Die ken ik niet.' Ze liep naar de gang en riep over haar schouder: 'Dit huis was van ene Van Toren.'

Het verbaasde Stijn. Was nummer 13 niet eigendom geweest van Berend en Maria Gerbel? En wie was Van Toren? Een verhuurder? Een huisjesmelker? Hij dacht eigenlijk dat alle huizen in de Fermatstraat particulier bezit waren. Het huis van zijn ouders was immers van zijn ouders, slagerij Koker van Arie Koker en het huis van Peter Vassaan van Peter Vassaan (en zijn vrouw).

In de gang wees George op de vermolmde houten plaat die tegen de trap gespijkerd zat. Ze pakten ieder een kant, trokken gelijktijdig en spijkers verlieten knarsend het hout. Daarna droegen ze de plaat gezamenlijk door de openslaande deuren naar buiten en zetten hem in de tuin tegen een conifeer. De donkere struik boog door onder het gewicht.

'Dank je,' zei George. 'Dat was eigenlijk alles. De rest kan ik zelf.'

Stijn stond vlak bij haar, snoof haar geur op en keek hoe ze met haar pols een lok haar uit haar ogen streek. Ging ze hier alles alleen doen? Had ze geen familie om haar te helpen? Vrienden, vriendinnen?

Met het weghalen van de plank was de ruimte onder de trap open komen te liggen. Daar was ook de wc. Stijn wilde er een grapje over maken, maar was bang dat het net zo flauw zou zijn als dat van die kippen bij de slager en de verf op hun kleren.

'Van Toren?' vroeg hij daarom maar.

Ze gaf geen antwoord, maar veegde met haar werkhandschoenen

bij de wc-pot over de grond en langs de wanden. Ze bromde iets over vocht. Hij wilde dat hij een verstandige opmerking kon maken, maar hij wist niks van huizen of van vocht. Toen schoof ze het stuk zeil op- zij dat voor de wc-pot op de vloer lag en haar bewegingen stokten. Ze raapte iets op van het viezige, kale beton. Toen ze overeind kwam, liet ze hem zien wat ze had gevonden.

'Kijk nou,' zei ze.

Het waren twee paspoorten. Hij trok zijn handschoenen uit, nam de bordeauxrode boekjes uit Georges hand en klapte ze open.

'Die zijn van de Gerbels!' riep hij uit en hij dacht: *dus niet naar het buitenland.*

George stond vlak voor hem en hij deed haastig een stapje achter- uit. Hij keek naar het fotootje op de eerste bladzijde van het bovenste paspoort. Het was een zwart-witfotootje, maar Stijn wist precies hoe de kleuren in te vullen. Muiskleurig haar, waterblauwe ogen, een rode neus met kleine adertjes en grauwe stoppels op de wangen.

In het andere paspoort stond het andere gezicht. Dat was het ge- zicht dat hem vijf jaar geleden had geïnspireerd om zijn eerste por- tret te schilderen.

3

Het echtpaar Gerbel kwam in de Fermatstraat wonen toen Stijn Stefeneel zesentwintig was. Hij was net terug van een reis van een half jaar door Zuid-Amerika en bezig geld te verdienen voor een volgende reis. Elke morgen om halfzes liep hij een krantenwijk, daarna vulde hij vakken in de supermarkt verderop en elke middag waste hij auto's in de buurt of belde hij aan bij oude mensen om ze aan te bieden hun dakgoten schoon te maken en heggen te snoeien. In Zuid-Amerika had hij van dat soort werk kunnen leven, hier in Nederland was het lastiger. Zijn leeftijd maakte dat men hem in supermarkten te duur vond en dat oude mensen hem gingen wantrouwen. Hoewel hij zo min mogelijk kost en inwoning betaalde aan zijn ouders, bleek sparen moeilijk.

Een van de dingen die Stijn in die tijd deed, was Arie Koker overhalen om hem te betalen voor klusjes zoals het zemen van de etalageruit van de slagerij. Het was een werkje waarover Sté vaak mopperde en dat Stijn sindsdien tot opluchting van Arie deed, meestal op vrijdag aan het eind van de middag zodat de winkel voor de drukke zaterdag glom. (Zijn ouders zwegen hem drie weken dood toen hij ermee begon omdat hij immers nooit iets in de familiezaak had gedaan, maar Stijn trok zich toen allang nauwelijks meer iets van zijn ouders aan.)

Zo kon het gebeuren dat hij bezig was met het afsponzen van de binnenkant van de ruit van de slagerij toen hij Maria Gerbel voor het eerst zag. Ze kwam schuin aan de overkant haar huis uit, liep in de richting van de slagerij en stak toen de straat over. Stijn volgde haar met zijn ogen terwijl het sop uit zijn natte spons in de mouw van zijn trui liep. Hij maakte zijn blik pas los toen Arie Koker hem uitlachte.

'Hou je tong binnen,' riep de slager vanachter de toonbank. Arie snapte overigens niet wat er zo leuk was aan Maria Gerbel toen hij de kromme, bleke muis voorbij zag lopen, maar Arie had het mis: Stijn vond Maria Gerbel niet leuk, hij vond haar fascinerend. Hij was vooral geboeid door wat hij later haar fysionomie zou leren noemen en die avond tekende Stijn Stefeneel op de zolder van zijn ouders zijn allereerste portret. In de maanden daarna besteedde hij alles wat hij had gespaard aan zijn eerste verfmaterialen en hij schilderde Maria Gerbels gezicht net zo vaak tot hij erachter was hoe dat moest en hoe zulke grote ogen in zo'n mager gezicht pasten. Op de eerste schilderijen leek ze een alien, maar die doeken had hij sindsdien allang hergebruikt. Later ging het beter lukken en door het schilderen van de portretten van Maria Gerbel kwam Stijn Stefeneel er eindelijk achter wat hij wilde, wat hij kon en wat hij eigenlijk was: beeldend kunstenaar.

Maria Gerbel zou dus de muze van Stijn genoemd kunnen worden, maar daar wist ze zelf niets van en ze zou er ongetwijfeld verbaasd en bang op hebben gereageerd als iemand het haar verteld had: verbaasd omdat ze nooit had bedacht dat een onaantrekkelijke, kromlopende vrouw zonder borsten een schilder zou kunnen inspireren en bang omdat haar man snel jaloers was. Nergens hingen zoveel keukenkastjes op ooghoogte als in Fermatstraat nummer 13. De hele straat wist ervan, maar erover spreken deed men niet, net zoals men zweeg over de sherry van Effie Wijdenes. Men wierp alleen boze en argwanende blikken in de richting van Maria's man Berend Gerbel.

En nu stond Stijn dus in het onttakelde huis van die Maria naast de wc-pot die ze honderden keren moest hebben schoongemaakt en keek naar de paspoorten van haar en haar man.

Beiden waren sinds 1 januari verdwenen.

Vuurwerkknallen zijn in de dagen na de jaarwisseling niet uitzonderlijk: er is altijd wel iets over van de vijftig miljoen euro aan vuurpijlen en rotjes die in Nederland op nieuwjaarsnacht worden afgestoken en er zijn altijd etterbakkies die in tuinen en goten iets vinden waar nog een lontje aan zit en waarvan het de moeite waard lijkt om het nog een keer af te steken. De gedachte van Stijn Stefeneel toen op de avond van zondag 1 januari de eerste knal klonk, was daarom merkwaardig. Wat hij dacht was: Berend Gerbel schiet op Maria.

Hij was in zijn atelier toen het begon. Hij zat op een oude, draaiende bureaustoel van zijn vader, midden tussen dertien portretten. Ze stonden in een slordige cirkel om hem heen, op ezels of leunend tegen een kast, een stoel en zijn bed. Op de grond naast de bureaustoel stonden een asbak en een halflege fles rode wijn waarmee hij zijn kater probeerde te bestrijden (hij had de avond daarvoor het nieuwe jaar ingeluid met vrienden in een café).

Hij staarde naar de portretten en rookte, terwijl hij zich met zijn linkervoet op de grond afzette, zodat de stoel langzame rondjes draaide. Zijn ogen had hij afwisselend wijd open en halfdicht terwijl hij trachtte de factor Stefeneel in de portretten te definiëren. Op de kunstacademie, waar hij vier jaar geleden zonder problemen werd toegelaten met een portfolio vol portretten van Maria Gerbel, was hij onder de indruk geraakt van achtereenvolgens Schiele, Munch en Baselitz en daarom was hij ervoor beducht een copycat te worden. Wat was de hand van Stijn Stefeneel?

Het was zo stil in huis en op straat dat hij het zachte piepen van het draaimechanisme in de stoel kon horen. De eerste knal klonk daarom inderdaad enigszins als een pistoolschot.

In huis bleef het stil. Het was zondagavond en dat betekende dat er beneden met de handen in de schoot werd gezeten. Radio, toch al niet frequent te horen in huize Stefeneel, was het hele weekend uit den boze (een televisie was er al helemaal niet). Men rustte en las hooguit een psalm of twee.

Maar buiten begon een merkwaardig gedruis. Voordeuren werden opengerukt en dichtgeslagen, voeten renden en steeds meer vuurwerk werd afgestoken. Er werd geschreeuwd en gegild en het leek verdomme wel of er aan het eind van de straat een helikopter landde! Stijn kiepte het zolderraam open en ging op zijn tenen staan, zodat hij over de dakgoot een stukje van de straat kon zien. Er liepen tientallen mensen op de stoep aan de overkant. *Shit*, dacht hij. Die loterij. Gisteravond in het café hadden ze het er nog over gehad. Het was toen al bekend dat de miljoenenprijzen ergens hier in de stad zouden vallen. Wie ging er morgen heel veel spijt krijgen, vroegen ze aan elkaar. Wie had er een lot en wie niet?

Stijn had geen lot. Natuurlijk niet, dat ging via een abonnement of zo en abonnementen op wat dan ook hoorden niet bij zijn kunstenaarsbestaan.

Hij daalde twee trappen af en keek op de benedenverdieping naar de dichte huiskamerdeur van zijn ouders. Er was meer nodig dan een beetje vuurwerk om zijn ouders te storen in hun zondagse contemplatie. Als de dag des oordeels zoiets was als wat Belcampo beschreven had, dan moesten ze nog oppassen om niet alles te missen.

Toen Stijn de straat opliep, was de eerste die hij zag degene aan wie hij boven had zitten denken: Maria Gerbel. Ze was niet dood, maar stond aan de overkant op de stoep voor nummer 13, muiziger, borstlozer en krommer dan ooit, haar ogen groter dan ooit. Ze had haar armen om zich heen geslagen, terwijl haar echtgenoot Berend een stukje verderop in de straat liep te schreeuwen. Om zijn kortgeschoren hoofd zat een zilverkleurige kerstboomslinger. In één hand hield hij een flesje bier, de andere stak hij gebald in de lucht. Op zijn gezicht lag een uitdrukking van euforische waanzin.

In de Fermatstraat keek men er live naar. De rest van het land zag het op televisie: er was inderdaad een helikopter geland en die had een cameraploeg aan boord. Het toestel stond op de brede middenberm van de Albert Einsteinsingel, aan het eind van de Fermatstraat. De BN'er die het televisieprogramma presenteerde, klauterde naar buiten en werd gevolgd door cameramannen met felle acculampen en geluidstechnici met microfoons aan lange hengels. De BN'er liep de Fermatstraat in terwijl hij beurtelings naar de mensen grijnsde die op de helikopter waren afgekomen en naar de camera die hem in beeld hield. Hij gedroeg zich alsof hij de miljoenenprijzen uit eigen zak betaalde en had enorme, door de decorafdeling vervaardigde cheques onder zijn arm. Van de tweeëntwintig huizen die de Fermatstraat telde, hadden de elf aan de oneven kant de postcode waarop de hoofdprijs was gevallen. Drie van die huizen waren kantoren en deden niet mee. Op de andere nummers viel 1,1 miljoen euro per geldig lot. Eén-komma-één-miljoen euro. Wat een feest.

De BN'er begon bij nummer 19, waar twee dikke mensen woonden die ongezond rood aanliepen toen ze de cheque zagen. Vervolgens ging de BN'er naar nummer 17 en naar nummer 15. Mensen lachten, mensen gilden. Toen aarzelde de presentator even. Hij keek op het lijstje dat hij in zijn hand hield. Een van de mensen in zijn gevolg, een stapel papieren in haar hand en een mobieltje aan haar oor, zei iets tegen hem en de BN'er liep door naar nummer 11. Hij sloeg nummer 13 over. Huisnummer 13 had geen lot. Televisiekijkers schudden het hoofd en zeiden *tjongejonge*. In de Fermatstraat werd er door een paar straatbewoners geapplaudisseerd. 'Hebben wij méér,' werd er geroepen.

Op nummer 11 woonde mevrouw Ariaanse, een oude dame die aan één stuk door bibberde terwijl ze verbaasd naar de grijnzende man in de deuropening keek. Hij stak haar de decorcheques toe, waarbij hij niet naar haar keek maar in de camera. Nog tijdens de uitzending meldden zich de kleinkinderen van de bejaarde dame, waarschijnlijk in geen maanden bij oma langs geweest want ze bleef verbaasd bibberen terwijl er armen om haar heen werden geslagen, en ze reageerde ietwat schichtig toen ze werd gezoend.

Daarna ging de BN'er naar nummer 7 en nummer 5, waarmee hij nummer 9 ook oversloeg. Opnieuw schudden de televisiekijkers het hoofd. 't Was wat, zeiden ze. Dat je je dat liet gebeuren. Rondom de presentator dromden inmiddels niet alleen de televisiemensen, maar ook straatbewoners en mensen uit nabijgelegen wijken. De door de televisie meegebrachte champagne vloeide rijkelijk en even verderop werd weer vuurwerk afgestoken. Men schreeuwde. Men zong. Men huilde van geluk. En alleen degenen die heel goed naar de televisie keken, zagen op de achtergrond de vrouw op de stoep voor nummer 13, die haar armen om zich heen had geslagen als een bang, koud kind, en een stukje verderop de man die vertwijfeld aan de kerstboomslinger rukte die om zijn kortgeschoren hoofd zat. De vrouw ging naar binnen en liet de deur openstaan.

Even later ontstak een buurman de duizendklapper, waaraan hij kennelijk in de nieuwjaarsnacht niet was toegekomen.

Stijn stak George de paspoorten toe.

'Ik denk dat ze naar de politie moeten,' zei hij. *Waar is Maria?*

George pakte de boekjes aan en knikte vaag.

'Jij weet wie het zijn,' zei ze.

'De mensen die hier woonden,' zei Stijn.

Ze keek naar de foto's en las de namen.

'Berend Gerbel,' zei ze nadenkend. 'Maria.' Er leek haar ineens een licht op te gaan. 'Dat moeten de mensen zijn waarover in de krant stond. Dat zijn die mensen die weg zijn.'

Ze zweeg even en concludeerde toen: 'Ik heb het huis gekocht van de mensen die weg zijn.'

'In elk geval het huis waar ze woonden,' knikte Stijn. 'Het was dus kennelijk niet van hen.'

'Dat heeft niemand me verteld,' zei George. Haar stem klonk nu boos en Stijn moest daar een beetje om lachen.

'Misschien omdat jij nooit iets vraagt?' zei hij spottend.

Ze haalde haar schouders op en liep naar de keuken. Stijn bleef in de gang staan en keek naar de blote plee onder de trap. Wat als ze moest pissen? George droeg een overall. Hij grinnikte en voelde zich meteen een viespeuk. Snel streek hij een hand over zijn gezicht om de lach eraf te vegen. Hij dacht aan de verdwenen Maria-met-de-grote-ogen en haar man. Dat hielp.

Toen hij even later naar zijn huis aan de overkant liep, zag hij dat er links werd verhuisd: mensen sjouwden met meubels en dozen. Het was sinds 1 januari de zoveelste verhuizing in de Fermatstraat.

4

De verhuizing die Stijn Stefeneel zag, werd niet door een verhuisbedrijf gedaan maar door een groepje helpers met vijf personenauto's en een wit busje. Op het busje stond in rode letters BLOEMENDAAL KIP-PRODUCTEN. De nieuwe bewoner van Fermatstraat nummer 7 heette Dido Bloemendaal.

Dido arriveerde zelf in een Nissan vol kamerplanten. Ze droeg een doos met kristallen glazen naar binnen, die ze niemand toevertrouwde. Intussen werden er uit de vijf personenwagens bolle vuilniszakken gehaald met kleding en beddengoed, gevolgd door een lange reeks kartonnen dozen. Uit het witte busje kwam witgoed tevoorschijn (en een vage geur van dode kippen) en vervolgens sloot men in de keuken de wasmachine aan en plaatste men de koelkast waterpas. De vader van Dido Bloemendaal schroefde in de huiskamer boekenkasten in elkaar.

'Dit is een eenmalige kans,' had de makelaar gezegd toen hij Dido in februari het huis liet zien. Dido had een stap naar achteren gedaan en naar de makelaarsborden in de straat gekeken. Allemaal TE KOOP, allemaal aan deze kant (oneven). Boven sommige borden staken geïmproviseerde vlaggenstokken uit, met verregende vlaggen eraan en natte slingers. De makelaar liet zich door haar blik niet van de wijs brengen.

'Dat drukt de prijs,' zei hij opgewekt. 'Maar dat duurt niet lang. Het is in principe een gewilde buurt.'

Dido dacht er het hare van zoals Dido altijd het hare van de dingen dacht, maar ze zweeg en volgde de makelaar naar binnen. In de keuken, meteen links van de voordeur, keek ze naar de mosterdkleurige keukenkastjes en het granito aanrechtblad. Op een losse tafelmodelkoelkast in de hoek was een viezig koffiezetapparaat blijven staan.

'Bouwtechnisch lijkt de woning prima in orde,' zei de makelaar en hij ging haar voor naar de huiskamer. Daar stonden een gele bank met vlekken en een grote, lage salontafel, waarvan het beukenfineer aan de randen rafelde. De vloer was bedekt met een grijs tapijt. Er lagen tientallen kurken op. Ze hadden de vorm van champignons.

De makelaar knikte naar de meubels en zei: 'Die blijven staan.' Hij lachte even en voegde eraan toe: 'Ze waren niet meer nodig. Dat begrijpt u wel.'

Dido zweeg en deed de deur open van een inbouwkast. Op een van de met kastpapier bedekte planken was een pakje versleten speelkaarten blijven liggen. Ze sloot de deur weer en liep naar de tuindeuren aan de andere kant van de kamer. De tuin was klein en donker; er stonden alleen coniferen in. Nat van de regen. Achter de tuin stonden hoge kantoorpanden, op de grindtegels voor de openslaande deuren lagen net zulke kurken als binnen.

'Oost,' zei de makelaar. 'Ochtendzon.'

Hij loog een beetje: het oosten was iets meer naar rechts. En over het vocht dat duidelijk zichtbaar was op het vensterglas van de tuindeuren, zei hij al helemaal niets. Hij ging haar voor naar boven.

In een van de twee slaapkamers had Dido even door het raam naar buiten gekeken – een beetje buiten adem van de trap en met een beetje toegeknepen ogen (Dido was iets te dik en had eigenlijk een bril nodig). Langs beide stoepen van de Fermatstraat stonden auto's geparkeerd. Een grote fourwheeldrive stond scheef, waardoor een jongeman met een baby in een buggy zich er slechts met moeite langs kon wringen. Er was één winkel in de straat, een slagerij schuin aan de overkant. Dido kon door het grote etalageraam een vrouw ontwaren, die in een witte schortjurk achter de toonbank stond. Klanten waren er op dat moment niet en misschien dat het er om die reden een beetje droevig uitzag. Achter Dido kuchte de makelaar. Hij wilde haar nog de bergruimte met de cv-ketel laten zien. Zelfs Dido, niet technisch, kon zien dat de ketel oud was, en toch besloot ze daar in de bergruimte dat ze het huis zou kopen. Een lagere prijs zou ze immers nergens betalen voor een huis met drie kamers, centrale verwarming en een tuintje (al was dat op het noorden), en ze was tenslotte starter op de woningmarkt. Starter, en een alleenstaande, onderbetaalde docente Engels met een carrièreprobleem waarvan ze zelf nog even niet kon overzien hoe tijdelijk het was.

Ze had dus nog diezelfde middag een bod gedaan, onder de gebruikelijke voorbehouden. Met als argument dat er troep in het huis was blijven staan, ging ze onder de vraagprijs zitten, maar al na een half uur meldde de makelaar dat het bod was geaccepteerd. Een paar weken later zat ze bij de notaris om ook officieel eigenaar te worden van Fermatstraat 7.

De verkopende partij was bij de overdracht niet aanwezig; zij hadden een volmacht getekend.

'Dat is jammer,' zei de notaris grinnikend. 'Ik was wel nieuwsgierig naar ze.' Dido zweeg, want een nieuwsgierige notaris leek haar ongeveer net zo erg als een slordige accountant.

Toen ze de notariskamer verliet, had ze in de gang een kleine vrouw gezien in een nogal vieze, zwarte overall. Ze zat op een van de met pluche beklede stoelen op haar beurt te wachten. 'Ha,' hoorde Dido de notaris achter zich zeggen. 'Nummer 13.'

Een paar dagen nadien had Dido het huis aan haar familie laten zien.

'Ze moeten wat aan de bestrating doen,' was het eerste wat haar vader mopperde toen hij uit zijn auto stapte. Halverwege de straat was hij door een kuil gereden die vol modderig regenwater stond en hij had zijn Volvo net gewassen (dat deed haar vader, sinds hij zijn bedrijf had verkocht, vrijwel elke dag).

'Ja, pap. Daar zouden "ze" wat aan moeten doen,' zei Dido en ze kuste hem ongeduldig op zijn wangen. Ze stelde tevreden vast dat hij naar buitenlucht rook en een beetje naar autowas. Vroeger rook hij altijd naar de kippen die in zijn bedrijf werden verwerkt.

Achter hen stapten intussen ook de moeder van Dido, Dido's broer en diens dochter Alexandra uit. Alexandra was veertien en zij keek ongegeneerd nieuwsgierig om zich heen.

'Lekker, tante,' zei ze, veel te hard. 'Woon je in een straat vol *losers.*'

'Alexándra,' zei Dido korzelig, maar het meisje trok zich niets van haar tante aan. Ze stond midden op straat, draaide langzaam om haar as en keek van de oneven kant naar de even kant. Er verscheen een luie grijns op haar gezicht.

'De losers hebben hun gordijnen dicht,' stelde ze vast. Haar vader moest er tot ergernis van Dido om lachen.

'Alexándra,' siste ze weer. Maar haar nichtje had wel gelijk: aan de even kant van de straat waren de meeste gordijnen gesloten. Dat gold overigens ook voor nummer 9, het huis links naast dat van Dido. Het was het enige huis aan de oneven kant dat niet te koop had gestaan.

Alexandra keek naar haar tante, trok een wenkbrauw op en zei: 'Wát nou? Het zijn toch losers? Ze hebben toch verloren?'

'Ze hebben niet verloren,' zei Dido. 'Ze hebben alleen maar niet gewonnen.'

Alexandra keek oprecht verbaasd. Zij zag het verschil niet.

'Moet jij niet naar school?' vroeg Dido en ze trok haar nichtje aan haar arm mee nummer 7 binnen.

'Au,' zei Alexandra en daarna: '*Cool*, tante! Paars!'

Ze zag het nieuwe tapijt dat Dido had laten leggen.

Volgens haar vader werd Dido geboren met open ogen en gebalde vuisten.

'Je zag eruit alsof je wilde vechten,' zei hij, en hij had om die reden indertijd besloten dat ze Dido zou heten. Niet dat hij wist waar die naam vandaan kwam, maar hij was hem ooit tegengekomen op een affiche van de schouwburg en had toen gevonden dat hij historisch en strijdbaar klonk. Pas vele jaren later, na haar eerste mislukte relatie, zou Dido hem het verhaal vertellen over de ongelukkige Carthaagse koningin naar wie hij haar had vernoemd. Toen was zijn schouderophalende reactie geweest: 'Nou ja. In elk geval een koningin.'

De conflicten die baby Dido leek te voorzien, kwamen er inderdaad. Ze was op school te groot, te dik en te voorlijk, droeg een brille-

tje en had een naam die prettig allitereerde met *dik* en *dom* en verma-
kelijk veel leek op *dildo*. Dat haar vader kippenslachter was, maakte
de zaak er natuurlijk niet beter op en het zou tot na de middelbare
school duren voor Dido ophield met schoolgenootjes bloedneuzen
te slaan (een zelfverdedigingstactiek die haar vader lachend goed-
keurde). Als tweede van haar familie ging ze naar de universiteit
(haar broer Tristan – een naam waarvoor haar vader eveneens verant-
woordelijk was – was haar net voor geweest). Dido liet haar haar
groeien en stak het op. Ze mat zich een keurig, enigszins geaffec-
teerd taalgebruik aan met woorden als *boud* en *badinerend*. Iedereen
in haar familie stond er versteld van, en dat was precies de bedoeling.
Na haar studie koos ze heel bewust voor het onderwijs, waar ze
meende haar overgewicht om te kunnen zetten in verstandig over-
wicht. Ze stond nu tien jaar voor de klas. De laatste jaren alweer met
gebalde vuisten en inmiddels, na een volgende stukgelopen relatie,
met weer kortgeknipt haar.

Bij de verhuizing werd er van de dozen die het huis in werden ge-
sjouwd voorlopig een soort Chinese muur gebouwd, die zich via de
gang dwars door de huiskamer slingerde. Dido vond achter die muur
even later haar broer terug, die stoïcijns de computer zat te installeren. Haar moeder trof ze boven, met een arm vol gordijntjes die ze
thuis op maat had gemaakt. Ze stond door het slaapkamerraam naar
de straat te kijken, net zoals Dido zelf had gedaan bij de eerste bezich-
tiging. Toen Dido naast haar ging staan, stelde haar moeder fluiste-
rend de vraag die haar waarschijnlijk al bezighield sinds Dido Fermatstraat 7 had gekocht.
        'Waar woonden die mensen nou?' vroeg ze. 'En dat meisje?'
        'Namen en huisnummers werden niet door de krant vermeld,' zei
Dido. Haar moeder hoorde de ironie niet die Dido in haar woorden
had gelegd, maar dat gebeurde wel vaker. Ze keken naar de slagerswinkel aan de overkant. De vrouw in de witte schortjurk stond weer
achter de toonbank, maar was deze keer niet alleen. Voor de toonbank stond een vrouw, een blauwe boodschappentas tegen haar borst
geklemd, en achter in de zaak was zo te zien de slager zelf bezig.

5

Slager Arie Koker had de moeder van Dido Bloemendaal natuurlijk kunnen vertellen waar *die mensen* en *dat meisje* woonden. *Die mensen* woonden op nummer 13 en *dat meisje*, dat Frances de Boer heette, woonde naast het huis dat nu van Dido was; nummer 9, het huis met de gesloten gordijnen. Wat de drie met elkaar gemeen hadden, was dat ze sinds de avond van 1 januari niet meer in de Fermatstraat waren gezien. Het laatste wat Arie Koker van die schoft van een Gerbel zag, was dat hij dronken over straat liep met een kerstslinger om zijn hoofd, van Frances zag Arie als laatste de middelvinger die ze naar de straat opstak, vlak voordat ze de hoek omsloeg naar de Pascalweg. Arie had van dat gebaar niet opgekeken, want Frances was veertien en wel vaker boos, maar het was zorgelijk dat de opgestoken middelvinger het laatste was wat men in de Fermatstraat van haar zag.

Natuurlijk had ook de familie De Boer naar de uitzending van de loterij zitten kijken. Meneer en mevrouw De Boer deden dat in de huiskamer beneden, dochter Frances op haar slaapkamertje boven. Frances had op haar buik op bed gelegen, op haar roze sprei tussen tientallen rode, hartvormige kussentjes. Ze had in haar dagboek liggen schrijven, terwijl aan het voeteneinde van haar bed een kleine televisie aanstond en naast het bed de computer ook. *Kwil un BN'er zijn*, schreef ze in haar dagboek. *Of rijk (liefst alle twee).*

Frances had *ff kyke* getypt op msn op het moment dat om halfnegen het televisieprogramma begon, waarin bekendgemaakt zou worden op welke postcode de miljoenenprijs van de nieuwjaarsloterij viel. Te verdelen onder de mensen die woonden op het adres met de juiste postcode én die in het bezit waren van een geldig lot. Om tien over halfnegen had Frances nog gebeld met haar vriendin Nuriye, zodat ze lekker hard konden gillen toen de trekking begon. Wat had ze gedacht toen de eerste letter werd getrokken van de winnende postcode en die letter overeenkwam met die van haar eigen adres? Waarschijnlijk niet eens zoveel. Waarschijnlijk had ze met uitpuilende ogen en open mond naar de presentator van het programma gekeken.

'We zijn onderweg,' zei de presentator vanuit een helikopter, en natuurlijk had Frances haar oren gespitst. Nuriye was toen al afgevallen: de postcode van haar wijk had heel andere letters.

Trommels roffelden toen de tweede letter eraan kwam. Het hart van Frances moet hebben meegeroffeld. Geld, roem en alles wat een meisje van veertien wil binnen handbereik! Hoorde ze tegelijkertijd de tweede letter en het geluid van de helikopter? Nuriye vertelde later dat Frances zo hoog had *gepiept* dat het leek of er een storing op de telefoonlijn zat. Ze hing niet op, maar liet haar mobieltje op de grond vallen, zodat Nuriye nog had gehoord hoe de slaapkamerdeur werd opengerukt en Frances de trap afsprong.

Mevrouw De Boer had haar dochter de huiskamer binnen zien stormen op het moment dat haar man alleen maar een rochelend geluid uit kon brengen. Frances was blijven piepen, hoog en schril als een muis in de bek van een kat. Ze greep de hand van haar vader en de arm van haar moeder.

'O, papa. O, mama,' zei ze en ze begon hysterisch te lachen.

Maar papa en mama hielden hun mond.

Frances klemde zich toen aan haar moeder vast en zei: 'Dit is... dit is...'

Maar papa en mama zeiden nog steeds niets.

Frances had haar rode hoofd van de borst van haar moeder geheven en keek naar haar ouders, haar mond nog in die lach. Ze hoopte natuurlijk dat haar ouders onder woorden zouden brengen wat haar niet lukte.

Maar papa en mama bleven zwijgen.

Toen moet hun gezichtsuitdrukking tot Frances zijn doorgedrongen, terwijl er buiten rennende voetstappen klonken, ergens het eerste vuurwerk knalde en vanaf de kant van de Albert Einsteinsingel hoorbaar werd dat de helikopter landde. Frances opende en sloot haar mond als een vis en keek naar haar ouders. Haar vader had langzaam zijn hoofd geschud. Frances deed een stap naar achteren. Ze keek van haar vader naar haar moeder, van haar moeder naar haar vader.

'Zeg me dat het niet waar is,' had ze gezegd. Haar stem was schor.

Haar moeder had staan trillen, haar vader begon langzaam te knikken.

'We doen al aan zoveel ándere loterijen mee,' had mevrouw De Boer gefluisterd.

De kreet die Frances uitstootte, leek op geen enkel ander geluid dat ze ooit had gehoord, vertelde mevrouw De Boer de volgende dag in tranen aan slager Arie. Haar dochter zag eruit alsof ze een attaque kreeg.

'Geen lot...' had het meisje ademloos gezegd en vader en moeder De Boer hadden het zwijgend moeten beamen. Toen had de veertienjarige zich omgedraaid en was de huiskamer uitgelopen. Ze greep een jas van de kapstok bij de voordeur en ging naar buiten, terwijl in de straat mensen gillend, schreeuwend, lachend en huilend hun huis uitkwamen. Vanaf de Albert Einsteinsingel liep een cameraploeg de straat in. Frances keek ernaar en begon toen de andere kant op te lopen, weg van de cameraploeg, richting Pascalweg. Tal van Fermatstraatbewoners, onder wie dus slager Arie, hadden gezien hoe ze zich, vlak voordat ze de hoek omsloeg, nog één keer omdraaide om de straat in te kijken en haar vinger op te steken. Zo was ze even blijven staan. Toen was ze verdwenen.

Dat zou slager Arie Koker allemaal aan de moeder van Dido Bloemendaal hebben kunnen vertellen als het hem werd gevraagd, want hij had het uit de eerste hand. De moeder van Frances kwam na 1 januari immers nog gewoon hamlappen en gehakt halen in de slagerij – alleen deed ze dat sinds 1 januari huilend. Mevrouw De Boer was in de nacht van de loterij begonnen met huilen en was er niet meer mee opgehouden. Zelfs wanneer ze met haar roze plastic boodschappenmand in de slagerswinkel over het weer stond te praten, biggelden er tranen over haar wangen. Haar traanbuizen waren als twee kranen met een lekkend leertje. De druppels bleven even bungelen aan de rand van haar kin en vielen dan op haar kleding, waardoor mevrouw De Boer permanent vochtplekken op haar blouses had, als een jonge moeder met lekkende borsten (alleen een beetje hoger). Zelfs in haar slaap huilde mevrouw De Boer, in ieder geval werd ze elke morgen wakker op een kussen dat doorweekt was met lauw, zout water. Haar gezichtshuid was er schraal van geworden.

Uit bezorgdheid dat zo'n permanente lekkage schadelijk kon zijn voor de gezondheid, stuurde meneer De Boer zijn vrouw een paar weken geleden naar de dokter. Die schreef een sterker kalmeringsmiddel voor, raadde aan dagelijks een extra glaasje water te drinken en gaf verkoelende kompressen, die ze 's nachts op haar ogen diende te leggen maar die binnen een paar minuten op de stroom wegdreven.

Ook dat zou slager Arie allemaal hebben kunnen vertellen, maar als hem naar de familie De Boer gevraagd zou worden, of naar die schoft van een Gerbel en zijn zielige vrouw, dan zou Arie zwijgen. Arie vond het allemaal al ingewikkeld genoeg en had zijn handen vol aan zijn eigen sores.

6

De nacht na de verhuizing van Dido Bloemendaal werden de huilende mevrouw De Boer en haar verdwenen dochter Frances boos aangestaard door Stijn Stefeneel, in zijn atelier op de zolder van het huis van zijn ouders. Het gezicht van Frances was nog leeg. Stijn zette voor de derde keer zijn spatel in de glanzende verf op het palet maar helaas schoof er ook deze keer, zodra hij de spatel naar het doek bracht, een heel ander gezicht tussen hem en het meisje De Boer. Hij vloekte.

Stijn Stefeneel was boos en dat was de schuld van George. De kleine vrouw van nummer 13 had hem voor het eerst sinds lange tijd doen twijfelen aan zijn project. Haar minachtende blik sloeg een barst in de redenering die hij de afgelopen jaren zo zorgvuldig had opgebouwd: *het wonen bij mijn ouders is een keuze in dienst van mijn kunst. Het is een noodzaak om dat wat ik ambieer binnen bereik te halen en te houden. Het is een opoffering die ik doe voor een artistiek ideaal.* Zo dacht hij en zo wilde hij denken. Maar zo'n reactie als die van George vandaag bracht hem uit zijn evenwicht. Net zoals de onverwachte wending van 1 januari dat had gedaan en zijn zorg om Maria-met-de-grote-ogen. De wending had hij met succes in het project weten te incorporeren, het werd er uiteindelijk alleen maar beter van. De zorg om Maria zou hij pas kwijtraken als hij wist waar ze was. En nu was George er ook nog eens bij gekomen.

Hij gooide de spatel neer, haalde het doek met het gezin De Boer van de ezel en zette het op de grond, bij de tientallen andere die er al stonden. Ze leunden tegen de muren en zijn bed. Op alle doeken stonden mensen, meestal meerdere tezamen en de meeste ten voeten uit geportretteerd. Daar links tegen het bed stonden Arie en Sté Koker. Rechts tegen de muur stond Maria samen met haar man Berend. Maria met grote ogen, het gezicht van Berend akelig verwrongen.

Stijn keek naar het doek, pakte het op en draaide het om. Hij nam ongeduldig een nog maagdelijk canvas en plaatste dat op de ezel voor hem. Als het met Frances niet lukte, zou hij een andere vrouw proberen. Een droomloze vrouw, die niet zozeer de hoop had verloren als wel nooit ergens op had gehoopt. Jaren geleden al kwam hij erachter hoe ze haar hopeloosheid compenseerde toen hij haar min of meer per ongeluk volgde. Ze was naar een glasbak in een andere wijk gegaan en hij had de steelse blik gezien die ze over haar schouder wierp terwijl haar hand vijf, zes keer in haar blauwe boodschappentas verdween.

Hij pakte een stuk krijt en draaide zich naar het witte doek, maar precies op het moment dat hij een aanzet wilde doen was daar opnieuw dat andere gezicht. Uit frustratie zette hij het krijt zo hard op het canvas dat het brak.

Van alle mensen die wisten waar hij woonde, was George sinds januari dit jaar de enige die niet onmiddellijk had gevraagd naar *die avond* en *hoe voelt dat nou*, naar *dat meisje* en *die mensen*. Waarschijnlijk dacht ze ook op die vragen het antwoord al te weten. Zelfingenomen trut. Hij dacht aan Georges ogen en aan haar mooie mond. Boos gooide hij het stuk krijt dat hij nog in zijn hand hield op de grond, deed zijn gulp open en trok zich af, staande voor het dakraam, waardoor toch alleen maar de noordelijke sterrenhemel naar binnen keek. Daarna voelde hij zich schuldiger dan ooit.

De volgende morgen rond twaalven stond Stijn voor de voordeur van nummer 13. Hij veegde zijn handen af aan zijn spijkerbroek en belde aan.

George zei niets toen ze opendeed, maar keek naar hem met een verstoorde blik. Ze droeg de overall die ze gisteren ook aan had gehad en hield een broodmes in haar rechterhand.

'Hoi,' zei Stijn, 'ik hm...' Toen zei hij: 'Wat zei de politie?'

Ze leek er een beetje van te schrikken.

'Politie,' zei ze.

'De paspoorten?'

'O, dat.' Ze haalde haar schouders op. 'Gewoon.' Toen keek ze hem geringschattend aan en zei: 'Daar kom je niet voor.' Wel waar, dacht hij, en toen: nee, misschien niet. Gelukkig had hij vlak voor hij aanbelde iets anders bedacht.

'Wil je voor me poseren?' Het leek hem de enige manier om los te komen van het storende beeld in zijn hoofd. Hij zag dat hij haar verraste.

'Je werkt naar modellen,' concludeerde ze.

Stijn schudde zwijgend zijn hoofd, onwillig om te vertellen wat er werkelijk aan de hand was. Dat hij de hele nacht in zijn atelier was geweest en had proberen te werken, maar dat George hem in de weg zat. Zelfs vanmorgen vroeg nog, toen hij het op de academie probeerde in de hoop dat fysieke afstand zou helpen, kwam er niets uit zijn handen. Uit wanhoop was hij aan een portret van George begonnen, hoewel ze helemaal niet in zijn project paste. Het was een bezweringspoging geweest, die faalde omdat hij George niet bleek te *kunnen* schilderen. Niets klopte, niets paste. De hazelnootkleur van haar ogen liet zich niet mengen, haar mond kon hij zich niet voor de geest halen. Georges gezicht bleek het enige tot nu toe dat hij niet aankon. In ieder geval niet uit zijn hoofd, zoals alle andere. De docent had hem vragend aangekeken en toen had Stijn de academie gedeprimeerd verlaten.

En daar stond hij nu voor de deur van nummer 13 als een verliefde schooljongen en keek naar zijn schoenen.

'Ik vraag nooit iemand te poseren. Behalve jou. Graag,' zei hij onhandig.

'Ik heb het te druk,' zei George. Ze keek naar het mes in haar hand. Toen keek ze weer naar Stijn en zei tot zijn verrassing: 'Maar ik wil wel weten wat je maakt.'

Stijn knikte blij. Ook goed.

'Vanavond?' vroeg hij. George haalde haar schouders op.

'Ik heb veel te doen,' zei ze en toen ging ze zonder verder nog iets te zeggen naar binnen en deed de deur dicht.

7

In de slagerswinkel hielp slager Arie Koker 's middags zelf de jonge vader van nummer 14, Peter Vassaan. Sté was er niet. Sté was boodschappen doen. Ook een slager kan niet leven van vlees alleen.

De jonge vader stond voor de toonbank met zijn baby in de buggy en vroeg om worstjes.

'Merguez,' suggereerde Arie. Die waren in de aanbieding. Peter koos gewone braadworst. Arie stond de worstjes in te pakken, toen de winkeldeur weer openging. Het was de nieuwe van de overkant. Ze was een grote vrouw, met kortgeknipte, donkere krullen en een grote, zwarte jas met flappen. Volgens Sté, die gisteren naar de verhuizing had staan kijken, was het er een van Bloemendaal.

Arie knikte een groet en draaide zich weer naar de jonge vader.

'Stukje leverworst voor de kleine?'

Nee, daarvoor was de kleine nog wat te klein, vond Peter. Hij rekende af en vertrok, de braadworst in het netje dat achter aan de buggy hing.

De vrouw van de overkant moest magere spekblokjes hebben. Arie deed een plastic zakje om zijn hand en greep in de bak met spek.

'Ik woon sinds gisteren op nummer 7,' zei de vrouw. 'Mijn naam is Dido Bloemendaal.'

Sté had gelijk. Bloemendaal. Daar deden ze zaken mee.

'Van de kip?' vroeg Arie en hij legde het zakje spek op de weegschaal.

'Dat is mijn vader,' zei de vrouw. 'Die zat in de kip.'

Ze sprak een beetje zoals de koningin. Arie maakte het zakje dicht en legde het op de toonbank terwijl Dido naar haar portemonnee zocht. Intussen zei ze: 'U bent zeker wel blij dat de rust hier in de straat is weergekeerd.'

Dat was logisch, dacht Arie. Iemand die hier was komen wonen, die zou daar natuurlijk iets over zeggen. Misschien dat Dido Bloemendaal haar buren al had ontmoet, meneer De Boer en de sinds januari permanent huilende mevrouw De Boer. Maar Arie was blij dat Sté er niet was.

'Tja,' zei hij en hij liet zijn dikke handen op de weegschaal rusten: 3028 gram.

Eigenlijk zou Arie best zijn hart weleens willen luchten. Iemand vertellen over die avond, over de gedachten die hem toen door het hoofd schoten. Hoe hij tijdens de televisie-uitzending niet naar het scherm had gekeken, maar naar het gezicht van zijn Sté. Hoe hij die avond voor het eerst zag dat het meisje met de blonde paardenstaart, dat hem tot zijn vreugde en verwondering was gevolgd in het slagersvak, definitief was verdwenen. Hij had zich er schuldig om gevoeld.

Arie kende Sté van kinds af aan, ze groeiden beiden hier in de buurt op en gingen vroeger naar dezelfde kerk. Arie was op zijn zestiende al voorbestemd én voornemens om de slagerij, die zijn vader in de Fermatstraat begonnen was, voort te zetten. Sté was toen nog maar zes. Toch droomde Arie haar toen al als de vrouw in zijn leven. Dat was begonnen toen hij haar op een zondag in de kerk vol passie hoorde zingen over leverworst, waar de liedtekst ging over Levensvorst. Twaalf jaar wachtte hij geduldig tot ze achttien werd en toen vroeg hij haar ten huwelijk. *Wil je mijn slagersvrouw worden.*

Welk ander meisje had het gedaan? Fier achter de toonbank met biefstukken en niertjes, bloedworst en fricandeau? Welk ander meisje had hem tussen de verkoop van Gelderse worst en rosbief door, ook nog eens een kind geschonken? Een meidje – dat dit jaar goddank aan een universiteit in de Verenigde Staten studeerde waardoor ze het debacle in de Fermatstraat uit de tweede hand vernam en niet zo kon reageren als de veertienjarige Frances de Boer van de overkant had gedaan. Zijn meidje, dat hij niet vaak genoeg vertelde

hoe trots hij was op haar en haar opleidingen omdat hij altijd vreesde dat Sté (mavo) zich tekortgedaan voelde als hij er wat van zei.
Soms vreesde hij dat zijn vrouw jaloers was op hun dochter, maar hij
wist niet of dat mogelijk was. Een moeder kon toch niet jaloers zijn
op haar eigen kind?

Daarover zou Arie Koker dus best weleens met iemand willen praten, maar niet nu en niet met Dido Bloemendaal. Hij overhandigde
haar wisselgeld en liet toen de winkeldeur achter haar was dichtgevallen, opnieuw zijn handen op de weegschaal rusten. Hij zuchtte
hem naar 3743 gram.

Arie zou ook weleens iemand willen vertellen over hoe bang hij
die avond was geweest. Hij had het gezicht van Sté gezien toen op de
televisie de trommels begonnen te roffelen, en hij had plotseling zeker geweten dat hij Sté kwijt zou zijn als ze zoveel geld zouden winnen. En wat moest hij met meer dan een miljoen euro, maar zonder
zijn Sté? Hij had zijn blik naar het televisiescherm gewend en toen
had hij, hoewel hij al sinds de opkomst van beatmissen niet meer in
God geloofde en niet meer naar de kerk ging, gebeden dat het een andere letter mocht worden. *Laat het de overkant zijn.* Sindsdien lag hij
bijna elke nacht wakker met maar één vraag in zijn hoofd. Was het
zijn schuld?

8

Onwennig in de kleine nieuwe keuken van nummer 7 maakte Dido Bloemendaal die middag een camembertschotel klaar, met spekblokjes, krieltjes, prei en uiteraard veel camembert. Gemakkelijk te bereiden in de oven en een van haar succesrecepten, al was het maar omdat het geheel zo calorierijk was dat aan het eind van de maaltijd niemand nog bij machte was om te klagen. Vanavond kwam haar broer eten en hij had aangekondigd dat hij zijn kinderen meenam.

Dido was moe. Ze had slecht geslapen, de eerste nacht in haar nieuwe huis. Dat kwam door de geluiden: elke nieuwe woonomgeving brengt nieuwe geluiden met zich mee en het waren er hier nogal veel. Ze had de verwarming laag gezet waardoor er in het hele huis verwarmingsbuizen afkoelden om zich met luide tikken in hun nieuwe houding te schikken. Overal kraakten vloerplanken onder verplaatst gewicht en ergens achter een muur ritselde iets, misschien een muis.

Ze had zich op haar zij gedraaid. Ze was niet het type om bang te zijn voor muizen, maar wanneer ze niet kon slapen waren er ook de muizenissen. Die waren erger. Dan tobde ze over wat ze die dag te veel had gegeten en over de kleur van het tapijt dat ze op nummer 7 had laten leggen. Dan bedacht ze hoe fijn het zou zijn geweest zoiets als de kleur van een tapijt te kunnen overleggen met zoiets als een partner.

Ze draaide zich op haar andere zij en tobde toen over haar loopbaan. Ze beleefde voor de zoveelste keer de scène waarin ze een puisterige jongen in de fietsenstalling van de school tegen een fiets had zien staan pissen. De fiets van een ander, uiteraard.

Dido draaide zich op haar rug. Op haar uitval had de jongen zich omgedraaid, zijn pik nog niet eens terug in zijn broek. Hij nam Dido van hoofd tot voeten op, elke dertig kilo Dido te veel, en zei: 'Hallo, mevrouw Dildo Bloemendaal.' Waarschijnlijk was hij dronken of stoned, maar Dido deed wat ze haar hele jeugd had gedaan in situaties waarin ze zich vernederd of bedreigd voelde.

De jongen was nauwelijks kleiner geweest dan zij en zijn bloedneus was snel gestelpt en misschien was het wel heel terecht wat ze had gedaan, maar – in het onderwijs is slaan een doodzonde. Ze kreeg een officiële berisping.

'Dit kunnen we niet tolereren,' zei de directeur. Hij was niet eens onaardig, hoewel niet viel uit te sluiten dat hij zich vooral zorgen maakte over zijn personeelsbestand. Dido kon immers in principe nog jaren mee. Ze kwamen een half jaar ziekteverlof overeen.

'En misschien een coach?' prevelde hij, maar tot Dido's opluchting was aan dat idee geen invulling gegeven. Dido had er helemaal geen behoefte aan om iemand te vertellen dat de hoge verwachtingen waarmee ze in het onderwijs begon, reeds in tien jaar tijd waren afgebroken en dat ze diep vanbinnen wist dat ze een hartgrondige hekel had gekregen aan de pubers die ze les moest geven. Dat lag niet aan haar eigen, door pesterijen getekende jeugd, dacht Dido, dat lag toch echt aan de pubers van tegenwoordig.

De enige die ze er iets over had durven vertellen was haar broer Tristan, en het gevolg daarvan was dat hij tegenwoordig, wanneer hij naar zijn zus ging, altijd zijn kinderen meenam. Hij wilde haar waarschijnlijk laten zien hoe leuk ze waren.

Dido draaide zich weer op haar zij. Om halftwee hoorde ze iemand buiten lopen. Ze kon niet horen of het een man was of een vrouw. Halverwege de straat hielden de voetstappen stil, om daarna terug te keren in de richting van de Albert Einsteinsingel. Daarna kwamen de verwarmingsbuizen eindelijk tot rust en leek ook de muis vertrokken. Als het een muis was geweest. Maar toen begon het geluid bij de buren. Aanvankelijk dacht Dido Bloemendaal dat er op nummer 9 een puppy zat te janken. Het was pas na een tijdje dat ze zich had gerealiseerd dat het een huilende vrouw was.

De camembertschotel stond in de oven toen Tristan arriveerde. Hij kon pal voor de deur parkeren want er was genoeg ruimte in de straat. Onder de ruitenwissers van de paar auto's die er nog stonden, zat een briefje:

> *Wegens werkzaamheden is parkeren in de Fermatstraat vanaf morgen 7.00 uur tot nader te bepalen tijdstip verboden. Gelieve uw auto elders te parkeren. Auto's die na bovengemeld tijdstip zijn blijven staan worden van gemeentewege verwijderd.*
> *De politie.*

'Wat gaan ze doen?' vroeg Tristan. Achter hem klommen zijn kinderen uit de auto.

'Iets met het riool,' zei Dido, die zich vaag een brief van de gemeente herinnerde die tussen de stapel post op de deurmat had gelegen.

Een uur later bleek de camembertschotel niet berekend op een twaalf- en een veertienjarige. Neef Quinten en nicht Alexandra staken voorzichtig een tongpunt uit in de richting van de vork die ze boven een krieltje hadden laten zweven en verklaarden toen dat ze *dit niet lustten*. Ze zeiden dat niet tegen Dido, maar tegen hun vader – wat het nog onbeleefder maakte, vond Dido. Tristan glimlachte toegeeflijk en schoof het mandje met stokbrood naar de kinderen. Ze graaiden er hebberig in met ongewassen handen, besmeerden de stukken dik met roomboter en hadden het mandje in een oogwenk leeg. Dido stond zuchtend op, wrong zich in de gang langs de Chinese muur (verdubbeld in breedte omdat ze alle dozen uit de huiskamer ook in de gang had gezet) en haalde het reservebrood uit de keuken.

'Maar goed,' zei ze, terug aan tafel. 'Het is buitengewoon onaangenaam om wakker te liggen van een huilende buurvrouw.'

'En dat zou de moeder zijn van dat weggelopen meisje?' zei Tristan.

'Ja. Het huis hiernaast is het enige aan deze kant dat niet is verkocht. Kennelijk hadden ze hiernaast geen lot.'

'Maar er waren toch meer mensen zonder lot? Er was toch ook nog dat echtpaar dat met de noorderzon is vertrokken?'

Tristan had de kranten ook gelezen.

'Een verdwenen echtpaar kun je niet horen huilen,' zei Dido.

Alexandra lachte en greep naar het nieuwe brood.

'Ik zou ook weglopen,' zei ze, nadat ze een hap had genomen.

'Niet met volle mond praten,' zei Dido. 'En dan je ouders zo verdrietig achterlaten? Wat charmant.'

Alexandra haalde haar schouders op. Quinten keek ineens met een bezorgd gezicht naar zijn vader.

'Jij hebt toch wel een lot, hè pap?'

Tristan lachte. Dido schoof het mandje brood buiten bereik van Alexandra en binnen bereik van Quinten.

'Maar als jouw buurhuis het enige is dat niet is verkocht,' zei Tristan peinzend, 'dan heeft dat echtpaar dat is verdwenen hun huis dus wel verkocht. Is dat niet raar?'

Dat was inderdaad merkwaardig, alleen al omdat de afgelopen maanden wel de allerongelukkigste waren om hier in de Fermatstraat je huis te verkopen. Er stonden er immers al zes te koop en bovendien was de Fermatstraat helemaal niet in trek, zoals de makelaar tegen Dido had beweerd.

'Omdat?' vroeg Tristan.

'Omdat mensen meewegen dat de kans hier te winnen in de postcodeloterij sinds 1 januari nihil is.'

'Maar dat is helemaal niet zo.'

'Hallo, pap,' zei nicht Alexandra. 'Tuurlijk is die kans superklein. Dat gebeurt hier echt *never* nooit niet nog een keer, hoor. Je gooit toch ook bijna nooit twee keer achter elkaar zes met een dobbelsteen.'

'Ik laatst wel een keer,' zei Quinten, 'met monopoly.'

Dido keek vermoeid naar de kinderen en dacht aan de tijd waarin ze nog aan een tafeltje apart aten of, nog beter, thuisbleven bij hun moeder of met een oppas.

'De kans dat hier nog een keer een miljoenenprijs valt is net zo groot als vóór 1 januari,' zei Tristan.

'*Niet*,' gilden de kinderen unisono en Tristan lachte.

'Kansberekening staat diametraal tegenover kinderlogica,' stelde hij vast. Het kwam hem op een dodelijke blik te staan van Alexandra. Niet dat ze helemaal begreep wat hij zei, maar ze snapte wel dat ze een kind werd genoemd en Alexandra wenste geen kind meer genoemd te worden. Tenzij het haar ten voordeel strekte natuurlijk, zoals in het geval van korting op toegangskaartjes, gratis lolly's aan het eind van een restaurantbezoek of het afschuiven van verantwoordelijkheden. Dacht Dido.

'Is er ook chocopasta?' vroeg Quinten. Tristan keek vragend naar Dido.

'Neen,' zei Dido. Chocopasta en een nieuwe vloerbedekking gingen niet samen. 'Maar er *is* toch ook een kleine kans om twee keer achter elkaar zes te gooien?'

'Wel om twee keer achter elkaar zes te gooien,' zei Tristan de bètaman. 'Niet om de tweede keer zes te gooien.'

'Als de kans om twee keer achter elkaar zes te gooien klein is, dan is de kans om de tweede keer zes te gooien toch ook klein?'

'Het is precies zoals je zegt,' zei Tristan. 'De kans om twee keer achter elkaar zes te gooien is klein. Een zesde maal een zesde, om precies te zijn. Maar de kans om zes te gooien is bij de tweede keer gooien gewoon een zesde.'

Dido streek een hand door haar haar.

'Dan vrees ik dat mijn logica ook kinderlogica is,' zei ze, 'want dit gaat me boven de pet.'

'Já, tante,' gilde Alexandra, 'jij hebt kinderlogica. Haha! Mag ik tv-kijken?'

Tristan stond ook op van tafel. Hij ging naar de computer om, zoals beloofd, het antivirusprogramma te installeren dat hij zijn zus cadeau had gedaan als presentje voor haar nieuwe huis. Quinten ging op verzoek van Dido in de gang verhuisdozen openmaken, maar zijn enthousiasme verdween snel toen hij zag dat de dozen uitsluitend boeken bevatten.

Die tweede nacht luisterde Dido opnieuw naar de tikkende verwarmingsbuizen en piekerde ze opnieuw over de jongen die ze een bloedneus had geslagen. Had ze hem toch excuses moeten aanbieden? Of in ieder geval zijn ouders? Ze had het tot nu toe geweigerd.

Ze draaide zich op haar zij. Stoppen met lesgeven? Zich laten omscholen en op een basisschool gaan werken? Ha, als ze onbedorven kinderzieltjes wilde, kon ze nog beter in een crèche gaan werken. Ze draaide zich op haar rug. Het geluid van de verwarmingsbuizen leek vannacht extra hard omdat het buiten vrijwel stil was. De gemeente had aan weerskanten van de straat borden neergezet: WEGOMLEGGING.

Om halftwee hoorde ze opnieuw de voetstappen die vanaf de Albert Einsteinsingel de straat inkwamen. Net als de vorige nacht stopten ze halverwege, om daarna terug te keren. Dido dacht aan de hond die de wandelaar uitliet en die elke nacht bij dezelfde lantaarnpaal boodschappen van de viervoetige voorgangers van die dag besnuffelde om er zijn eigen bericht aan toe te voegen. Misschien moest zij ook een hond nemen. Een hond uitlaten was goed voor de lijn. En een hond was een maatje, al dacht hij niet mee over de kleur van het tapijt. Het was een rustgevende gedachte, waarbij Dido bijna in slaap viel – maar toen begon het weer. Het geluid bij de buren was die tweede nacht nog hartverscheurender dan de eerste, te hartverscheurend om boos op de muur te bonken en te hard om bij in te slapen.

Het lot was ironisch, dacht Dido. Dat uitgerekend *zij* midden in haar verlof last had van een weggelopen puber. Eentje die ze niet eens kende, nota bene. Ze draaide zich weer op haar zij. Tristan had vanavond gesuggereerd om de slaapkamermuur te isoleren, maar Dido voelde er meer voor haar buurvrouw uit te leggen dat ze zich niet in de luren moest laten leggen door een meid met onvolgroeide hersenkwabben. Maar ja... een weggelopen kind bleef een weggelopen kind, dat snapte ook Dido. En meneer en mevrouw De Boer wisten natuurlijk ook van drank en drugs en loverboys.

Pas om vijf uur viel ze in slaap. Ze had dus maar tweeënhalf uur geslapen toen om halfacht de wereld verging.

De grond trilde, ruiten klapperden in hun sponningen en verwarmingsbuizen ratelden daar waar ze juist in hun afgekoelde staat tot rust waren gekomen. Dido struikelde haar bed uit, ging naar het raam en schoof de gordijntjes open. Ze zag dat aan de overkant de buurvrouw van de slager hetzelfde deed. Dido kneep haar ogen samen en tuurde naar haar. Het leek de vrouw te zijn die ze met de blauwe boodschappentas in de winkel had zien staan.

De vrouw staarde een moment in Dido's richting, haar mond wijd open en twee handen aan haar hoofd, zodat ze Dido-zonder-bril deed denken aan het schreeuwende wezen op dat schilderij van hoe heette die schilder ook alweer. Toen keken ze beiden naar de twee gele monsters die in de straat waren verschenen. Een reed op rupsbanden en een op wielen van meer dan anderhalve meter hoog. Het monster op rupsbanden had aan de voorkant een arm met een getande bek, het gevaarte op wielen droeg een gele laadbak van wel acht meter lang. Achter elkaar kwamen ze tot stilstand, precies tussen de huizen van Dido en de overbuurvrouw in. De motoren bleven aan, uit de cabines sprongen mannen in oranje vesten, die gele helmen droegen en grote oorbeschermers. Ze gingen naast de grote wielen van de dreunende vrachtwagen sjekkies staan rollen en keken naar de auto die nog in de straat geparkeerd stond.

Dido schoof ontsteld het slaapkamergordijntje dicht, alsof het dunne katoen een barrière zou vormen tegen de geluidsgolven die tot diep in haar borstkas voelbaar waren. Ze vluchtte naar de badkamer, maar zelfs daar trilde de spiegel boven de wasbak op de maat van het gedreun. Ze keek naar haar sidderende spiegelbeeld en vroeg zich in gemoede af of ze een ander huis had moeten kopen. Er was hier voorlopig weinig waaraan ze zich zou gaan hechten.

9

Na de twee gele monsters verscheen er die ochtend nog een takelwagen in de straat. Hij sleepte de laatste geparkeerde auto weg; die zou wel van iemand buiten de wijk zijn. Twee van de mannen in de oranje vesten begonnen met zwaar handgereedschap een gat te maken in de bestrating, vlak bij de kuil in het wegdek die na de inspectie van het riool was achtergebleven. Toen ze klaar waren, stapten ze opzij en zette het gevaarte op rupsbanden de tanden van zijn graafbak in de straat. De motor gromde en de machine begon te duwen, zodat straatklinkers ratelend de bak inschoven. Na een paar happen schudde het monster de klinkers op zoals een huisvrouw een vergiet met bessen. Er viel gelig zand tussen de stenen uit. Het bovenste gedeelte van de machine draaide honderdtachtig graden, de arm met de graafbak werd geheven en de klinkers met veel geraas in de gele laadbak van de vrachtwagen gestort. In de slagerij hoorde slager Arie Koker de plastic bakken in de koeling ratelen.

De hele dag zou het machinegeraas toenemen als de winkeldeur openging en weer afnemen wanneer hij dichtviel, maar de hele dag was de geluidsoverlast voortdurend zo groot dat klanten hun stem moesten verheffen om hun bestellingen te doen. Arie stond achter in de zaak hacheepakketten te maken (hij vulde plastic bakjes met rundvlees, kruiden en ui. De ui maakte dat zijn ogen traanden), toen Stijn Stefeneel binnenkwam. Hij vroeg met luide stem om zes tartaartjes.

'Voor m'n moeder,' riep hij er somber en nogal overbodig achteraan. Arie glimlachte door zijn tranen heen. Alsof Stijn Stefeneel voor zijn eigen genoegen zes tartaartjes zou komen halen.

Even later kwam ook Effie Wijdenes binnen. Er zat een laagje zanderig stof op haar jas, haar gezicht en haar lege, blauwe boodschappentas. Arie moest zijn oren spitsen om te horen wat ze Sté vandaag te vertellen had. Het ging over een bordje in de straat.

'Peter Vassaan,' riep Effie. '*Bignip*. Weet jij wat dat is?'

Sté deed met een plastic zakje om haar hand een greep in de bak half-om-half.

'Geen idee,' riep ze terug. 'Het zal het soort wel zijn.' Ze legde het plastic zakje op de weegschaal en voegde toe: 'Het is te hopen dat er niet allemaal gekken naar de straat komen.'

Arie zag Effie verschrikt zuchten bij het idee. Hij maakte een stapeltje van de hacheepakketjes en nam ze mee naar voren. Buiten kwamen aan de overkant meneer en mevrouw De Boer hun huis uit. Mevrouw De Boer huilde, maar dat was geen nieuws. Je moest haar nageven dat ze dapper doorging, al was het in tranen, dacht Arie.

Alleen die eerste nacht, de nacht van 1 op 2 januari, was mevrouw De Boer tot niets in staat geweest. Die nacht had ze als verlamd naast meneer De Boer op de bank in de huiskamer gezeten, had ze Arie verteld (in tranen). Het was een heel lange nacht geworden, waarin ze wachtten op de terugkeer van hun dochter terwijl ze luisterden naar wat er buiten gebeurde en om beurten de telefoon aannamen, die voortdurend overging. Ze voelden zich genoodzaakt de telefoon aan te nemen omdat er immers de mogelijkheid was dat het Frances was die belde. Ze had tenslotte een mobieltje (dat overigens later teruggevonden werd op de vloer van haar slaapkamer). Het was echter iedere keer familie die belde. Vooral verre familie. Mensen die ze in geen jaren hadden gesproken en die hen feliciteerden.

Om een uur of twee die nacht was buiten het vuurwerkgeknal verminderd, maar het geschreeuw en gelal werd heviger. Voor een aantal van de winnaars bleek het bezit van meer dan één miljoen euro een vrijbrief om normen en waarden overboord te zetten en bovendien was inmiddels iedereen erg dronken. De champagne die de televisieploeg had meegebracht ter verhoging van de feestvreugde was snel op, maar als je miljonair bent, dan laat je een taxichauffeur komen die je naar het enige tweesterrenrestaurant in de stad stuurt om daar de beste maakt-niet-uit-wat-het-kost Moët uit de kelders te scoren. De voordeuren van de winnende adressen stonden allemaal open en toen de nieuwe flessen arriveerden, werden ze geschud en werden de mensen die gillend van de lach van het ene naar het andere huis zwierden, natgespoten. Voor een vrouw als Jo Stefeneel, de moeder van Stijn, was het maar goed dat de nacht van 1 op 2 januari een koude nacht was, anders had zij vast nog veel meer geluiden gehoord die ze niet wenste te horen.

Om een uur of vijf 's ochtends hadden meneer en mevrouw De Boer uitgeput en nog steeds aangekleed tegen elkaar aan op de bank gezeten. Frances was niet teruggekomen en dat was het moment dat mevrouw De Boer begon te huilen. De telefoon rinkelde inmiddels niet meer, maar er begonnen nu buiten geluiden te klinken die meer op vandalisme leken dan op feestgedruis. Met name de kleinkinderen van de hoogbejaarde vrouw van nummer 11 hadden veel plezier toen ze spiegels van geparkeerde auto's begonnen te trappen, onder het onbekommerde motto *ach, wat maakt het uit, we betalen wel* en *wie maakt ons wat*. Om precies zes uur werd het eerste huisraad uit een slaapkamerraam gegooid: een kleine kleurentelevisie, volgens de gooier (een van de twee dikke mensen van nummer 19) een oud kutding dat lekker toch door een plasmascherm zou worden vervangen. De beeldbuis implodeerde met een luide knal toen het apparaat de straatklinkers raakte en pas op dat moment durfde de overkant de politie te bellen. Tot dan toe hadden ze met kussens over hun hoofd in bed gelegen.

Om kwart over zes verrichtte de politie enkele aanhoudingen in de Fermatstraat. Om acht uur ging op nummer 9 de voordeurbel. Mevrouw De Boer sprong met een blije kreet van de bank op en opende de deur (nog steeds huilend, maar nu van opluchting). Het was echter niet Frances, het was een jongeman. In haar verwarde toestand nam mevrouw De Boer aan dat het een vriend was van Frances, die haar zou gaan vertellen waar haar dochter was, en ze vertelde hem alles. Ze vertelde hoe bezorgd zij en haar man waren geweest, hoeveel spijt ze hadden en dat ze zich de hele nacht had zitten afvragen hoe ze dit goed konden maken. De jongeman had geluisterd, maar hij bleek helemaal geen vriend van Frances. Hij kende Frances niet eens, wist niet dat de veertienjarige was weggelopen en had dus ook geen idee waar ze was gebleven. De jongeman bleek stagiair van de grote krant die op maandagmorgen 2 januari had geopend met een feestelijk FERMATSTRAAT WINT MILJOENEN!!! maar, dankzij de stagiair, op dinsdag 3 januari met: LOTERIJ LEIDT TOT GEZINSDRAMA.

In het artikel stonden dingen als: *Sommige bewoners in de Fermatstraat werden niet getroffen door een winnend, maar door een tragisch lot.* De stagiair zou het vast nog ver schoppen in de journalistiek. De invalshoek om niet achter zijn collega's aan naar de kersverse miljonairs te gaan, maar de verliezers te portretteren, bleek vruchtbaar en bovendien had hij een goed paar ogen in zijn hoofd en sprak de beschrijving van de mensen die hij op 2 januari in de Fermatstraat had aangetroffen tot de verbeelding. Hij had niet geschroomd om door ramen van huizen naar binnen te kijken en zijn taal was bloemrijk. In zijn artikel verhaalde hij over mensen die 'met het hoofd in de handen aan keukentafels zaten, als zinnebeelden van Vervlogen Hoop en Gemiste Kans'.

Vooral de ongelukkigen die wel op de goede postcode woonden maar geen geldig lot hadden, prikkelden de fantasie van de stagiair, zodat er ook een beschrijving was van de avond van het echtpaar van nummer 13 – hoewel hij dat echtpaar helemaal niet gesproken had. Berend en Maria Gerbel waren tegen de tijd dat hij in de straat kwam allang weg.

Het artikel in de krant leidde ertoe dat, onder leiding van onder anderen slagersvrouw Sté Koker en de moeder van Stijn, de gelederen in de straat zich sloten. De kloof tussen winnaars en verliezers werd dieper dan een graafmachine ooit zou kunnen graven en in de slagerij werd de huilende mevrouw De Boer de dag van het verschijnen van het artikel openlijk loslippigheid verweten. Vanaf 3 januari gingen de monden stijf dicht en werden de gordijnen letterlijk gesloten. Iedere onbekende werd vanaf die dag met argwaan bejegend. Het verbaasde Arie daarom niet dat hij vandaag meneer en mevrouw De Boer zag schrikken toen de voordeur van het huis naast ze ook openging en hun nieuwe buurvrouw Dido Bloemendaal naar buiten stapte.

Dido had een van de flappen van de zwarte jas over haar hoofd geslagen tegen het lawaai en het stof in de straat. Ze leek op een grote, zwarte zwaan en het echtpaar De Boer draaide zich haastig om bij die aanblik, stak over en vluchtte de slagerij binnen. Toen Dido ze volgde, keken ze zowaar angstig over hun schouder.

In de straat werd de volgende hap klinkers ratelend in de laadbak gestort en er wolkte geel stof langs de etalageruit.

Dido ging naast het echtpaar De Boer voor de toonbank staan, wikkelde de jasflap van haar hoofd en stak haar hand uit.

'Ik ben uw nieuwe buurvrouw,' hoorde Arie haar roepen. Haar stem oversteeg maar net het geraas van de motoren. De etalageruit klapperde. 'Mijn naam is Dido Bloemendaal.'

Meneer De Boer, een gedrongen man met stekeltjeshaar, schoof tussen zijn vrouw en Dido in en schudde de uitgestoken hand.

'De Boer,' mompelde hij. Zijn vrouw hield het bij een knik.

Arie liep terug naar zijn plek bij het hakblok en Sté rekende af met Effie. Dido staarde naar de roodbehuilde ogen van mevrouw De Boer, opende haar mond en sloot hem weer.

Tja, dacht Arie. Dido Bloemendaal had de krant natuurlijk ook gelezen, die had vast haar conclusies getrokken over haar buren. En dan leek *hoe gaat het met u* ineens een ongepaste opmerking.

Buiten liet de graafmachine haar tanden met een doffe klap op de klinkers neerkomen en het motorgeronk zwol weer aan. Sté schoof de lade van de kassa met een klap dicht. Het echtpaar De Boer vroeg om een kleine rollade. Zodra ze die in handen hadden, vertrokken ze snel, zonder nog naar Dido te kijken. Dido staarde ze na, streek een hand door haar krullen en wendde zich naar Sté.

'Mag ik één gehaktballetje van u,' zuchtte ze.

Gealarmeerd keek Arie op. Hij zag dat Sté rood werd, maar ze hield zich gelukkig in en boog snel haar hoofd over de schaal met kant-en-klare balletjes in de koelvitrine. *Mag ik één gehaktballetje van u* was de letterlijke tekst van de wekelijkse bestelling van omaatje Ariaanse. En als Sté aan omaatje Ariaanse dacht, wist Arie, dan overspoelde haar een hete golf van schaamte.

Er woonden wat Sté betrof na de loterij twee soorten mensen in de Fermatstraat: miljonairs en niet-miljonairs. Je kon ze ook *deze kant* en *de overkant* noemen. Of winnaars en verliezers. Of, volgens Sté nog beter, mensen met perspectief op een mooi leven en mensen zonder dat perspectief.

Een van de eerste dingen die daarvan merkbaar waren, was een verschuiving van ritmes. Na 1 januari stapte *deze kant* nog gewoon 's morgens vroeg in de auto of op de fiets om naar het werk te gaan of om een kind naar de crèche te brengen. Of ze pakten een stofzuiger of lapten een raam, deden een was en schilden aardappelen. De overkant daarentegen verschoof vooral in de eerste weken de dag naar de nacht. De dag na de loterij kwamen ze zelfs nauwelijks buiten, terwijl Sté er juist die dag klaar voor was. Vanaf het moment dat ze uit bed kwam, bevroor ze haar gezicht in een strak, neutraal masker en Arie hoorde haar in de badkamer hardop oefenen voor de spiegel. *Van harte.* Net zo lang tot het niet meer zo geknepen klonk en ze gewapend was tegen opmerkingen als:

Nou, het was nog een hele schrik.

We gaan er eerst maar eens even rustig over nadenken.

Wat jammer voor jullie, hè?

Had je wel een lot? Nou, dan hebben jullie toch ook mooi achthonderd eurotjes te pakken!

Maar al wie Sté die dag tegenkwam: het waren alleen verliezers.

De volgende dag ontmoette Arie wel een winnaar, bij de groothandel. Het was de dikke man van nummer 19.

'Hij was al dronken of nog steeds dronken,' vertelde Arie aan Sté. De man had zo idioot lopen grijnzen dat de halve bewaking van de groothandel hem in de gaten hield. Vooral toen hij dozen vol champagne in zijn kar begon te laden en hele kratten oesters. De kar was vol toen de man langs een stapel spelcomputers kwam. Met een ervan in zijn handen draaide hij zich om naar de bewaker die hem het dichtst op de hielen zat en zei: 'Hou effe vast.'

'Die vent was zo overdonderd, dat hij het nog deed ook,' zei Arie grinnikend. Er hadden uiteindelijk bij de kassa drie bewakers in het kielzog van de dikke man gestaan, allemaal lachend en allemaal met hun armen vol. Maar dat was pas toen ze erachter waren gekomen dat hun vreemde klant een van de Fermatstraatmiljonairs was. Best een goeie grap, vond Arie, maar Sté had er niet om kunnen lachen. Sté wreef over haar buik, ter hoogte van haar maag.

'Heb je nog wat tegen hem gezegd?' vroeg ze.

'Ja, tuurlijk,' zei Arie opgewekt, want Arie hield de moed erin. 'Ik heb hem *van harte gefeliciteerd.*'

's Middags zag Sté er zelf ook een paar, maar gelukkig kwam geen van hen naar de slagerij. Ze schoten met witte gezichten van het nachtelijk feesten en de bijbehorende katers de ene voordeur uit en de andere in. Zo bleven verliezers bij verliezers en winnaars bij winnaars en zo was het maar beter ook, vond Sté en ze probeerde zich te ontspannen. Maar op woensdag, drie dagen na de loterij, kwam omaatje Ariaanse naar de winkel, de verbaasde bejaarde dame van nummer 11. Omaatje Ariaanse deed alsof er niets was gebeurd, maar zij bezat sinds 1 januari 6,6 miljoen euro en iets meer kleinkinderen dan ze zich kon herinneren. Dat ze zo verschrikkelijk veel geld won, was omdat ze *zes* loten had gehad.

De motivatie van omaatje Ariaanse om met zoveel loten mee te doen was waarschijnlijk uniek: ze deed het oprecht en alleen om de goede doelen te steunen. Ze was dan ook de enige in de Fermatstraat die, werd haar ernaar gevraagd, de goede doelen werkelijk kon noemen – van noodhulp in Darfur tot natuurgebieden in Letland, van aidsvoorlichting tot Amnesty International. Het gaf de oude dame een warm gevoel als ze erover vertelde of erover las, vertelde ze ooit in de slagerij, en ze betaalde de loten al jaren met een blijde glimlach.

Omaatje Ariaanse woonde al dertig jaar in de Fermatstraat. Al die jaren kwam ze drie keer per week naar de slagerij – vroeger bij Cees Koker, toen bij Cees Koker en Zn. en nu bij Zn. Elke woensdag kocht ze gehaktballetjes, sinds het uitvliegen van haar twee zonen en het overlijden van haar man nog maar één. En elke woensdag zei ze tegen Sté of Arie: 'Zo lekker kan ik ze zelf niet maken.' Sté vermoedde dat omaatje Ariaanse dacht dat Arie ze persoonlijk tussen zijn grote handen kneedde en vertelde maar niet over de machine die achter in de werkplaats stond. Ze liet haar in de waan, er was immers geen reden om niet vriendelijk te zijn tegen het oude dametje met haar kleine bestellinkjes.

En toch was Sté, toen omaatje Ariaanse op de woensdag na 1 januari de winkel inkwam, ontploft. Ze had geschreeuwd. Ze kon het niet aan dat er tegenover haar een oude vrouw stond die 6,6 miljoen euro bezat, zes-komma-zes-miljoen euro, en dat die vrouw tegen haar zei: 'Mag ik één gehaktballetje van u.'

'ÉÉN GEHAKTBALLETJE?' schreeuwde Sté.

Toen had omaatje Ariaanse haar aangekeken met haar oude, blauwe oogjes en gezegd: 'Twee kan ik er niet op.'

10

Nadat Stijn Stefeneel zijn zes tartaartjes bij de slager had gehaald, was hij op de stoep voor zijn huis blijven staan dralen, het zakje in de hand en zijn ziel onder de arm. Hij deed of hij naar de werkzaamheden keek. Daar waar de klinkers waren weggeschraapt, was grauwgeel zand zichtbaar geworden. Daaronder zou het riool liggen. Morgen gingen ze graven, had de machinist van de shovel hem net verteld. Of overmorgen. Stijn keek naar de kleur van het zand en verbaasde zich dat hij zich nooit had gerealiseerd waar hij hier feitelijk overheen liep, terwijl hij toch al zijn hele leven in deze straat woonde.

Tersluiks keek hij naar de overkant, naar nummer 13. George was gisteravond niet naar zijn werk komen kijken. Natuurlijk was het ook niet een echte afspraak geweest, maar hij had de hele avond hoopvol zitten wachten.

Nu stapte hij de stoep af, ontweek ternauwernood de shovel en ploegde door het zand om over te steken. Het was moeilijk te zeggen of George er was, ze was in elk geval niet in de keuken en de kan onder het koffiezetapparaat was leeg. Op het aanrecht stond de doos eieren die ze bij Koker had gekocht.

Stijns blik dwaalde over het gereedschap dat op de keukentafel lag. Verf, kwasten, een spuitbus pur. En toen zag hij de paspoorten. Ze lagen half onder een vel schuurpapier, maar het waren onmiskenbaar twee paspoorten.

Hij schrok toen er ineens een vrouw naast hem op de stoep kwam staan. Het was een grote vrouw in een zwarte jas met flappen.

'Weet u hoe lang dit gaat duren?' riep ze en ze knikte naar de shovel, die achteruit vlak langs ze reed.

Hij keek naar haar. Zijn blik bleef hangen aan haar oogopslag. Zo'n vrouw kan ik schilderen, dacht hij. Niet omdat ze groot en rond was, maar omdat hij een interessante mengeling zag van strijdlust en kwetsbaarheid. Zijn blik ging naar beneden. Te zien aan het plastic zakje dat ze in haar hand hield, was ze ook net bij Koker geweest. De knokkels van haar hand waren wit. Toen keek hij weer naar haar gezicht. Hij zag nu iets gretigs en deed een stapje achteruit.

'Toch zeker wel een week,' zei hij schouderophalend. 'Of twee.' Wist hij veel. Hij zag haar zuchten.

'U woont hier ook?' vroeg ze toen.

Ah, dacht hij, dit moet een van de nieuwkomers zijn. Hij schudde de hand die ze hem toestak.

'Dido Bloemendaal,' zei ze. 'Nummer 7.'

Hij moest erom lachen, maar antwoordde even ernstig: 'Stijn Stefeneel. Nummer 16.'

Ze leek er de humor niet van in te zien.

'Woont u hier al lang?' vroeg ze. De shovel reed weer langs, nu vooruit, en ze moest haar stem verheffen. Ze keek naar zijn kleren.

'Mijn hele leven,' riep hij terug.

'Dan kent u mijn buren,' zei ze. Ze keek of ze dat fijn vond, maar Stijn zag niet wat er fijn aan was. Haar buren? De shovel reed weer achteruit. Toen het gegrom een beetje was afgenomen, zei de vrouw: 'Ik zou het op prijs stellen als u een keer een kop koffie kwam drinken. Ik zou dan graag eens overleggen of...'

De shovel zette aan om de volgende klinkers weg te schrapen en Stijn verstond niet wat ze verder zei. Toch knikte hij, want de voordeur van nummer 13 ging open. Hij groette Dido Bloemendaal haastig en liep naar George toe.

Ze zag hem niet eens. Ze stond op de drempel naar de shovel te staren, haar gezicht bleek in de reflectie van het grauwgele zand. Deze keer had ze niet een broodmes in haar hand, maar een hamer. Ook háár knokkels waren wit.

'Hoi,' zei hij alsof hun ontmoeting hem niet echt interesseerde. Ze keek op, beantwoordde zijn groet niet maar zei: 'Morgen gaan ze graven.'

Het klonk niet als een vraag, maar ze keek hem wel vragend aan. Waarom dacht iedereen vandaag dat hij iets van grondwerk wist? Of van planning? Hij haalde zijn schouders op. George draaide zich om en liep terug naar binnen.

Hij ging haar achterna de keuken in en schoof meteen het vel schuurpapier opzij dat half op de paspoorten lag. Ze zag het.

'O ja,' zei ze. 'Dat is er nog niet van gekomen.'

'Maar...' zei Stijn. Hij pakte de paspoorten op. Hij had haar toch gevraagd hoe het bij de politie was? Wat antwoordde ze toen ook alweer? *Gewoon.* Gewoon nog niet van gekomen, kennelijk. Hij sloeg het bovenste boekje open en Berend keek hem aan.

George pakte een koekenpan.

'Dus niemand weet waar ze zijn,' zei ze terwijl ze een klont boter in de pan deed. 'Die Gerbels.' Ze klonk alsof ze een praatje over het weer maakte.

'Ze zijn weggegaan. Maar niemand weet wanneer,' zei hij, 'of waarheen. Ze zijn zoek.'

Ze pakte de eierdoos.

'Hoe zei je dat de man heette van wie je het huis kocht?' vroeg hij.

'Van Toren.'

'Wat was dat voor een man?'

Met haar rug naar hem toe haalde George onwillig haar schouders op en pakte twee eieren uit de doos.

'Aardige, oude man. Type vader die een huis koopt voor zijn kinderen.'

Maria Gerbel-van Toren? Stijn had geen idee hoe Maria heette voor ze een Gerbel werd. Maar als George gelijk had, wierp het wel een ander licht op de verhouding Maria-Berend.

'Berend Gerbel sloeg zijn vrouw,' zei hij ineens. Hij voelde zich kleuren terwijl hij het zei. George draaide zich snel om. Ze keek hem strak aan en zei: 'En dat wist jij.'

Stijn haalde ongelukkig zijn schouders op. Dat wist iedereen in de straat. Het was het bekende verhaal van losliggende traproedes en zonnebrillen. George wendde zich weer naar het gasfornuis en tikte een ei veel te hard kapot op de rand van de koekenpan.

'En niemand greep in,' zei ze. Stukjes eierschaal gleden met het eiwit mee de pan in. Ze begon ze er met haar vingers uit te vissen. Toen veegde ze haar handen af aan haar overall en keek weer naar hem.

'Wat moet je doen in zo'n geval?' zei hij. Het klonk minnetjes en klein en laf. Hij keek toe hoe de vrouw die het slechtste in hem bovenhaalde, boterhammen uit de papieren zak pakte.

'Praten, aankloppen bij de goede instanties of terugslaan.'

'Maria begon er nooit over.' Terwijl hij het zei had hij het gevoel dat hij pruilde.

'Het zijn kutsituaties,' zei George. Ze ging voor hem staan en keek naar hem op. 'Je weet niet of het waar is wat er gezegd wordt. Je wilt het niet geloven. Je bent bang om iemand vals te beschuldigen. Of om de situatie voor het slachtoffer nog erger te maken. Niemand doet iets en je vindt het moeilijk om de eerste stap te doen.'

'Ja,' zei hij.

'Zeg dat dan,' zei ze en ze draaide zich weer om.

Stijn dacht weer terug aan de avond dat hij Berend Gerbel voor het laatst had gezien, toen hij met de kerstslinger om zijn hoofd door de straat liep. Hij dacht aan het gezicht van Maria Gerbel die nacht en zuchtte. Zelfs toen had hij niets gedaan en de vraag was nu of het zijn laatste kans was geweest om iets voor Maria-met-de-grote-ogen te doen.

Toen iedereen die avond allang in de gaten had dat de BN'er met de valse grijns niet naar nummer 13 ging met zijn decorcheques, wilde het tot Berend Gerbel maar niet doordringen. Hij bleef hoopvol staan kijken naar de mensen van de televisie. Misschien dacht hij dat hij een extra grote prijs zou krijgen, dat ze hem tot het laatst bewaarden. Maar toen ging de televisieploeg definitief op de terugweg. Natuurlijk bleven er tientallen mensen op straat staan, champagneglazen in de hand. De meesten lachten, velen huilden vreugdetranen. Toen had er een iets in het oor van een ander gefluisterd en naar Berend gewezen. Hij stond midden op straat en staarde nog steeds in de richting waarin de televisieploeg allang was verdwenen. Hij zwaaide licht op zijn benen.

'Goddank is hij ladderzat,' hoorde Stijn iemand zeggen. 'Hij kan nog geen deuk in een pakje boter slaan.'

Men begon te speculeren over hoe het in godsnaam mogelijk was dat Berend Gerbel kennelijk *dacht* dat hij een lot had, maar dat niet had. Was dat omdat hij dronken was? Was hij vergeten te betalen? Had hij zijn vrouw opdracht gegeven om te betalen en had die dat niet gedaan? In dat laatste geval moest men vrezen voor het leven van Maria Gerbel.

Peter Vassaan, de jonge vader van nummer 14, die zelfs de straatprijs van achthonderd euro was misgelopen omdat hij niet in het bezit was van een lot, bracht Berend nog een pilsje. Hij hoopte dat Berend knock-out zou gaan, zou hij later ter verklaring tegen Stijn zeggen. Het was geen slechte knul, Peter Vassaan, al sprak hij meestal in termen die de helft van de straat niet begreep. Zowel hij als zijn vrouw was *psycholoog*, en dan wist je het wel.

Berend Gerbel nam het biertje aan. Hij zei niets, maar dronk. Toen draaide hij zich weer in de richting van de Albert Einsteinsingel, waar de helikopter zich klaarmaakte om op te stijgen. Peter bleef met een zorgelijk gezicht naar Berend kijken. Berend wilde iets zeggen, maar begon te kokhalzen en gaf over. De kots spetterde tegen hun beider broekspijpen en Peter deed haastig een paar stappen achteruit. Wankelend draaide Berend zich om. Hij begon naar zijn huis te lopen, terwijl hij de kerstslinger van het hoofd rukte. Het pilsje van Peter, dat hij nog in zijn hand had, liet hij halverwege op de straatstenen stukvallen.

Iedereen had Berend nagekeken en iedereen keek zorgelijk naar nummer 13. De voordeur stond nog open, maar Maria was nergens meer te zien. Berend bleef even op de drempel van het huis staan, greep zich met een hand aan de deurpost vast en slingerde zich toen naar binnen. De voordeur sloeg met een klap achter hem dicht.

De volgende dag gingen de gordijnen van nummer 13 niet open en dat bleef zo. Berend noch Maria liet zich meer zien. Natuurlijk maakte men zich zorgen in de straat, maar tegelijkertijd voelde men zich zo schuldig tegenover Maria-met-de-grote-ogen, dat niemand bij iemand anders durfde te informeren. Men deed het geval Gerbel haastig af. *Die hebben hun biezen gepakt*, werd er bij de slager gezegd toen de Gerbels na twee dagen nog niet waren gezien. Men kon het zich nog voorstellen ook. *Het zal je gebeuren. En kijk eens naar meneer en mevrouw De Boer.* Die wisten van ellende ook niet waar ze het zoeken moesten.

Op basis van volstrekt onduidelijke bronnen hielp iemand het gerucht de wereld in dat de Gerbels naar Thailand waren vertrokken. Ja, vielen anderen bij. Naar Thailand. En misschien was Frances de Boer wel met ze mee.

Niet dus, wist Stijn Stefeneel nu en hij legde de paspoorten op de keukentafel. Niet naar Thailand. Maar waar dan wel? Hij schrok op uit zijn gepeins toen hij George hoorde zeggen: 'Ik kan straks wel even naar je werk komen kijken. Er moet hier iets drogen.' Het kwam volkomen onverwacht. Ze pakte de paspoorten, stopte ze in haar achterzak, keek om zich heen en toen op haar horloge.

'Over een uur,' zei ze.

Stijn dacht aan de staat van zijn atelier en ging gauw naar huis.

Gelukkig was hij even later als eerste beneden toen George aanbelde en vanaf het moment dat ze zijn atelier instapte, was hij niet meer nerveus over wat ze van zijn werk zou vinden. Hij dacht: *het is goed. Dit is wat ik kan en het is goed.* Terwijl zij naar de doeken keek, kon hij in rustige afwachting naar haar gezicht kijken om haar reactie te peilen. Hij had de portretten uit de eerste serie ongeveer neergezet zoals ze op 1 januari ook hadden gestaan: in een slordige cirkel tegen muur, kast, stapels boeken en op de twee ezels. De eerste serie was nu voltooid, op één doek na.

Hij zag Georges blik eroverheen glijden. Toen keek ze naar hem. Haar gezicht verried niets.

'Het zijn allemaal mensen hier uit de buurt,' zei ze.

Stijn knikte.

'De Fermatstraat,' zei hij.

'En niemand heeft geposeerd.'

Hij schudde zijn hoofd en stak een sigaret op.

Ze bekeek de schilderijen nog een keer, nu een voor een, langzaam door het atelier slenterend. Soms kneep ze haar ogen even samen en wreef ze over haar voorhoofd. Soms streek ze langs haar kin, als een man die voelt of hij bij het scheren een plekje heeft gemist. Ze krabde zich een keer in haar nek, fronste en schoot een keer in de lach. Ze zei niets en nam alle tijd.

Stijn was op de oude bureaustoel van zijn vader gaan zitten. Toen hij zijn sigaret uitdrukte, draaide ze zich eindelijk om, keek hem aan en zei: 'Indrukwekkend.'

Hij knikte.

'Dit is bijna de hele eerste serie,' zei hij. 'Dit worden er achttien. Van vóór 1 januari.'

Ze keek hem peinzend aan en toen nog een keer naar alle portretten.

'De hele straat,' begreep ze. 'Behalve de kantoren.'

Hij knikte weer.

'En je maakt nog een tweede serie.'

'Zelfde mensen, nu na 1 januari,' zei hij. 'Twaalf, want de winnaars doe ik niet. En de nieuwkomers ook niet.'

Ze lachte even en zei: 'Je hebt mij dus helemaal niet nodig.'

Nu kleurde hij toch weer en hij boog zich gauw naar de doeken van de tweede serie waarmee hij begonnen was. Ze leunden in een slordige stapel tegen zijn bed en hij trok er lukraak een tevoorschijn. George keek ernaar en toen ineens zag hij lijnen rond haar mond en ogen die hij nog niet eerder had gezien. *Zo zou ik je kunnen schilderen*, dacht hij. Hij keek welk portret hij tevoorschijn had gehaald. Het waren Berend en Maria Gerbel.

'Dit zijn de mensen die in jouw huis woonden,' zei hij.

George knikte woordeloos.

'Maar hoe...' begon ze. Halverwege de zin sloot ze haar mond en keek op haar horloge.

'Ik moet weg,' zei ze. Ze liep het atelier uit en begon de twee trappen af te dalen, zo snel dat Stijn verbijsterd bleef zitten. Hij keek nog een keer naar het doek dat hij tevoorschijn had getrokken. Maria-met-de-grote-ogen keek terug met een lijkbleek gezicht en vanuit een benedenhoek van het schilderij staarde Berend hem aan. De linkerhelft van zijn gezicht drukte de euforische waanzin uit die Stijn de avond van 1 januari had gezien. De rechter was vervormd: het ene woedende oog zat te dicht bij het oor en was kleiner dan het andere, het rechteroor zag eruit alsof het geplet was en langs de schedel omhooggeschoven.

Beneden sloeg de voordeur dicht.

11

Dezelfde deur, de voordeur van nummer 16, werd de volgende morgen geopend door een vrouw. Dat stelde Dido Bloemendaal teleur. Zij wilde Stijn Stefeneel. Niet alleen, maar wel vooral omdat hij haar misschien zou kunnen helpen met het probleem van de buren.

Gisteravond om tien uur had het gejammer van mevrouw De Boer op nummer 9 het televisiejournaal in Dido's huiskamer overstemd. Ook meneer De Boer had Dido kunnen horen (een bas). Om kwart over tien was het gehuil veranderd in geschreeuw.

'*Ik!?*' hoorde Dido mevrouw De Boer gillen. '*Jij* hebt het altijd over die rotcenten die *jij* moet verdienen. *Jij* zei dat ik minder moest uitgeven!'

'En nou moest je ineens zo nodig wél doen wat ik zei?' schreeuwde meneer De Boer terug. 'Dat was dan wel voor het eerst, kuttenkop!'

Toen klonk het eerste geluid van brekend servies en Dido was zich ernstig zorgen gaan maken. Mogelijk had haar poging om bij de slager contact te maken het probleem verergerd? En misschien had ze vanavond om halfnegen beter *niet* aan kunnen bellen bij de buren, een fles wijn onder de arm. (Er was niet opengedaan. Zelfs het keukengordijn naast de voordeur had niet bewogen, maar toen was haar oog op het glanzende oog gevallen dat in het hout van de voordeur zat. Een spionnetje.)

Er ging nog iets aan scherven en vlak daarna een heleboel tegelijk. Het was toen halfelf. Vervolgens had een van beide echtelieden kennelijk besloten te vertrekken: de voordeur van nummer 9 sloeg met een knal dicht en het werd stil. Heel stil, want er reed natuurlijk geen verkeer door de opgebroken straat. Dido was daardoor in slaap gevallen, voordat ze weer kon gaan tobben over de puber met de bloedneus of over de excuses die ze misschien wel of misschien niet had moeten aanbieden. Pas om halfacht werd ze wakker, toen de eerste graafmachine buiten weer werd gestart en ze constateerde toen tot haar eigen verbazing dat ze had gedroomd van die leuke man met die blonde krullen en die verf op zijn kleren. Stijn Stefeneel. Nummer 16.

Nu keek ze onderzoekend naar de vrouw die de deur van nummer 16 open had gedaan. Ze was iets jonger dan zijzelf en droeg een ouderwetse bril en een donkere rok tot halverwege de kuit. Haar lange haar hing in een staart op haar rug, om haar mond lag een gebeitelde glimlach.

Dido schraapte haar keel en zei: 'Ik ben op zoek naar Stijn Stefeneel.'

'Ah!' zei de vrouw lachend. 'De tartaartjes!'

Daar had Dido geen antwoord op.

'O,' zei de vrouw toen ze de verbazing las op Dido's gezicht en toen, nog steeds lachend: 'Niet de tartaartjes. Sorry! Het komt: Stijn vertelde gisteren dat hij de tartaartjes had laten liggen bij een buurvrouw en ik nam aan dat u ze kwam brengen. Maar dat was u dus niet. Het geeft niet, het was toch te laat. Die tartaartjes waren voor gisteravond. We eten natuurlijk niet elke dag tartaartjes, maar gisteren was er iets te vieren.'

In de hele Fermatstraat had nog niemand zoveel zinnen achter elkaar tegen Dido gezegd en nu keek de vrouw Dido uitnodigend aan, blauwe ogen achter de dikke brillenglazen.

'O ja?' zei Dido, 'was er iemand jarig?' Ze moest haar stem verheffen, omdat bij de Albert Einsteinsingel de graafmachine haar klauw in het gelige zand stak en met veel kabaal en stof een gat begon te graven.

De vrouw bracht haar hand zo snel bij Dido's gezicht dat die even terugdeinsde.

'Verloofd!' straalde de vrouw. 'Ik ben gisteren verloofd!'

'Dat is leuk,' zei Dido zuchtend en ze keek naar het ringetje om de bleke vinger van de vrouw. Dit kán niet de verloofde zijn van die leuke Stijn, dacht ze.

'Mama en Stijn hadden er gisteren ruzie over,' zei de vrouw zonder dat ze haar glimlach ook maar een ogenblik liet verflauwen. 'Het kost natuurlijk geld, tartaartjes. En we moesten het dus gisteren doen met gehakt uit de diepvries, want Koker was al dicht.'

De graafmachine kantelde grommend haar bek en stortte zand achter de kuil.

'Gehakt is anders dan tartaartjes. Gelukkig moest Henk er alleen maar om lachen,' glom de vrouw. Het was een dolle boel hier in huis, dacht Dido. Mama? Henk? Henk zou de verloofde wel zijn.

'Is Stijn uw broer?' raadde ze. De vrouw knikte opgewekt.

'Zou je niet zeggen, hè? Hij met al die blonde krullen.' Ze greep achter haar rug en trok lachend de paardenstaart tevoorschijn. 'En ik zo steil!'

Dido lachte terug.

'Jullie wonen hier met jullie ouders?' zei ze en ze haalde een hand door haar eigen haar.

'Ja. Papa en mama en ik en Stijn. Maar ik dus niet zo heel lang meer! In september gaan Henk en ik trouwen! Hoe vínd je het!'

'Enig,' zei Dido en ze kneep glimlachend even haar ogen dicht, alsof de zus van Stijn een poes was die gerustgesteld moest worden. 'Gefeliciteerd.'

'We gaan in de nieuwbouwwijk in West wonen, daar kon Henk een huis huren. Ik dacht eerst dat ik het hier wel zou gaan missen, maar sinds die avond van je weet wel...' Ze boog zich naar Dido toe en sprak zachter, de glimlach nog steeds om haar mond. Inmiddels stond de graafmachine echter vlak achter Dido en ze kon de zus van Stijn niet meer verstaan. '... veel veranderd...' hoorde ze nog, en '... lot...' Toen ging er binnen in het huis een deur open en in de donkere gang doemde een zwarte gedaante op.

'Jacoba,' zei een lage vrouwenstem. Stijns zus schrok en deed een stap achteruit de gang in. De zwarte gedaante schoof langs haar naar de voordeur. Het was een enorme vrouw, een jaar of vijfenzestig. Haar grijze haar zat strak achterovergetrokken in een knot, ze had prominente, doorlopende wenkbrauwen met daaronder bijna lichtgevend blauwe ogen. De vrouw droeg eenzelfde kuitlange rok als Jacoba en een zwarte blouse, die tot en met het bovenste knoopje was dichtgeknoopt. Ze was zeker zo groot als Dido en dat maakte Dido niet vaak mee. Het effect was dat ze, toen ze eenmaal tegenover elkaar in de deuropening stonden, elkaar de maat leken te nemen.

'Dido Bloemendaal,' zei Dido met haar kin in de lucht.

De vrouw aarzelde een moment en schudde toen de uitgestoken hand.

'Mevrouw Stefeneel,' zei ze. 'U kwam voor...?'

'Stijn,' zei Dido en ze zag de gezichtsuitdrukking van de vrouw een fractie veranderen bij het horen van de naam van haar zoon.

'Die is er niet,' zei de vrouw.

'Dan probeer ik het een andere keer,' zei Dido. Met opzet telde ze tot drie voordat ze zich omdraaide. Ze weigerde zich te laten intimideren door omvang. In de straat dreunde de graafmachine, achter de rug van mevrouw Stefeneel glimlachte Jacoba verontschuldigend.

Mevrouw Stefeneel stond met haar gedaante van een schikgodin dus als het ware tussen Dido en Stijn in en Dido liep humeurig terug in de richting van haar huis, in stof en herrie over stoeptegels die dreigden te verzakken in het geweld van de zware machines. Achter haar werd de kuil een sleuf, midden door de straat. Werd het een kloof die door de hele straat zou gaan? Zodat ze de komende tijd de hele straat op en neer zou moeten lopen om naar de slager te kunnen? Ze liep nu aan de even kant, de kant waar de meeste mensen nog steeds de gordijnen gesloten hielden, en Dido stapte in het grauwgele zand van de rijbaan om naar de oneven kant te gaan. Daar kon ze ongehinderd naar binnen kijken. Wat ze vooral zag, waren keukens, want de architect die de Fermatstraat na de oorlog had ontworpen, was kennelijk van mening geweest dat niet woonkamers maar keukens aan de straat dienden te grenzen. Dat de helft van de straat daardoor een keuken op het zuiden en een tuintje op het noorden had, was voor die architect geen issue geweest.

Op nummer 17 waren nieuwe, tomatensoeprode kastjes geïnstalleerd. Bij nummer 15 hingen er strengen knoflook voor het keukenraam alsof er vampiers geweerd moesten worden. Op nummer 13, het huis dat gekocht was door die kleine vrouw in overall, waren zo te zien de werkzaamheden in volle gang: het plafond lag deels open en buizen en elektriciteitsdraden waren zichtbaar. Een oude, houten keukentafel voor het raam was bezaaid met kwasten, verfblikken en schuurpapier.

Op nummer 11 waren de gordijnen gesloten, maar daar had Dido gisteren een jonge vrouw naar binnen zien gaan in een wit verpleegstersuniform. Goede kans dat die nachtdiensten draaide en dat ze nu probeerde te slapen. In dat geval was het voor haar te hopen dat ze een slaappil uit het ziekenhuis had meegenomen, want het geronk van de graafmachine rukte gestaag op, weerkaatsend tegen de gevels.

Dido kwam bij haar eigen keukenraam. Ze wilde de sleutel in het slot van haar voordeur steken, maar keek op toen ze in de Pascalweg de sirene van een ambulance hoorde. Hij stopte vlak voor het hek WEGOMLEGGING aan het eind van de Fermatstraat.

Het ambulancepersoneel sprong uit de auto, trok een brancard tevoorschijn en draafde ermee naar nummer 9, naar het huis van Dido's huilende buurvrouw.

12

Als men er in de Fermatstraat niet aan gewoon was geraakt om gordijnen te pas en te onpas gesloten te houden en als het dus was opgevallen dat de gordijnen op nummer 9 die ochtend niet opengingen... Als meneer De Boer gisteravond niet was vertrokken en ladderzat was geworden bij een vriend en daar ondanks de protesten van de vrouw van die vriend op de bank was blijven slapen... Als Effie Wijdenes in haar huis aan de overkant niet te veel sherry had gedronken en alert genoeg was geweest om zich af te vragen waarom in het huis van de familie De Boer het licht boven de hele nacht bleef branden, of als de dokter niet zoveel sterke pillen had voorgeschreven, of als Frances niet was weggelopen of prinses Diana niet was gestorven... dan zou mevrouw De Boer het misschien niet gedaan hebben. Of dan was eerder ontdekt wat ze had gedaan en was de daad, nadat de maag van mevrouw De Boer was leeggepompt, afgedaan als een kreet om aandacht die bij het Riagg behandeld kon worden.

Maar in de omstandigheden zoals ze waren, hadden de capsules die ze had geslikt de hele nacht de tijd om op te lossen en konden haar maag en darmen in alle rust haar bloed voeden met de chemische verbindingen die vrijkwamen en die zonder haast haar hart trager en trager lieten kloppen, tot het zo langzaam klopte dat de dokter, tegen de tijd dat hij bij het bed kwam, grote moeite had om vast te stellen of mevrouw De Boer nog leefde.

Dido reconstrueerde het verhaal aan de hand van de warrige teksten van meneer De Boer, die ze handenwringend aantrof op een blauwleren bank in de huiskamer van nummer 9. Het ambulancepersoneel had de voordeur open laten staan en Dido was naar binnen gegaan.

Meneer De Boer had die ochtend zelf de dokter gebeld, vertelde hij, toen hij om halfelf thuiskwam met een dijk van een kater en veel spijt. De dokter had de situatie snel in ogenschouw genomen, inclusief het lege potje kalmeringspillen naast het bed, en verordonneerde onmiddellijk per gsm een ambulance terwijl hij de vingers van zijn vrije hand tegen de halsslagader hield van de vrouw op het bed, die dieper en dieper in haar coma wegzakte. Toen het ambulancepersoneel arriveerde, werd meneer De Boer naar beneden gestuurd omdat hij in de weg liep en tegen de tijd dat hij in de huiskamer zat, keek hij nergens meer van op. Ook niet van zijn nieuwe buurvrouw, die er ineens was en hem een glaasje water bracht.

Hij dronk van het water en snoot luidruchtig zijn neus, terwijl Dido bezorgd naast hem zat en intussen verbaasd om zich heen keek. Het was niet het koningsblauwe tapijt en zelfs niet het behang met het zilveren glansje dat haar verbaasde – het waren de mokken, bordjes, theepotjes, legpuzzels, spaarpotten en kitscherige fotolijstjes die overal in de kamer stonden. Ze toonden allemaal een afbeelding van prinses Diana. Het grootste deel van de verzameling was uitgestald op tafeltjes en plankjes aan de muur, maar er was ook een deel dat aan scherven op de grond lag.

'Ik had het niet meer in de hand,' jammerde De Boer. 'Ik was mezelf niet meer.' Hij dronk de rest van het water op en zuchtte *gottogottogot*. Dit kon er nog net bij. En de afgelopen maanden waren al de vernederendste van zijn leven geweest. Dat was begonnen met het gezicht van zijn dochter op de avond van 1 januari, een gezicht vol ongeloof, afgrijzen en minachting toen het tot haar doordrong dat haar ouders geen lot hadden voor de loterij waarmee ze nu miljonair hadden kunnen zijn. De volgende dag waren het de blikken buiten. Meewarige blikken. Valse lachjes. Hoofdschudden, als ze dachten dat hij niet keek. Hij had zich verdomme niet meer op straat durven vertonen. Maar hij moest wel natuurlijk, hij moest naar zijn werk. Hij wel.

Op het werk bleef het debacle ook niet lang geheim.

'Hé, De Boer, jij woont toch in de Fermatstraat?'

'Hé, man, waar is die Ferrari nou?'

'Zat je er een letter naast?'

Gelach. Een van die gekken op het werk moet het hebben nagekeken in het adressenbestand, en toen begon het gefluister en het hoofdschudden pas goed. En de botte opmerkingen.

'Geen lot?'

'Jezus, klootzak, dat laat je je toch niet gebeuren?'

'De Boer, man, wat ben jij een ongelooflijke lul.'

Het kwam nog bijna tot matten, ware het niet dat ze allemaal wisten dat je als Particulier Beveiliger beter geen vechtpartijen op je cv kon hebben. Dus meneer De Boer had tot tien geteld, zijn handen afgeveegd aan zijn uniformbroek en nog een keer tot tien geteld. Toen had hij diep ademgehaald en was in de auto gestapt om naar zijn ronde op het industrieterrein te gaan. Als hij gewoon weer aan het werk ging, werd alles misschien snel vergeten...

Dido knikte meelevend terwijl ze bezorgd naar het gestommel boven luisterde.

'Maar gisteravond...' zei De Boer. Gisteravond had hij op de bank in de huiskamer gezeten met een blikje bier terwijl Sonja in de keuken zat te huilen. En toen ineens had hij gedacht: *tering*. En vervolgens dacht hij *klote* en ten slotte ook nog *kut*. Hij had over de rand van het bierblikje om zich heen gekeken en zag Diana in honderdvoud lijdzaam terugkijken.

'Sonja spaart Diana,' zei meneer De Boer. Hij zei het alsof het een vanzelfsprekende zaak was, 'Diana sparen'. Misschien, zei hij, als Sonja wat meer aandacht had gehad voor haar dochter in plaats van voor dat achterlijke gedoe met die dooie prinses? Dan had ze in elk geval antwoord gehad op vragen die er ineens waren. Wie de vriendinnen van Frances waren. Wie haar vriendjes. Met wie ze omging op school, met wie ze belde, sms'te, chatte en msn'de. De politie wilde het allemaal weten.

Het gestommel boven verplaatste zich naar de trap. Meneer De Boer zuchtte. Hij dacht eigenlijk altijd dat het wel goed ging met

Frances, zei hij, zolang ze met mes en vork at, zich 's avonds ongeveer hield aan het tijdstip waarop ze thuis moest komen en hij af en toe een schoolrapport zag waarop hij een handtekening kon zetten.

'Alles hebben we haar gegeven,' had Sonja gezegd nadat Frances was weggelopen en meneer De Boer was dat met haar eens. Wist Dido wat dat allemaal kostte, die merkkleding, die computer, dat mobieltje en de eigen televisie? Toen De Boer zo oud was als Frances mocht hij blij zijn met kleurpotloden voor zijn verjaardag! En een bandenplakset! Tegenwoordig willen ze een nieuwe fiets als ze een lekke band hebben, mevrouw!

Meneer De Boer vond het eigenlijk niet eerlijk. Al die aandacht voor Frances, alsof het alleen voor haar een ramp was. Hij had ook zijn dromen! Hij wilde ook weleens een paar nieuwe pk's onder zijn kont! Hij was het ook weleens zat om te klussen in hun gammele huis in de Fermatstraat! Maar niemand die aan hem dacht. Iedereen had medelijden met dat arme meisje en met zijn huilende vrouw. Terwijl, als die nou maar gewoon loten had gekocht...

Dido herinnerde zich wat ze gisteravond hoorde, dwars door de muur tussen de huiskamers van nummer 7 en nummer 9. *Jij hebt het altijd over die rotcenten die jij moet verdienen*, had mevrouw De Boer geroepen. En meneer De Boer had teruggebast: *en nou moest je ineens zo nodig wél doen wat ik zei?*

Sonja was daarna de huiskamer binnengekomen, vertelde De Boer nu, en had het glas dat ze in haar hand hield (ze had er een hekel aan als hij uit een blikje dronk) op de grond laten vallen. Ze had 'O!' geroepen en toen nog een keer: 'O!' en toen had hij iets gezegd als *hier kon je wel geld aan uitgeven, trut* en toen had hij iets gedaan wat hij natuurlijk helemaal niet had moeten doen, maar alle frustratie van de afgelopen maanden was naar buiten gekomen. Hij was van de bank opgestaan, had een van de mokken uit de Dianaverzameling gepakt (een exemplaar waarop ze samen met dat ei van een Charles stond) en hem op de grond kapotgesmeten.

'O!' riep mevrouw De Boer voor de derde keer en ze knielde huilend neer bij de scherven, snikte 'Diaantje, Diaantje...' en sneed haar vingers tot bloedens toe. Dat was voor meneer De Boer de druppel die de emmer deed overlopen. Hij had zijn vrouw nog nooit op de grond zien zitten met een foto van haar dochter en haar *Fransje, Fransje* horen jammeren. Alles wat hij hoorde was *arme ik* en *wat moet ik nou.* Hij was naar een van de plankjes vol Diana gelopen en had er zijn arm overheen geveegd. Fotolijstjes, puzzeltjes, mokken, likeurglaasjes en gedenkschotels vielen naar beneden. Niet alles ging meteen kapot, daarom zette hij zijn voet erop tot het aardewerk brak en de verzilverde lijstjes knapten. Toen had hij zich omgedraaid, was naar de gang gegaan, had zijn jas gepakt en was vertrokken.

Hij keek Dido treurig aan, terwijl ze hoorden hoe het ambulancepersoneel mevrouw De Boer de trap afdroeg en zich in de gang klaarmaakte om haar naar de ziekenwagen te brengen. Had hij zich gisteravond nou maar bedacht, zei De Boer terwijl hij opstond om zich bij zijn vrouw te voegen. Want Sonja was wit geworden als een vaatdoek en, nog zorgwekkender, ze was opgehouden met huilen. Toen hij de deur uit was, moest ze een van de vertrapte foto's van Diana hebben opgepakt. Ze moest ermee naar boven zijn gegaan en in de badkamer de kalmeringspillen uit het medicijnkastje hebben gehaald. Ze was met een glas water op de rand van hun tweepersoonsbed gaan zitten en had alle pillen doorgeslikt, een hele handvol. En toen was mevrouw De Boer op haar rug op het bed gaan liggen, de foto van Diana tegen zich aangeklemd zodat de prinses met de tragische ogen vanaf haar borst naar het gestuukte slaapkamerplafond keek toen meneer De Boer haar vanmorgen vond.

Vanwege de opgebroken straat moest het ambulancepersoneel mevrouw De Boer, gelukkig net zo anorectisch als de door haar verafgode prinses, het hele eind dragen. De wieltjes onder de brancard konden ze niet gebruiken op de verzakte stoeptegels of op de plankieren die her en der over het zand waren gelegd. Ze droegen haar dus van de voordeur van nummer 9 tot de hoek van de Pascalweg, waar de ambulance met open deuren stond te wachten. Meneer De Boer sjokte met gebogen schouders achter ze aan en de kleine processie werd op eerbiedige afstand gadegeslagen door een tiental straatbewoners. Dido zag slagersvrouw Sté en slager Arie voor de winkel staan (Arie met een hakmes in zijn hand). Ze zag haar overbuurvrouw en ze zag de jonge vader. De overbuurvrouw humde iets over *kikkertjes in een boerensloot.*

Ook de grote, strenge moeder van Stijn Stefeneel stond op straat. Zij stond met haar hoofd te schudden en zei iets als *gij zult uw brood verdienen in het zweet uws aanschijns, niet in een loterij. Hier moest onheil van komen.* Haar zoon was er ook: Stijn stond bij de mannen die vandaag in de straat aan het werk waren. Ze hadden de motoren van de machines uitgezet en rookten sjekkies, hun veiligheidshelmen respectvol af. Ze wachtten net zo lang tot de deuren van de ambulance op de Pascalweg sloten, de sirene weer was aangezet en de auto snel wegreed. Pas toen startten ze hun machines weer. De kijkers begonnen in tassen en jassen naar portemonnees te zoeken. Ze konden nu immers net zo goed even naar de slager.

13

Toen Stijn vijf minuten later de slagerij binnenkwam, trof hij voor de toonbank bijna hetzelfde groepje dat er op de ochtend van 3 januari had gestaan, de dag dat het artikel over Frances de Boer in de krant was verschenen. Toen had men elkaar, terwijl er onsjes chorizo en stukjes cervelaat werden besteld, gewaarschuwd voor de journalisten die in de straat opdoken. *Hoe dat nou voelde*, vroegen ze aan iedereen die aan de verkeerde kant van de straat woonde (en dus op de verkeerde postcode). *Bent u jaloers* en *kunt u wel slapen?* De journalisten wilden allemaal wel zoiets als dat eerste artikel over de losers van de Fermatstraat.

De ondervraagden schudden het hoofd en haalden hun schouders op. Ze gaven antwoorden als *tja, het is pech* of *geluk is niet te koop* en *ik gun het mijn overburen van harte*, om daarna hun huis in te vluchten. Er was die morgen zelfs al een gewonde gevallen: Stijns moeder, Jo Stefeneel, sloeg haar voordeur zo onverwacht en hard dicht in het gezicht van een verslaggever die brutaalweg dacht bij haar de gang in te kunnen stappen, dat hij er een bloedneus aan overhield.

Hier moest een eind aan komen, vonden de Fermatstraatbewoners op die derde januari en ze besloten dat ze ervoor pasten om de meelijwekkende risee van de stad te worden. Daarom sloten ze de rijen en hielden hun gordijnen dicht. Ze spraken af dat niemand van hen meer iemand te woord zou staan. Zelfs onderling werd er nauwelijks meer gesproken over Frances de Boer en ook niet over het echtpaar Gerbel, dat zo onverwacht uit beeld was verdwenen. Stijn had zijn buurman, de jonge vader Peter Vassaan, nog wel iets horen mompelen over *erover praten* en *verwerking*, maar dat werd niet serieus genomen.

En nu vandaag, meer dan drie maanden later, terwijl mevrouw De Boer met grote spoed naar het ziekenhuis werd vervoerd, hernieuwde men de belofte. *De tragedie van mevrouw De Boer blijft onder ons*, hoorde Stijn zeggen terwijl Arie en Sté aan hun kant van de toonbank hakten, sneden en wogen. *Niet nog een keer als losers in de krant.*

Stijn stond vooraan bij de toonbank – hoewel hij als laatste was binnengekomen. Niemand was er verbaasd over, want men wist wel dat hij af en toe klusjes deed in de slagerij, en de standplaats gaf hem de kans iedereen in het gezicht te zien. Zo staarde hij langdurig naar Peter Vassaan (zowel voor als na 1 januari een opvallend open gezicht) en daarna naar het echtpaar van de moeilijke schoenen (na 1 januari nog iets teleurgestelder dan daarvoor). Intussen hoorde hij iemand praten over *samen een front* en *eendracht*. Hij kreeg er jeuk van op zijn hoofd. *Samen?* Hij dacht aan het geroddel over wat hij deed op de zolder van zijn ouders en hij dacht aan Effie Wijdenes met haar alcoholprobleem, waarvan hij zich niet kon voorstellen dat hij er als enige in de straat van op de hoogte was. Een gezamenlijk verzwegen alcoholprobleem. Ze stond nu recht tegenover hem en neuriede zachtjes *ienemienemutten*. Toen ze zag dat Stijn naar haar keek, wendde ze zich af.

Hij dacht aan Maria-met-de-grote-ogen, over wie men in de straat gezamenlijk niet had gesproken toen ze zich voor de zoveelste keer met een gescheurde lip op straat vertoonde en over wie men gezamenlijk zweeg nu ze was verdwenen. En hij dacht aan zijn eigen rol. Ook hij had niets gedaan, ook hij had gezwegen. Het schuldgevoel daarover hing als een rugzak vol stenen aan zijn schouders en gisteravond was er nog een steen bij gekomen. George was zo abrupt weggegaan uit zijn atelier, dat hij haar het belangrijkste niet had kunnen vragen: of ze vooral wilde zwijgen over wat hij haar had laten zien. Daarover maakte hij zich nu zorgen.

Met zijn gedachten bij George draaide hij zich hoopvol om toen de winkeldeur openging, maar het was de postbode. De postbode in de Fermatstraat was sinds jaren een dikke, goedlachse vrouw van een jaar of veertig, die overal haar brieven in de brievenbussen liet glijden behalve bij de slager. Daar ging ze altijd naar binnen om de post op de toonbank te leggen en daarvoor kreeg ze elke dag een plakje leverworst.

Vandaag legde ze boven op haar stapeltje een grote, groene envelop.

'Zo een is er voor jullie allemaal,' zei ze met een mond vol worst. 'Alleen voor de kantoren niet.' Het ging haar natuurlijk niets aan en het was waarschijnlijk ook tegen de beroepscode van postbodes, maar ze bleef nieuwsgierig staan toen Sté haar handen aan haar schortjurk afveegde en de groene envelop opende. De Fermatstraat was sinds 1 januari nu eenmaal een bijzondere straat.

Sté las de brief en trok zichtbaar voor alle aanwezigen wit weg.

'Een feestje,' zei ze met een grafstem.

Stijn leunde opzij en las mee. *Wij hebben bij de gemeente geïnformeerd en de Fermatstraat is over een week klaar*, stond er. *Maar wij hebben de gemeente gevraagd de afsluiting een dagje langer te laten staan... wij geven volgende week zaterdag een feestje!*

Het was een brief van de winnaars. Zij gingen een feestje geven voor de verliezers. *Winners for Losers*. Een straatfeestje, met een bandje en een barbecue. *Want we zijn wel erg plotseling vertrokken. Daar voelen we ons een beetje schuldig over.*

Iedereen was welkom, ook de nieuwe bewoners en introducés. Immers, hoe meer zielen, hoe meer vreugd. De brief was versierd met van die grappige plaatjes die je van het internet kunt downloaden en was ondertekend door alle winnaars. Alleen omaatje Ariaanse stond er niet bij. Waarschijnlijk was die gewoon vergeten en wist ze van niets.

'Leuk voor jullie,' zei de postbode en ze ging weer naar buiten, naar de fiets met de grote, oranje fietstassen die tegen de gevel stond.

Stijn ging ook. De brief had hem eraan herinnerd dat het al bijna half april was en dat hij zo langzamerhand haast begon te krijgen. Er was een deadline voor zijn examenwerk, hij moest aan de slag.

Aan het eind van de straat stond een grote kraan zacht te brommen, terwijl de graafmachine vlak voor nummer 13 haar arm in de ruststand zette – tanden in het zand. Op de bodem van de sleuf die men had gegraven was het riool zichtbaar geworden: grote, grijze betonnen buizen waardoorheen jarenlang de fecaliën van de bewoners van de Fermatstraat hadden gedobberd.

Stijn vergat even zijn project, stak zijn handen in zijn zakken en ging naar de mannen staan kijken die met handgereedschap het laatste zand bij de buizen wegschepten. Kennelijk ging men het werk in twee delen doen: eerst de straathelft aan de kant van de Albert Einsteinsingel en dan die aan de kant van de Pascalweg. Ongetwijfeld waren de voordelen van die methode berekend door een logistiek medewerker van de gemeente en het betekende de komende weken in ieder geval dat de bewoners niet de hele straat hoefden uit te lopen als ze naar de overkant wilden.

Stijn keek naar de overkant, naar nummer 13. Er was niemand te zien, er brandde nergens licht. Hij liep langs de graafmachine en de kraan naar de Albert Einsteinsingel om daar naar de nieuwe buizen te kijken. Ze lagen klaar op de brede middenberm, nog groter dan de oude. Toen hij opkeek zag hij George. Zijn arme, verliefde hart maakte een sprongetje.

Vandaag droeg ze een spijkerbroek en een veel te grote, zwarte trui. Ze had een grote plastic tas van een zaak in bouwmaterialen in haar hand, liep naar de grond te kijken en merkte Stijn daardoor niet op. Toen ze de hoek omsloeg naar de Fermatstraat, zag hij dat ze een zorgelijke blik op het gat in de straat wierp. Haar gezicht was nog bleker dan gisteren.

'Hoi,' riep hij. Ze hield stil, draaide zich om en keek hem geërgerd aan. Toen hij naar haar toeliep zei hij maar vast *sorry*, hoewel hij geen idee had waarvoor hij zich moest verontschuldigen.

Terwijl naast ze de mannen in de kuil stroppen onder de rioolbuizen schoven, vertelde ze het hem, afgemeten. Dat ze gisteravond, toen ze klaar was voor de dag, op nummer 13 ramen en deuren had gesloten. Dat ze de paar spullen die ze heen en weer sleepte tussen Fermatstraat 13 en waar ze nu woonde bij elkaar had gezocht. Ze had het licht in de keuken en in de gang uitgedaan, maar zag op het moment dat ze de voordeur wilde openen en nog even over haar schouder keek, dat er op een kamer boven een lamp was blijven branden. Zonder het licht in de gang weer aan te doen had ze haar tas neergezet en was ze de trap opgerend. Op de derde tree kwam haar voet terecht in iets zachts. Toen ze op haar schreden wilde terugkeren, knapte er iets onder de zool van haar gymschoen en ze hinkelde voorzichtig terug naar het lichtknopje. Ze keek om en zag dat er op de derde traptree een geplet zakje tartaar lag. Het was opengebarsten onder haar gewicht en in het gemalen, rauwe vlees was de afdruk zichtbaar van haar All Stars. Toen ze haar voet optilde, zag ze in de ribbels van haar schoenzool rozerode pulp.

'Gadverdamme,' zei ze. Ze stond vlak voor hem en keek boos naar hem op.

'Sorry,' mompelde hij nog maar een keer. Hij had er al ruzie over gehad met zijn moeder gisteravond, want hij had geweigerd de verdwenen tartaartjes te gaan zoeken. *Heb ik hier de tartaartjes voor m'n moeder laten liggen?* – hij had het smalende gezicht van George al voor zich gezien. Het was te lullig.

Nu probeerde hij zich niet te laten intimideren door haar boze gezicht. Zo erg was het nou ook weer niet, en trouwens: hij had heus ook wel reden om boos te zijn. Het was best heel bot om gisteren zo zijn atelier uit te stormen en hem niet eens de kans te geven om te vragen of...

'Ik houd mijn mond over wat je aan het maken bent,' zei ze. Ze nam de grote plastic tas over in haar andere hand. 'Dat kwam je me vragen.'

'Ja,' zei Stijn, die gewend begon te raken aan haar stellende manier van converseren. 'In elk geval hier in de straat. In elk geval tot over een paar weken.'

'Dan kom je ermee naar buiten.'

Hij knikte.

'Dan is de afstudeerexpositie. Niet dat iemand van hier daarnaartoe zal gaan...' Zijn lachje kwam er een beetje bitter uit. Ze keek hem schattend aan, alsof ze zich afvroeg of hij meende wat hij zei.

'Het komt in de krant,' zei ze, 'alleen al door wat hier in januari is gebeurd. Maar ook door wat je maakt.'

Stijn wreef over zijn hoofd. De krant. Ze had gelijk. Er kwamen altijd wel een paar recensenten naar die afstudeerexposities. Dat was natuurlijk ook goed, dat moest voor de naamsbekendheid die hij nodig had. Dat was wat hij wilde. Hij rechtte zijn schouders.

'Ik houd mijn mond,' zei ze nog een keer. Hij kon het niet helpen en staarde naar haar mond. Toen, na een korte pauze, zei ze: '... als jij me vertelt wat er hier gebeurd is.'

'Wat? Hoezo?' Wat bedoelde ze? Had ze dan al gehoord over de zelfmoordpoging van mevrouw De Boer?

Ze nam de tas weer over in de andere hand en maakte een hoofdbeweging naar nummer 13. Braaf liep hij achter haar aan. In de keuken liet ze de tas op de vloer vallen en wreef over haar schouder. Toen ging ze koffie zetten.

'Ik ben niet gek,' zei ze tegen het koffiezetapparaat. 'Die dichte gordijnen hier in de straat, die mensen die hier woonden en die – hoe noemde je dat – *zoek* zijn. Mensen raken niet zomaar zoek.' Ze draaide zich om en keek hem strak aan. 'En je schildert niet zomaar iemand alsof hij gek geworden is. Jij niet.'

Gek geworden? Bedoelde ze de verwrongen kop van Berend? Hij had geen idee waarom hij Berend had geschilderd zoals hij hem had geschilderd. Het was waarschijnlijk gewoon een reflectie van Berends emoties op de avond van 1 januari.

'Waar is zijn vrouw?' vroeg ze. 'Hoe heette ze? Maria? Wat heeft hij gedaan? Wat hebben *jullie* gedaan?'

Het was de allereerste keer dat ze hem vragen stelde en het waren er meteen heel veel. *Gedaan?* dacht hij verward. En wie bedoelde ze met *jullie*? *Hij* had in elk geval niets gedaan. Had hij maar iets gedaan... Hij voelde dat hij rood werd.

'Ze zijn gewoon weg,' zei hij.

'Hm,' zei George. Hij keek naar haar gezicht en er was geen vergissing mogelijk: hij zag argwaan. Ze wantrouwde hem. Maar waarom? Wat haalde ze zich in haar hoofd? Dacht ze dat hij op een of andere manier betrokken was bij de verdwijning van de Gerbels?

Ze vroeg niet verder, maar draaide zich om en pakte een zware, elektrische schuurmachine, die in een hoek van de keuken op de grond lag. Ze was bezig met het houtwerk; plinten en deuren waren al bijna kaal. Met de schuurmachine als een baby in haar armen waarschuwde ze: 'Ik ga herrie maken.' Ze deed in de gang de stekker in een stopcontact dat aan een paar draden uit de muur bungelde. Ze mompelde nog net *tot ziens* en zette toen de machine aan. Het gaf inderdaad een takkeherrie en bovendien veel stof. Hij ging naar buiten. Hij had er dringend behoefte aan om meteen naar zijn atelier te gaan en nog eens goed naar Berend te kijken. En naar Maria.

De kraan had de eerste rioolbuis uit de sleuf getild. Hij zwaaide aan de stroppen vervaarlijk heen en weer.

14

Berend en Maria Gerbel weg.

Frances de Boer weg.

Mevrouw De Boer bijna dood.

En zijn Sté...

Het was vrijdag, de ochtend na de dag dat mevrouw De Boer naar het ziekenhuis was afgevoerd. Sté stond in de winkel Effie Wijdenes te helpen. In de straat werden de nieuwe rioolbuizen in de kuil getakeld. Arie kon slechts met moeite horen dat Effie om een hamburgertje vroeg en daarna: 'Nog steeds in coma?' Ze humde er iets achteraan wat verdacht veel leek op 'Advocaatje leef je nog'.

Ja, beaamde Sté, dat wisten ze van de verpleegster die nu aan de overkant woonde. Die werkte in het ziekenhuis waar mevrouw De Boer lag en die was vanmorgen vroeg komen vertellen dat meneer De Boer de hele nacht naast het bed had gezeten. Zo zielig, had de verpleegster gezegd.

Arie ging naar zijn werkplaats en zette de mengmachine aan. Het was een oude machine, die zoveel lawaai maakte dat Arie helemaal werd afgesloten van wat er verder nog in de winkel gezegd zou worden over mevrouw De Boer. Arie wilde het niet horen, in elk geval niet tot het moment dat mevrouw De Boer weer gewoon net als vroeger in de winkel kwam met haar roze, plastic boodschappenmand – misschien huilend, maar in elk geval levend. Want wat Arie steeds moest denken was: als mevrouw De Boer niet wakker wordt, als mevrouw De Boer sterft, dan heb ik een dode op mijn geweten. Vooral vannacht dacht hij dat, toen hij naast Sté lag en weer eens niet kon slapen. Was immers niet hij, Arie Koker, degene geweest die op het laatste moment had gebeden dat de winnende postcode *niet* de zijne zou zijn? Waarna de overkant won en de familie De Boer miljoenen euro's misliep omdat ze geen lot hadden? Was de familie De Boer slechts een troostprijsje misgelopen, dan had Frances ongetwijfeld ruzie gemaakt met haar ouders, maar was ze niet weggelopen. En was Frances niet weggelopen, dan had mevrouw De Boer geen kalmeringstabletten in huis gehad en dan had ze die zeker niet allemaal tegelijk doorgeslikt. Dan lag mevrouw De Boer nu niet in coma. Dan was Sté miljonair geweest, en dus gelukkig.

Arie voelde zich zo schuldig dat hij het gevoel had dat er schuld overliep in de worstjes die hij vulde met het vleesmengsel dat hij had gemaakt (alweer merguez). Hij ging zich voorstellen wat er zou gebeuren als mensen die van schuld vergeven worstjes zouden eten. Dat er dan nog veel meer kalmeringstabletten geslikt zouden worden – niet alleen in de Fermatstraat, maar ook in de verre wijken waar men *het slagertje in de Fermatstraat* had ontdekt. Zo zou er geen einde komen aan de gevolgen van zijn daad – zijn gebed tot God. En dat, terwijl hij allang niet meer in God geloofde. Maar het was zoals Sté laatst zei: 'Ik geloof niet meer in God maar vind Hem wel erg oneerlijk.'

Arie zette de worstvulmachine uit en keek naar de worstjes die hij had geproduceerd. Hij besloot ze niet op de worstjesberg in de koelcel of de vriescel te leggen, maar ze in de kleine vrieskist te stoppen die in de winkel stond. Daar was nog wel plek. Hij zag Sté kijken toen hij met de nieuwe stapel naar voren liep, maar ze zei niets. Effie was inmiddels weg, maar de winkeldeur ging weer open en nu kwam de nieuwe van de overkant binnen. Dido Bloemendaal van de kip. Ze zei *goedemorgen* en daarna plompverloren: 'Ik wilde eigenlijk alleen maar vragen of u weet hoe het met mijn buurvrouw is.'

'Nee,' zei Sté.

Arie schrok. Dat was onaardig en helemaal niet waar! Hij deed zijn mond open, maar de blik die Sté hem toewierp was zo dodelijk, dat hij hem gauw weer dichtdeed.

Dido Bloemendaal zei ook niets. In plaats daarvan stak ze haar neus in de lucht en verliet ze de zaak weer, met niet meer dan een vage groet.

Arie trok zijn slagersjas uit. Hij mompelde iets tegen Sté en ging naar buiten. Even frisse lucht. Als Sté nu ook al klanten ging verjagen... Hij liep naar het eind van de straat in de richting van de Albert Einsteinsingel. Onderweg kwam hij langs het bordje waarover Effie had verteld (*bignip*) en voelde aan een briefje dat hij sinds gistermiddag in zijn broekzak had. Daarna stond hij een tijdje te kijken bij de werkzaamheden. Hij sloeg een vlieg weg die wakker was geworden door de onverwacht warme lentezon en vervolgens liep hij via de Albert Einsteinsingel naar de overkant van de Fermatstraat. Onderweg terug naar de zaak keek hij keukens binnen. Op 17 hadden ze rode keukenkastjes, op 15 stond de vensterbank vol kruiden. Tijm en knoflook; dat konden goeien worden voor lamsbout, als het tenminste niet ook vegetariërs waren. Of moslims. (Effie had verteld dat de mensen die op 5 waren komen wonen moslim waren. Fijn, had Sté gezegd, als je halalslager bent. Arie vroeg zich daarop geschrokken af of hij ook halalslager kon worden. Eigenlijk wist hij niet precies wat *halal* was en daarover voelde hij zich vervolgens ook al weer schuldig.)

Het enige huis in de straat dat nog niet werd bewoond, was nummer 13 en zo te zien zou het daar nog wel even duren: het was nog lang niet klaar. Maar wanneer nummer 13 verhuisde, dan was eindelijk de voorlopig laatste verhuizing in de Fermatstraat een feit. Dan konden ze eindelijk weer voort.

De verhuizingen waren geen pretje geweest voor Arie Koker. Niet zozeer vanwege de overlast van verhuiswagens in de straat, maar vanwege het effect dat ze hadden op Sté, die hele dagen voor het etalageraam had staan mokken. Dat was trouwens al de tweede week van januari begonnen, toen de spiksplinternieuwe auto's arriveerden en de bestelbusjes die goederen brachten.

'Nummer 19 heeft een plasmascherm,' zei Sté dan bijvoorbeeld tegen haar eigen, bleke reflectie in het raam. Arie dacht aan de knal in de vroege ochtend van 2 januari, toen de kleine kleurentelevisie implodeerde.

'En nummer 17 een zonnebank,' vervolgde Sté.

'Benieuwd waar ze die willen gaan neerzetten,' zei Arie opgewekt, want Arie probeerde de moed erin te houden. Sté wierp een boze blik over haar schouder en hij hield verder wijselijk zijn mond.

'Nieuwe computers voor 5,' meldde ze.

'Snowboards voor 17.'

'Nu ook plasmascherm voor 7.'

'vw cabrio voor 5.'

'Porsche voor 15.'

Daarna was het een paar dagen stil, tot Arie op een morgen Sté hoorde lachen op een manier die hij nog nooit had gehoord. Een on-lach. Hij was in de koelcel toen het gebeurde en hij was geschrokken naar voren gegaan. Er was een suv in de straat verschenen, zo breed dat hij maar nauwelijks tussen de rijen geparkeerde auto's paste. Het zwarte gevaarte stopte voor nummer 7. Er hing een trailer achter met een glimmende, rode speedboot erop. Op de boeg van de boot waren witte haaientanden geschilderd.

'Sjongejongejonge,' zei Arie en hij keek bezorgd naar het gezicht van zijn vrouw.

Die middag was hij naar de stad gegaan en teruggekeerd met bonbons, een bos witte orchideeën en een in vloeipapier verpakte zijden nachtjapon. Het was geen succes. Sté was gewend aan comfortabel flanel en leverde de hele nacht strijd met de glibberige nachtjapon. De volgende dag werd ze wakker met rugpijn. Sté werd van Aries goedbedoelde gestes eigenlijk alleen maar chagrijniger. Misschien dat ze bang was dat Arie straks ook met een speedboot thuis zou komen. Sté wilde geen speedboot. Maar Sté wilde ook niet dat de overkant er wel een had. Dat was het probleem van Sté.

En toen, een tijdje later, de eerste verhuizingen. De vooraankondiging van de gemeente over de rioolwerkzaamheden werd de tweede week van januari in de brievenbussen van de Fermatstraat gestopt en alle winnaars, uitgezonderd omaatje Ariaanse, gingen onmiddelijk op huizenjacht. *We zouden toch gaan*, zeiden ze, *en dan maar beter nu meteen.* Arie en Sté bleven op de hoogte door wat ze in de winkel hoorden van derden of door wat ze opvingen op straat. (De overkant kwam zelf helemaal niet meer in de slagerij; zij aten in restaurants of lieten traiteurs aanrukken.) Zo hoorden ze nummer 7 naar nummer 5 roepen: 'Wij zijn rond met dat pand in Zuid.'

'Gefeliciteerd,' riep nummer 5 terug. 'Wij hebben een penthouse in het centrum.'

Wij hebben een penthouse in het centrum, bauwde Sté haar na vanachter de etalageruit.

'Dat met dat inpandige zwembad?' vroeg nummer 7.

Of een andere keer, toen ze iemand van de overkant hoorden roepen: 'Het is bij ons nu ook gelukt. Goddank zijn we weg voordat het hier een klerezooi wordt.'

'Ja,' zei Sté ogenschijnlijk tegen niemand maar zo luid dat Arie het kon horen. 'Rot maar op en laat ons in de stront zakken.'

Een maand later verscheen de eerste verhuiswagen. Hij was niet eens groot, net zomin als de wagens die de weken erna volgden: de winnaars lieten veel achter. De meesten hielpen niet eens mee met verhuizen en lieten niet alleen het sjouwen, maar ook het inpakken over aan verhuisbedrijven. Arie en Sté zagen een van de verhuizers met moeite zijn wagen inklimmen met een vissenkom in zijn handen. Twee goudvissen zwommen rondjes in de kom en het was net of ze zeiden: 'O...? O...? O...?' De vrouwen van de overkant namen slechts hun Louis Vuitton-handtasjes mee, de heren propten portefeuilles in de binnenzak van hun Tommy Hilfiger-colbertjes. Daarna zetten ze hun Gucci- en Burberry-zonnebrillen op, stapten in hun nieuwe auto's en scheurden de straat uit. *Dat was dat*, zeiden ze. Verder zou het ze worst wezen. De verhuizers zochten het maar uit.

Toen de laatste wagen uit de straat was vertrokken (een lichtgroen bestelbusje), bleven er op de stoep aan de overkant hopen spullen achter, behangen met gele briefjes. NIET MEE, GROFVUIL. Het nieuws verspreidde zich als een lopend vuurtje door de straat en daarna door de rest de de stad; meer dan de helft van de spullen vond spoedig een nieuwe, blije eigenaar. Voor het restant dat daarna nog op de stoep stond, kwam een vuilniswagen van het afvalbedrijf. Intussen werden de panden in een rap tempo verkocht en dus waren er half maart alweer andere verhuiswagens (of, zoals in het geval van Dido Bloemendaal, een stoetje personenwagens en een geleend busje).

Maar nu, dacht Arie, terwijl hij met gebogen hoofd aan de overkant van de straat zijn winkel voorbijsjokte, nu was dat dus bijna voorbij. Hij voelde nog een keer aan het briefje in zijn broekzak. Gistermiddag was hij naar de huisarts gegaan, op de Pascalweg. *Een pilletje om te slapen*, wilde hij graag, of anders iets tegen de zenuwen. De huisarts, die ochtend mogelijk ietwat geschrokken van het drama rond mevrouw De Boer, gaf Arie geen recept maar het adres van iemand om eens mee te praten.

'Net gevestigd,' zei hij, 'en ik vermoed dat hij je wel zal begrijpen. Hij is geregistreerd, dus de verzekering vergoedt.' Pas toen hij weer buiten stond, had Arie op het briefje gekeken dat de huisarts hem gaf. *Vassaan, Fermatstraat 14.*

15

Terwijl slager Arie over straat sjokte, zat Dido Bloemendaal tot haar eigen verbazing aan de keukentafel bij de buurvrouw van de slager, Effie Wijdenes. Dido was tegen Effie opgelopen toen ze daarnet met boze passen de slagerij verliet omdat ze zich geschoffeerd voelde. Wat dacht die slagersvrouw wel, met haar botte *nee* op de volstrekt legitieme vraag hoe het met mevrouw De Boer ging? Een miljoen bezitten was geen excuus voor onbeschoft gedrag, maar ook het mislopen van een miljoen was dat niet!

In haar boosheid had Dido niet goed gekeken waar ze liep en daardoor had ze Effie Wijdenes met haar blauwe boodschappentas over het hoofd gezien. Bij de botsing rinkelden er flessen in de tas. Dido excuseerde zich en herkende toen haar overbuurvrouw, de vrouw die voor het slaapkamerraam had gestaan met haar handen om haar gezicht toen de werkzaamheden in de straat begonnen. Ze stelde zich voor en suggereerde *een kopje koffie*. De overbuurvrouw leek haar het type dat op de hoogte was van wat er in de straat gebeurde. Het voorstel maakte Effie echter zo aan het schrikken, dat ze bijna de boodschappentas liet vallen. Toen draaide ze zich om, opende de voordeur, humde *osewiesewose* en keek vervolgens op haar horloge. Opgetogen riep ze: 'Halftwaalf!' Ze ging haar huis in en liet de deur openstaan. Dido volgde haar aarzelend.

Binnen liet Effie haar blauwe boodschappentas op het zeil in de gang vallen. Ze liep naar de deur van de woonkamer en trok die dicht (maar niet snel genoeg om te voorkomen dat Dido kreukelig beddengoed op de bank en lege flessen op de vloer had zien liggen). In het huis hing een sterke lucht van ongewassen kleren en openstaande vuilnisbakken en Dido kreeg al spijt van haar voorstel. Helemaal toen ze Effie naar de keuken volgde en zag dat ze een fles sherry pakte. Dido had niets tegen een goed glas wijn, maar sherry om halftwaalf 's morgens... Effie had de fles echter al opengeschroefd en twee vlekkerige limonadeglazen van het aanrecht gepakt.

'Dat mag, bij de lunch,' zei ze.

Dido gluurde naar het etiket van de sherry toen Effie de glazen halfvol schonk. Daarna liet Effie zich met een tevreden zucht op een van de twee kleine keukenstoeltjes zakken en nam zonder te proosten een grote slok.

Dido wilde het liefst beleefd afslaan en met een excuus weer vertrekken (*o, ik ben helemaal vergeten dat...*), maar toen zei Effie: 'Ik heb hier alles gezien.'

Dido ging op het tweede stoeltje aan de keukentafel zitten. Het kraakte vervaarlijk onder haar gewicht.

'U bedoelt de situatie met mevrouw De Boer?' Ze keek naar het limonadeglas voor zich op tafel. Effie hield het hare in de hand.

'Ook mevrouw De Boer,' zei Effie raadselachtig en ze nam nog een slok. 'En Frances. En Maria.'

Dido pakte haar glas, rook er voorzichtig aan en probeerde haar gezicht in de plooi te houden. *Maria?* Was dat ook iemand hier uit de straat of gaf de sherry Effie Wijdenes hemelse visioenen?

'Frances?' probeerde ze eerst maar.

Effie knikte zo hard dat ze zich aan de rand van de keukentafel moest vasthouden. Toen stak ze haar middelvinger op en Dido deinsde op haar stoeltje achteruit.

'Zo ging ze weg!' riep Effie.

'O,' zei Dido opgelucht. Ze nam een klein slokje en kuchte.

'En mevrouw De Boer? Hoe gaat het nu met haar?'

Effie zuchtte dramatisch.

'Nog in coma,' zei ze.

Dat was in elk geval de informatie waarnaar Dido op zoek was. Ze nam heel voorzichtig nog een slokje. Was het erg onbeleefd de rest te laten staan? Ze keek naar de schaarsheid om zich heen, naar de dichte keukengordijnen en naar de viezigheid. Het was na de huiskamer van de familie De Boer de tweede blik die ze kreeg achter de gesloten gevels van de Fermatstraat en ook hier werd ze niet vrolijk.

'Had u eigenlijk een lot voor die loterij?' vroeg ze.

Effie knikte. Vanwege haar man Frits, zei ze. Die had ooit een abonnement genomen. Haar man Frits was al vijftien jaar dood, maar ze had geen idee hoe je zo'n abonnement moest stoppen. Ze boog zich over de tafel. 'Maar wat was ik blij dat deze kant niet won!' zei ze.

Dido keek haar verbaasd aan. Wat ze tot nu toe had gezien van het huis van Effie Wijdenes, gaf niet de indruk dat Effie het breed had.

'Wat er dan over je heen komt!' ging Effie verder. Dames en heren in nette pakken met aktetassen, had ze gezien, die met de overkant kwamen praten over *investeren* en *beleggen*. Je moest er toch niet aan denken. En kijk eens naar wat er met omaatje Ariaanse was gebeurd, dat er familie kwam die je al tijden niet had gezien en dat die zich ineens weer met je ging bemoeien. Effie dronk haar glas leeg, mompelde *wiesewose* en daarna weer *Maria*. Toen richtte ze haar blik min of meer op Dido en zei: 'Hij sloeg haar, weet u.'

Dido schrok en dacht aan de geluiden die ze door de huiskamermuur had gehoord de avond dat mevrouw De Boer haar pillen slikte. De ruziënde stemmen en het geluid van de Dianaverzameling die aan scherven ging... Had meneer De Boer mevrouw De Boer geslagen? Had hij daarom handenwringend op de bank gezeten toen Dido gistermorgen binnenkwam?

'Nou ja,' zei Effie met een zucht. 'Ze heeft nu in elk geval rust.' Ze schonk haar glas weer vol.

Het leek Dido een tamelijk ongepaste opmerking over iemand die in het ziekenhuis voor haar leven lag te vechten, maar het was haar nu wel duidelijk dat ze bij de plaatselijke alcoholist was beland. Niet de plek om zinnige informatie te vergaren.

Effie boog zich opnieuw over de tafel en keek Dido weer aan. Haar ogen twinkelden scheel.

'Zand erover,' zei ze en toen liet ze zich met doodsverachting achterovervallen in haar fragiele stoeltje en ze lachte kakelend.

Dido besloot de sherry te laten voor wat het was, keek op haar horloge en deed alsnog alsof ze ineens vreselijke haast had. Nog voor ze de keuken uit was, greep Effie alweer naar de sherryfles.

Dido trok de voordeur zorgvuldig achter zich dicht en wilde naar haar eigen huis gaan, toen er naast haar een andere lach klonk. Het was de onmiskenbare giechel van Jacoba Stefeneel, de zus van Stijn. Dido sloeg haar ogen ten hemel. Wat een straat.

Jacoba kwam vanuit de Pascalweg. Naast haar liep een lange, magere jongeman. 'Goedemiddag, buurvrouw,' riep ze. 'Dit is nou Henk!'

Jacoba presenteerde haar verloofde met onverholen trots en Henk stak zijn hand uit.

'Henk Stefeneel,' zei hij.

Stefeneel? dacht Dido. Jacoba giechelde.

'We schijnen heel in de verte nog familie te zijn,' zei ze. 'Grappig, hè?'

Dido dacht niet aan grappig maar aan inteelt, maar dat zei ze natuurlijk niet. Ze wendde zich naar Jacoba, binnenkort Stefeneel-Stefeneel.

'Weet *u* misschien hoe het met mijn buurvrouw gaat?' vroeg ze. 'Met mevrouw De Boer?'

De lach verdween even van Jacoba's gezicht en ze fronste.

'We bidden voor haar,' zei ze. Naast haar knikte de verloofde ernstig. Dido zuchtte. Een botte slagersvrouw, een alcoholistische overbuurvrouw en een godsdienstwaanzinnige familie. Woonden er ook *gewone* mensen in de Fermatstraat? Ze dacht aan Jacoba's broer, Stijn. Dat leek tot nu toe nog de meest normale hier. In elk geval de leukste.

'Is uw broer nu thuis?' vroeg ze.

Jacoba keek onzeker.

'Ik denk het wel,' zei ze aarzelend. 'Hij zit op vrijdag meestal op zolder en zal nu nog niet bij de slager zijn.'

Dido besloot niet te informeren wat Stijn Stefeneel op vrijdag op zolder en vervolgens bij de slager te zoeken had, maar begon voor Jacoba en Henk uit in de richting van nummer 16 te lopen. Ze kwamen langs de kuil, waar de gemeentemannen nu bezig waren de nieuwe buizen aan te sluiten. Er stond aan het eind van de straat al een shovel klaar die de hele zaak weer dicht zou gooien. Achter het keukenraam van nummer 13 keek de vrouw die Dido bij de notaris had gezien, die met het roodgeverfde haar, met een somber gezicht naar de werkzaamheden. Die had vast ook spijt van haar keuze voor een huis in de Fermatstraat, dacht Dido. Die vroeg zich vast ook af of dit altijd een merkwaardige straat was geweest of dat dat sinds de loterij zo was.

Jacoba struikelde over een scheve stoeptegel omdat ze niet naar beneden keek maar stralend omhoog naar haar verloofde.

'Hadden jullie eigenlijk een lot?' vroeg Dido. Jacoba giechelde weer.

'Neen,' zei ze plechtig. 'Loterijen stroken niet met ons geloof.' Dido zag Henk ernstig knikken.

Voor de voordeur van nummer 16 bleven ze staan en Henk stak zijn hand naar Dido uit. Daarna schudde hij ook die van Jacoba, alleen kreeg zij er een zoentje bij op de naar hem opgeheven rechterwang. Toen draaide Henk zich om en begon terug te lopen naar de Pascalweg.

'Henk brengt mij altijd thuis,' zei Jacoba terwijl ze de deur opende. Ze klonk alweer trots, maar toen Dido aanstalten maakte om haar naar binnen te volgen, aarzelde ze.

'Ik weet niet...' zei ze. 'Stijn ontvangt eigenlijk nooit bezoek.'

'Het is maar voor even,' zei Dido gedecideerd.

Jacoba leek ermee te zitten, maar besloot toen kennelijk dat gastvrijheid boven haar broers privacy ging en liet Dido voorgaan.

Gelukkig rook het hier niet naar ongewassen kleren, maar naar ouderwetse boenwas. De gang was helemaal leeg, op een kokosmatje na, dat eenzaam op de matwitte vloertegels lag. Alle deuren in de gang waren dicht. Dido had geen idee of er nog andere mensen in huis waren behalve Stijn-op-zolder. Zou de grote moeder Stefeneel in een van die gesloten kamers zitten? Was er ook een vader Stefeneel?

Jacoba ging haar voor naar de eerste trap, die net als de deuren van donker eikenhout was. Terwijl ze de tweede trap beklommen zei ze: 'Ik kom eigenlijk nooit op zolder.' Ze klonk een beetje nerveus.

De tweede trap kwam uit op een kleine overloop. Daar was één deur en die was ook dicht. Jacoba klopte zacht op het hout en fluisterde bedeesd: 'Stijn?'

Na een paar seconden hoorden ze achter de deur vloerplanken kraken. Daarna klonk de stem van Stijn.

'Jacoba? Wat is er?' Zijn stem klonk geërgerd.

'Stijn, je hebt bezoek.'

16

Stijn keek naar de dichte deur. Jacoba kwam nooit boven. Dat moest ook zo blijven. En: *bezoek?* Hij had een enkele keer een vriend of een vriendin van de academie mee hiernaartoe genomen, maar die wisten allemaal dat spontaan langskomen bij Stijn-met-die-ouders geen optie was. Eigenlijk kon hij maar één persoon bedenken die brutaal genoeg was om zomaar binnen te komen: *George.* George kwam uitleggen waarom ze zo raar tegen hem had gedaan! Eerst het atelier uitlopen en gistermorgen die beschuldigende blik en... Hij trok haastig de deur open. Op de overloop stond zijn kleine zus Jacoba, met achter haar de grote vrouw van nummer 7, Dido Bloemendaal. Beiden keken eerst naar hem en daarna nieuwsgierig over zijn schouder naar de ruimte achter hem. Hij deed snel een stap naar voren de overloop op en trok de deur achter zich dicht. *Wat hadden ze gezien?*

De overloop was maar klein en bood nauwelijks ruimte aan drie mensen, waardoor ze dicht op elkaar stonden. Stijn keek onderzoekend naar de gezichten van de twee vrouwen voor zich. Jacoba keek ongerust, maar dat was eigenlijk haar normale gezichtsuitdrukking. Dido Bloemendaal had haar ogen een beetje toegeknepen, alsof ze bijziend was.

'Wat is er?' vroeg hij en hij hoorde dat zijn stem klonk als die van een boos kind. Zelfs als ze er niet bij is, maakt George een klein jongetje van me, dacht hij. Jacoba zei niets, maar keek naar Dido op.

'Ik hoopte dat jij me kunt vertellen hoe het met mevrouw De Boer is,' zei Dido.

En dat moest hij weten? Wat had hij met mevrouw De Boer te maken? Alsof hij niet al genoeg aan zijn hoofd had!

'Geen idee,' zei hij bot. Hij voelde zich steeds bozer worden. Hoe durfden die twee hem hier te storen! Buiten de academie was dit de enige plek ter wereld waar hij de rust had om in de gemoedstoestand te raken die nodig was om goed te werken. Ze moesten eens weten hoe wankel zijn concentratie was! Hoe kwetsbaar zijn inspiratie! Het liefst ging hij zijn atelier weer binnen om de deur achter zich dicht te slaan, maar hij durfde de deur niet te openen zolang Jacoba en Dido op de overloop stonden. Misschien hadden ze al veel te veel gezien.

Dido leek echter niet van plan om te vertrekken.

'Ik weet het echt niet,' zei hij daarom nog maar een keer en ook hij bleef staan waar hij stond. Jacoba frummelde aan haar halskettinkje en keek ongelukkig van Dido naar Stijn en terug. Besefte ze in wat voor vervelende situatie ze haar broer had gebracht? Ze leek in elk geval niet van plan om er iets aan te doen, of ze wist niet hoe. Onhandige Jacoba. Gemanipuleerd en geïndoctrineerd door hun zo rechtschapen moeder. Zoals zo vaak en al zo lang, kreeg Stijn zoveel medelijden met zijn zus dat het hem mateloos irriteerde.

'Helaas,' zei Dido toen. Ze keek teleurgesteld. Goddank draaide ze zich om en begon de trap af te lopen. Jacoba ging haar achterna en zodra hun voetstappen op de benedenste trap klonken, deed Stijn de deur van zijn atelier weer open. Hij bleef op de overloop staan en keek naar binnen. *Wat hadden ze kunnen zien?* Effie Wijdenes, in beide versies pontificaal op de twee ezels? Het hele gezin De Boer tegen de achterste muur in de eerste versie? Hadden ze iemand herkend? Links in de hoek stond zijn eigen gezin, inclusief Jacoba, verloren in haar moeders schaduw.

'Kut, kut, kut,' zei Stijn. Hij had zelf natuurlijk in de deuropening gestaan toen ze keken, dus hij had hun blikveld enigszins geblokkeerd. Zeker dat van Jacoba, die kleiner was dan hij. En Dido was misschien inderdaad bijziend. Hij hoopte het maar.

'Kut,' zei hij nog een keer en hij pakte het doek op met het gezin De Boer in de tweede versie. Dit was het doek waarmee hij bezig was geweest toen Jacoba en Dido hem stoorden. Hij keek er opnieuw naar en opnieuw verbaasde hij zich. Mevrouw De Boer had iets in haar hand en dat iets leek verdacht veel op een potje pillen. Alleen was dat onmogelijk – hij had mevrouw De Boer in februari geschilderd en mevrouw De Boer nam haar overdosis pillen pas gisternacht. In april. Hij voelde zich er ongemakkelijk bij en durfde al helemaal niet te denken aan hoe hij Berend en Maria had geportretteerd. Gestoorde Berend met de krankzinnige blik. Maria-met-de-grote-ogen, haar gezicht verwijtend en lijkwit. Het laatste wat hij wilde was een soort *profetisch* kunstenaar zijn, er was al genoeg godsdienstwaanzin in zijn familie. Wat hij alleen maar wilde was de essentie van mensen vastleggen. Dubbelheid doorzien. Documenteren. Maar toen dacht hij aan schrijvers en aan hoe die altijd vertellen dat hun romanpersonages met het verhaal op de loop kunnen gaan. Stijn dacht ineens te begrijpen wat die schrijvers bedoelden, alleen was het grote verschil dat er op zijn doeken geen personages stonden, maar echte mensen, mensen van vlees en bloed, die nu aan het werk waren, boodschappen deden, koffie dronken of een fles sherry openschroefden. Als ze tenminste niet in coma lagen, of... Hij zuchtte getergd en begon alle doeken om te draaien. Voor de veiligheid. Voor als Jacoba nieuwsgierig was geworden en het in haar hoofd zou halen om nog eens te komen kijken.

Hij dacht aan Dido Bloemendaal en zuchtte opnieuw. Weer een vrouw die hij moest gaan vragen om haar mond te houden over wat ze op zijn zolder had gezien. Als ze al iets had gezien.

17

Ze kon het erbij laten zitten. Feitelijk had ze er immers niets mee te maken, kon ze zich beter bezighouden met haar eigen problemen. Er waren nog uitdagingen genoeg; nog steeds onuitgepakte verhuisdozen, een nog onopgelost carrièreprobleem, vriendinnen en zelfs een halve minnaar, die te lang niets van haar hadden gehoord.

Toch liet het Dido niet los. Terwijl ze boekendozen opende en de boeken een voor een een plek gaf op de planken van de boekenkasten in de huiskamer, dacht ze aan de overbuurvrouw met haar alcoholprobleem, aan de merkwaardige familie Stefeneel, inclusief het atelier op zolder, maar ze bleef er vooral op gespitst of ze iets bij de buren hoorde. Ze betrapte zich er zelfs op dat ze wenste dat het gejammer van mevrouw De Boer maar weer zou klinken. Dat was beter dan deze doodse stilte.

Ze pakte het volgende boek. Een happy end. Het ging naar een plank in de rechterkast. Nog zeven dozen te gaan.

Was de Fermatstraat altijd al een probleemstraat geweest, vroeg ze zich opnieuw af. Dronk de overbuurvrouw al vóór de loterij van 1 januari? Zat de zelfmoordpoging van mevrouw De Boer er altijd al in of was die uitsluitend toe te schrijven aan alles wat er hier was gebeurd? En het slagersechtpaar, was dat altijd al zo bot? Stijn van de overkant vond ze een ander verhaal – dat was een kunstenaar. Wat hij precies schilderde had ze niet kunnen zien met haar ongecorrigeerde min-2, maar het was iets huidkleurigs, dus het zouden vast portretten zijn.

In de volgende doos lagen bovenop drie boeken met een open einde. Dido zette ze in het midden.

Er was in de krant veel geschreven over de bewoners van de Fermatstraat, vooral over de nieuwbakken miljonairs, maar ook over de mensen die de hoofdprijs misliepen. Er waren discussies geweest, over loterijen in het algemeen en over dit type loterijen in het bijzonder. Loterijen met verliezers. Dido had het meeste wel gelezen en was tot de conclusie gekomen dat mensen de verantwoordelijkheid voor hun eigen leven moesten nemen en niet achteraf moesten gaan zitten zeuren. Mensen namen tegenwoordig veel te weinig eigen verantwoordelijkheid. *Ze moeten er wat aan doen*, dat leek in ieders mond bestorven. Nooit: *ik* moet er wat aan doen.

In het boek dat ze nu pakte, ontsprong de moordenaar de dans, herinnerde ze zich. Dat viel niet onder happy endings, vond Dido, dus zette ze het links naast een biografie over Mata Hari.

Toen om vier uur de boekendozen leeg waren en het nog steeds stil was bij de buren, gooide Dido de verpakking weg van de pindarotsjes die ze tot haar ongenoegen bleek te hebben leeggegeten, trok haar jas aan en ging naar buiten. In de slagerij aan de overkant zag ze de slagersvrouw een klant helpen. Rechts wandelde iemand met een grote zwarte hond langs het stuk van de straat dat zojuist weer was dichtgegooid.

Dido ging naar links, naar haar auto, die ze twee straten verderop had geparkeerd. Een kwartiertje later liep ze door de gangen van het plaatselijk medisch centrum. Het ging erom zelf verantwoordelijkheid te nemen.

Ook in het ziekenhuis had Dido de neiging een flap van haar jas over haar hoofd te slaan – hier uit angst voor MRSA-bacteriën. Waarschijnlijk omdat ze de hele middag tussen haar boeken had gezeten, ging ze zich echter, toen ze een aantal ziekenzalen passeerde, voorstellen dat er die middag minstens één patiënt was wiens bril op het nachtkastje lag en die op de knop drukte voor de verpleeghulp omdat hij schrok van de vage, zwartfladderende gestalte die hij vanuit zijn bed door de open zaaldeur over de gang zag snellen. Misschien was het toevallig een geletterde patiënt, die tegen de verpleging zou murmelen: *Isphahaan!*, en zou de verpleging daarop bezorgd en niet-begrijpend het infuus controleren. Dido liet de jasflap los.

Op de afdeling ic sprak ze een verpleger aan.

'Mevrouw De Boer...' zei hij. 'Bent u familie?'

'Neen,' zei Dido, 'ik ben een bezorgde buurvrouw.' En dat, dacht ze, moest op prijs gesteld worden.

'Aha,' zei de verpleger. Hij dacht na en zei toen: 'Ze zijn met haar bezig. Wilt u daar misschien even wachten?' Hij wees naar een kamertje aan het eind van de afdeling, door een glazen wand van de gang afgescheiden. Er stonden een paar stoelen en banken, een enorme televisie en een laag tafeltje met tijdschriften in de omslagen van een leesmap.

Er zaten vier mensen in het kamertje. Een vrouw in een ochtendjas bladerde in een van de tijdschriften, twee jongemannen keken naar de televisie zonder dat het geluid aanstond en een meisje zat met haar rug naar de glazen wand. De vrouw in de ochtendjas had naast zich een infuusstandaard op wieltjes. De jongemannen droegen beiden een joggingbroek en glimmende T-shirts met de namen van voetballers erop. Het meisje tuurde op een mobieltje.

'Goedemiddag,' zei Dido toen ze binnenkwam. De jongemannen en de vrouw keken nieuwsgierig op en mompelden iets. Het meisje zweeg en bleef op haar mobieltje kijken.

Dido ging op een van de stoelen zitten, haar gezicht naar de glazen wand. De televisie flakkerde MTV. De vrouw in de ochtendjas gooide haar tijdschrift op het tafeltje en zuchtte.

'Alles goed, Berna,' zei een van de jongemannen over zijn schouder.

'Och man, hou op, schei uit,' zei Berna en dat deed de jongeman. Hij wendde zich weer naar de televisie en zette het geluid aan. Het meisje met het mobieltje zakte onderuit en begon driftig op de toetsjes van haar gsm te drukken. Ze had een roze topje aan. Haar mond stond halfopen. Dido had hele klassen vol meisjes van deze leeftijd gehad met hun mond half open. Ze dachten dat dat sexy was of dat ze met een half open mond leken op een van hun idolen. Het irriteerde Dido mateloos. Ze keek de andere kant op. Na een paar minuten klapte het meisje het mobieltje dicht, zakte nog iets verder onderuit en gaapte zonder haar hand voor haar mond te houden. Ze legde haar voeten, met afgetrapte flatjes eraan, boven op de tijdschriften die op het tafeltje lagen. Niemand zei er iets van. Dido ging nog wat rechterop zitten en keek naar haar handen, in haar schoot gevouwen alsof ze een nuffige, ouderwetse schoolfrik was. Zo'n schoolfrik zoals die helemaal niet meer bestonden, zelfs de juffen en meesters van haar eigen lagere school waren allang geen nuffige schoolfrikken meer geweest. Hoe was het mogelijk dat ze het zelf geworden was? Ze zag dat haar knokkels wit waren en deed haar best haar handen te ontspannen.

De verpleger kwam weer binnen. Hij zei dat ze klaar waren met mevrouw De Boer. Dido stond op en liep met hem mee naar een klein kamertje aan de andere kant van de afdeling.

In het kamertje zag ze meneer De Boer naast een bed zitten. Hij knikte naar Dido, maar ze was er niet zeker van of hij haar herkende. Toen keek ze naar mevrouw De Boer. Ze lag op haar rug in het bed. Boven haar hoofd bliepte een monitor, vanonder de dekens liep een slangetje naar een plastic zak onder het bed. Ze lag er vredig bij, op de traan na die over haar wang gleed. Meneer De Boer veegde hem weg met een nat lapje.

'Dwanghuilen,' fluisterde hij, hoewel Dido niets had gevraagd. 'Dat is door de coma, zegt de dokter.' Hij legde het lapje op het nachtkastje en zuchtte. Zou hij zich net als Dido stiekem afvragen of het gehuil van mevrouw De Boer bij bewustzijn misschien ook *dwanghuilen* was geweest? Dido keek nog eens naar het bleke gezicht op het kussen en zei toen zonder nadenken het eerste wat er in haar opkwam: 'Ach. Het is zo precies prinses Diana.'

En toen deed mevrouw De Boer haar ogen open.

Er gebeurde daarna van alles tegelijk. Meneer De Boer schoot overeind en riep om de verpleging, twee verpleegsters kwamen aansnellen en intussen keek mevrouw De Boer Dido's kant op en zei met een schorre stem: 'Frances.' Ach hemel, dacht Dido geschrokken, ze is in de war. De twee verpleegsters bogen zich over mevrouw De Boer heen, een derde vroeg om ruimte. Dido draaide zich om en zag toen

pas het meisje in het roze topje. Ze had een hand tegen haar mond geslagen en staarde met grote ogen naar het bed. Nog even en ze ging
ook huilen; dwanghuilen of anderszins.

18

Stijn ging die middag om halfzes naar Koker om de etalageruit te wassen. Toen hij binnenkwam, was Sté bezig de laatste plastic bakken naar de koelcel te sjouwen. Daarna begon ze de toonbank schoon te maken terwijl Arie de bakken in de koelcel stapelde.

Stijn vulde een emmer met warm water en was op weg naar het etalageraam toen de telefoon ging. Sté stond met haar armen in het sop, dus Arie nam op.

'Dat kunnen wij regelen, ja,' hoorde Stijn. Met grote halen begon hij het raam af te sponzen.

'Twee lijkt me genoeg. Ja. Met gasbranders, dat geeft geen gedonder. Haha.'

Met de telefoon tussen schouder en oor geklemd, trok Arie het bestelboek naar zich toe en pakte een pen. Stijn zag hem een tersluikse blik op Sté werpen. Haar vlezige gezicht was zichtbaar door het glas van de koelvitrine.

'Honderd hamburgers?' vroeg Arie en hij draaide zijn rug naar Sté. '... kan ook...' Hij krabde zich met de pen op zijn hoofd en luisterde.

'Nou, zoals merguez,' zei hij. 'Ik heb hele lekkere merguez op het ogenblik.' Hij zweeg even en voegde eraan toe: 'Ze zijn in de aanbieding.' Toen hij het gesprek had beëindigd, keek hij naar Sté en leek op het punt iets te gaan zeggen. Sté liep echter langs hem heen naar achteren met haar emmertje sop.

Stijn draaide zich weer naar het raam en trok de trekker eroverheen. Hij staarde door het glas naar buiten zonder iets te zien. In zijn hoofd was hij bezig een brief te componeren voor de examencommissie. Hij moest ze ervan zien te overtuigen dat de ruimte voor drie schilderijen die hem op de examenexpositie werd geboden, echt niet voldoende was voor zijn project. Zijn dertig schilderijen hoorden immers bij elkaar! Het was één geheel, één kunstwerk! In zijn verbeelding zag hij een hele Stefeneelzaal, waar mensen nieuwsgierig binnengingen en met open mond naar buiten kwamen. Hij liet de trekker tegen het raam rusten en zijn fantasie even de vrije loop. Toen zag hij echter ook ineens zijn moeder tussen de bezoekers van de expositie. Ook zij ging de Stefeneelzaal binnen en... misschien moest hij zo langzamerhand eens op zoek naar andere woonruimte.

'Heb jij zin in dat feest?' vroeg Arie vanachter de toonbank. Stijn schrok op. Feest?

'*Winners for Losers*,' zei Arie en hij lachte een beetje bitter. Arie had het er duidelijk nog knap moeilijk mee, dacht Stijn. Dat verwonderde hem niet; als hij in Aries schoenen stond, zou hij het er ook moeilijk mee hebben om zoveel geld mis te lopen. Je zult tenslotte getrouwd zijn met zo'n chagrijn als Sté. Voor hem, Stijn, lag het anders. Hij stond aan het begin van een carrière. En bovendien: hij had helemaal niet meegedaan aan de loterij. Daardoor was het toch een beetje geweest alsof hij zijn lot in eigen hand had gehad. Een beetje.

Wat hij dacht in de nacht van 1 op 2 januari, toen hij achter de reden kwam van al dat feestgedruis op straat, was: GODVERDEGODVER. Maar meer ook niet.

Arie sloeg het bestelboek dicht.

'Dat was de bestelling voor het feest,' zei hij. Hij had een zorgelijke frons op zijn gezicht.

Wel had Stijn er de weken erna een keer over gedroomd: hij liep met in iedere hand een stapel bankbiljetten door de stad. De stapels waren zo dik, dat er steeds biljetten uit zijn greep ontsnapten en de straat opwoeien.

Arie deed het licht in de koelvitrine uit.

'Ik moest het wel doen, snap je?' zei hij. 'Ik kan toch moeilijk zeggen: ga maar naar een ander. Zo'n bestelling laat je niet lopen.'

Stijn had geprobeerd de stapels tegen zijn borst te klemmen en een hand vrij te maken om het wegwaaiende geld weer op te pakken – maar daardoor woeien er nog meer biljetten weg. Het was zo'n soort droom waaruit je hondsmoe wakker wordt.

Arie pakte opnieuw de telefoon.

'Zo pakken wij er tenminste nog een béétje voordeel van,' zei hij. Hij verdedigde zich alsof Stijn de bezwaren had geuit die Sté ongetwijfeld zou gaan uiten. Arie drukte op de toetsen van de telefoon en Stijn hoorde hem een afspraak met iemand maken voor maandagavond om acht uur.

19

In het ziekenhuis bedacht Dido dat het niet eens zo verbazingwek-kend was dat Frances er ineens stond, het was verbazingwekkend dat ze eigenlijk niet weggeweest leek te zijn. Meneer De Boer viel tenmin-ste niet om van verbazing, riep niet haar naam, vroeg niet *waar was je nou*. Hij keek naar zijn dochter alsof hij haar een kwartier geleden nog had gezien.

Dat bleek ook het geval. Frances was al twee dagen in het zieken-huis.

Het ontwaken van mevrouw De Boer betekende een nieuwe reeks testjes en wachten op de specialist om de medicatie aan te passen. Dat ging wel een half uurtje duren en De Boer, Frances en Dido gin-gen in het kamertje aan het eind van de gang zitten wachten. De vrouw met de infuusstandaard was inmiddels weg, de jongemannen in sportkleren zaten er nog en keken nog steeds naar MTV. De verple-ger bracht plastic bekertjes koffie en feliciteerde De Boer en Frances.

'Het komt door haar,' zei De Boer met schorre stem en hij wees naar Dido. De blik van Frances ging ook even naar Dido, maar bleef daarna aan de televisie hangen. Ze haalde haar neus op en veegde over haar ogen.

'Och, nee...' zei Dido en ze keek verbaasd van De Boer naar Frances en weer terug. 'Maar ik dacht...' begon ze. De Boer kuchte.

'Dit is Frances,' zei hij onhandig. 'Frances, dit is onze nieuwe buur-vrouw.'

Frances rukte zich los van de televisie. Ze staarde naar Dido en vroeg toen: 'Welk nummer?'

'Zeven,' zei De Boer. 'Waar Kees en Elsemiek woonden.'

'Kees en Elsemiek,' herhaalde Frances. 'Die zijn nu rijk.' Ze keek naar Dido alsof die de schuld van alles was.

'Maar...' begon Dido weer. Frances keerde zich echter weer naar de televisie terwijl De Boer Dido zacht mompelend informeerde.

'De politie heeft haar gevonden,' zei hij.

De twee jongens in de sportkleren zetten de televisie zachter.

'Wanneer?' vroeg Dido, ook met zachte stem. 'Gisteren al?'

De Boer schoof op de bank heen en weer.

'Neuh...' zei hij. 'In januari.'

Dido's mond viel open. Volgens haar dacht toch echt het halve land en in elk geval de hele Fermatstraat dat Frances nog steeds zoek was.

'Ja,' zei De Boer en toen: 'Nee...' Het punt was, Dido moest begrijpen dat hij en zijn vrouw op 3 januari naar de politie waren gegaan en die had een speciale rechercheur op de zaak gezet. De rechercheur was aan de slag gegaan met dagboeken en chatsessies van Frances en had buurtbewoners bezocht en vrienden en vriendinnen van het meisje. Na vier dagen wist hij al waar ze was. Dat had nog sneller gekund, als hij niet op een muur van pubersolidariteit was gestuit omdat alle vrienden en vriendinnen van Frances het over één ding eens waren: Frances had groot gelijk. Zij zouden het hun ouders ook nooit vergeven, *echt niet*. Daarom hielpen ze Frances aan onderduikadressen en brachten haar achter op de fiets elk dagdeel en zelfs halverwege de nacht ergens anders heen.

Dido zag dat Frances een mondhoek optrok. Ze had het meisje met genoegen een draai om haar oren gegeven.

De Boer ging verder. Zijn gezicht had een beetje een kleur. De ouders van de vrienden en vriendinnen van Frances hadden niets in de gaten gehad, zei hij. Die waren allemaal gewend aan plotselinge zwijgzaamheid, gesloten slaapkamerdeuren en eetaanvallen. Frances kon dus tamelijk gemakkelijk worden voorzien van logeerbedden en maaltijden. Ze waren er trots op, de vrienden en vriendinnen van Frances. Ze zeiden dat het in de oorlog ook gebeurde en het werd helemaal spannend toen de ondervragingen begonnen. Ze hadden via msn en sms tegen elkaar opgeschept over hoe ze *de verhoormethodes van de Gestapo hadden doorstaan* en dat ze waren blijven zwijgen of waren blijven liegen ondanks *de enorme druk die er op ze werd uitgeoefend*. Niemand mocht doorslaan, waarschuwden ze elkaar. Frances verdiende alle solidariteit door het verschrikkelijke lot dat haar was aangedaan.

De Boer keek in zijn plastic bekertje. Er stonden zweetdruppeltjes op zijn neus.

Frances werd uiteindelijk gevonden bij Nuriye. De moeder van Nuriye was niet alleen strenger, maar ook een stuk alerter dan andere ouders.

'En toen?' vroeg Dido en toen De Boer zweeg, richtte ze zich tot Frances.

'Waarom ging je toen niet naar huis?' En waarom hadden meneer en mevrouw De Boer de straat niet verteld dat hun dochter terecht was, dacht ze erachteraan.

Frances deed of ze Dido niet hoorde. Het was De Boer die vertelde dat zijn dochter naar een tante was gegaan, de zus van zijn vrouw. Tante Christien woonde verderop in de stad en kon Frances tamelijk gemakkelijk van onderdak voorzien omdat ze alleen was en een veertienjarige in huis haar werk als sociaal advocaat niet in de weg stond.

Dido keek onderzoekend naar De Boer en zag dat nu ook zijn nek vuurrood was. Was dat schaamrood? Hadden hij en zijn vrouw daarom in de straat verzwegen dat Frances terecht was? Uit schaamte? Misschien waren meelevende blikken vanwege een verdwenen dochter beter te verdragen geweest dan meewarige blikken vanwege een dochter die weigerde naar huis te komen.

'Ga je eigenlijk wel naar school?' vroeg Dido aan de rug van Frances. Ze zat weer naar de tv te kijken en haalde alleen haar schouders op.

'Maar je gaat nu gewoon weer naar huis,' zei Dido. Ze bedoelde het niet als vraag. 'Omwille van je moeder.'

Toen pas keek Frances om en Dido schrok. Wat ze in de ogen van Frances las, ze kon het niet anders interpreteren, was afgrijzen en angst.

20

Arie kon de volgende dag wel janken. Dit keer echter van opluchting: vanmorgen was meneer De Boer de winkel ingekomen. Arie zette zijn snijmes bijna in zijn linkerduim toen hij de overbuurman zag. En toen De Boer vertelde dat zijn Sonja was ontwaakt, dat het ergste achter de rug was en dat het allemaal goed zou komen, toen pakte Arie het biefstukje dat hij net had gesneden en moest de neiging onderdrukken het met een juichkreet naar het systeemplafond te gooien. Zeker toen De Boer ook nog sprak over *wat zijn dochter had gezegd*. Frances was terecht!

'Dus die zien we binnenkort ook weer in de straat,' zei Sté zonder dat ze nou reusachtig blij klonk.

(Sneller dan Arie had Sté *die avond* in de gaten gehad wat er aan de hand was, toen ze Frances met opgestoken middelvinger de straat zagen verlaten. 'Staan wij hier,' zei ze bitter, 'met een lot aan de verkeerde kant van de straat. En zitten zij daar. Zonder lot aan de goede kant.' Sté had gezegd dat ze het meisje heel goed begreep.)

Als meneer De Boer al een antwoord gaf op de opmerking van Sté, dan kon Arie het niet horen. Toen hij opkeek, zag hij dat De Boer met een frons naar het uitgestalde vlees in de vitrine stond te kijken. Zijn nek had een rode kleur, die optrok naar zijn oren.

'Gehaktballetjes,' zei Sté. Hoewel meestal niet de meest invoelende mens ter wereld, had ze het probleem begrepen. 'Die zijn kant-en-klaar, hoef je alleen maar even te bakken.'

Toen De Boer de slagerij even later met zes gehaktballetjes verliet, viel de stilte weer op. Buiten stonden de shovels en de kraan in rust-

stand te slapen. Het was zaterdag en pas overmorgen zouden ze verder gaan met de tweede helft van de straat. Het teruggestorte zand in
de eerste helft was alweer netjes gladgestreken.

Arie schikte de biefstukken in een bak en dacht aan zijn afspraak
op maandagavond. Hoewel er met het nieuws over het ontwaken van
mevrouw De Boer en de terugkeer van Frances een deel van zijn
schuld van hem was afgevallen, zou Arie de afspraak met Peter Vassaan niet afzeggen. Want Arie wilde nog steeds weleens met iemand
praten. Er bleven immers nog genoeg vragen over. Toen hij zijn
Steetje al die jaren geleden trouwde, had hij zich, eerlijk waar, voor-
genomen om goed voor haar te zorgen. Dat had hij ook gedaan. Dat
kon hij. Hij was een prima slager en de zaak liep goed, ze woonden in
een fijne buurt en hun dochter deed het zelfs uitstekend. Maar wat
hij niet had bedacht toen ze trouwden, eerlijk waar niet, was dat het
zo moeilijk zou zijn om Sté ook *gelukkig* te maken.

Hij deed de biefstukken in de koelvitrine. Buiten maakte een oudere dame de riem van haar poedeltje vast aan de ijzeren ring onder
het raam. Als het straks zo warm werd als de blauwe hemel boven de
straat beloofde, dan zou Arie een bakje water op de stoep zetten. Arie
hield van honden.

De klant vroeg om drie ons hausmacher en als altijd om een pond
hart voor het poedeltje, in kleine stukjes en in kleine porties om in te
vriezen. Arie pakte het aanzetstaal en sleep zijn mes.

21

Op de zolder van nummer 16 was Stijn zaterdagochtend bezig met het signeren van zijn doeken. Je moest dingen op een zeker moment voltooid verklaren, hoe moeilijk dat soms ook was. En de tijd drong.

Hij pakte Sté en Arie Koker uit de tweede serie en keek ernaar. Nu pas zag hij hoe de dode blik van de everzwijnenkop rechts de blik van Sté spiegelde. Mooi. Hij schreef met een fijn penseel in de linkerbenedenhoek *Stefeneel*, de datum en daarachter 6/2 (het huisnummer en de versie). Daarna zette hij het doek weg en pakte beide versies van Berend en Maria. Hij signeerde ze zonder er nog echt naar te kijken. Hij kon vandaag de grote, verwijtende ogen van Maria niet aan. Toen pakte hij de tweede versie van de familie De Boer (9/2), die met dat potje pillen dat er zo merkwaardig bij gekomen was. Dit portret was niet klaar. Mevrouw De Boer stond weliswaar al compleet naast haar voltooide man, maar tussen hen in stond een nog steeds onvoltooide Frances. Hij kon Frances nog niet schilderen. Hij moest haar echt nog een keer zien. Hij zette de familie dus weer terug op de grond, naast het enige andere doek uit serie één dat nog niet af was: nummer 16/1. Het portret van zijn eigen familie, met de zware slagschaduw van zijn moeder over zijn zus, die juist wel licht leek te geven. Hij staarde ernaar en schudde het hoofd. Hij was vooral ongelukkig met zichzelf. Zijn zelfportret, als het ware. Het was een poppetje, daar op het doek rechtsonder. Een plat poppetje.

Toen dacht hij aan zijn grote overbuurvrouw Dido Bloemendaal. Het was beter nu meteen naar haar toe te gaan, voordat ze iemand iets kon gaan vertellen over wat ze misschien gezien had op zijn zolder. Hij keek op zijn horloge en trok zijn jas aan. Eenmaal op straat, wierp hij een verlangende blik naar de overkant, naar nummer 13. Toen draaide hij zich om en ging op weg naar nummer 7.

Dido Bloemendaal deed de deur open alsof ze op hem had zitten wachten. Ze liet hem de woonkamer binnen en ging meteen in de keuken koffie zetten. Stijn probeerde een gemakkelijke houding te vinden in een hoekje van Dido's diepe bank. Toen ze weer binnenkwam, had ze lippenstift op.

Ze ging aan de andere kant van de bank zitten en vertelde over haar bezoek. Niet het bezoek aan zijn atelier, maar aan het ziekenhuis. Stijn was zowel verheugd als verbaasd toen hij hoorde over het ontwaken van mevrouw De Boer en de onverwachte rentree van Frances. Dido Bloemendaal woonde hier nog maar een paar dagen en leek nu al meer betrokken bij wat er hier gebeurde dan hij. Waarom was *hij* eigenlijk niet naar het ziekenhuis gegaan om te informeren hoe het ging met mevrouw De Boer? Ze woonden al jaren in dezelfde straat! De waarheid was dat het niet eens bij hem was opgekomen.

'Dat is goed nieuws,' zei hij. Alleen al om het feit dat hij Frances weer zou kunnen zien en dat hij haar portret af zou kunnen maken, dacht hij erachteraan. Maar dat zei hij niet.

Hij probeerde te gaan verzitten en tegelijk zijn koffiekop recht te houden.

'Had jij ooit de indruk dat Frances het eh... niet goed had thuis?' vroeg Dido onverwacht. Ze keek hem doordringend aan. Stijn schrok er een beetje van. Wat bedoelde ze? Dat Frances iets tekortkwam? Ach, niet meer dan andere pubers dachten dat ze tekortkwamen. Maar De Boer had gewoon een gewone baan, dus er was geen reden om aan te nemen dat Frances het nou zo moeilijk had...

Dido schudde peinzend haar hoofd en hij zag opnieuw de mengeling van strijdlust en kwetsbaarheid die hem eerder was opgevallen. Het gaf haar iets onduidelijks.

'Dat bedoel ik niet,' zei ze. 'Ik bedoel het niet materieel.' Waar Dido zich zorgen over maakte, was dat ze had gezien dat Frances *bang* was om naar huis te gaan. En waaraan dacht je als een kind bang is om naar huis te gaan? Zeker als er ook nog een vader rondloopt die zich zichtbaar voor iets schaamt?

Stijn keek naar het paarse tapijt onder zijn schoenen. Zou het echt kunnen zijn dat hij niet alleen de ene mishandeling waarvan hij wél wist had laten gebeuren, maar dat hij ook nog een andere helemaal over het hoofd had gezien? Een *kinder*mishandeling? Hij, die meende het diepste wezen van mensen in olieverf te kunnen vangen?

'Nou,' zuchtte Dido toen, 'als jij er niets van weet, dan zal er wel wat anders aan de hand zijn.' In zo'n kleine straat zou zoiets immers niet onopgemerkt kunnen blijven?

Stijn voelde dat hij kleurde, maar Dido Bloemendaal zag het niet en ging gelukkig over op een ander onderwerp. Het goeie onderwerp – dat waarover hij het met haar moest hebben. Ze vroeg eerst wat hij deed en toen hij dat vertelde, lachte ze vrolijk.

'Dus daarom zit je op zolder. Kunstacademie. Wat leuk.'

Hij knikte en wachtte gespannen op het vervolg.

'Je maakt portretten, hè?' zei ze. Niet: *wat voor* portretten. Hij ademde uit. 'Werk je naar modellen?'

In zijn zenuwen moest Stijn zo lachen dat hij koffie morste op het verschrikkelijk paarse tapijt. Dido ging in de weer met een sopje en een doekje en daarna nam Stijn zo snel als nog beleefd was afscheid. Dido Bloemendaal was vast en zeker inderdaad bijziend. Met een iets geruster gemoed liep hij even later door de stille straat terug naar huis.

Dat weekend werd het steeds mooier weer. Het werd zelfs opvallend warm voor april. Stijn moest zondagmorgen tot zijn verbazing een dikke bromvlieg achterna in zijn atelier. Het beest vloog hinderlijk rond en dreigde op de natte verf te landen. Hij wist hem met een ouwe lap in een hoekje te drijven en te vangen. Hij opende het dakraam om de vlieg naar buiten te laten en hoorde op dat moment geschreeuw op straat.

Hij ging op zijn tenen staan, keek over de dakrand en zag op de stoep schuin aan de overkant George. Ze had een verfkrabber in haar hand en schreeuwde. Stijn ging snel naar beneden.

De woedende kreten van George hadden ook Peter Vassaan naar buiten gelokt. Hij stond op de stoep. Ze was al de hele morgen bezig, vertelde hij toen Stijn naast hem kwam staan. Ze schreeuwde tegen de twee honden die in de Fermatstraat woonden en tegen alle buurtkatten. Het kwam door het rulle zand in de klinkerloze straat. De katten maakten er kleine kuiltjes in en hurkten er met een van inspanning trillend staartje boven. De honden groeven diepe gaten, waarbij het zand hoog onder hun klauwende voorpoten opspatte. Normaal gesproken waren de honden in de Fermatstraat alleen te zien met hun baasjes op weg naar het park achter de singel, maar hun baasjes vonden het dit weekend kennelijk een goed idee het uitlaten te beperken tot het openen van de voordeur *Ga maar in de zandbak spelen.* Met name de zwarte labrador van nummer 20 liet zich dat geen twee keer zeggen en ging als een dolle tekeer. Het zand sproeide als een geelgrijze fontein onder de hondenbuik uit en binnen de kortste keren was alleen zijn zwarte kont nog zichtbaar. Terwijl het toch een behoorlijk grote labrador was.

George, die bezig was geweest verf van het buitenkozijn van haar keukenraam te krabben, had kennelijk iets tegen de beesten en sprong met wild zwaaiende armen op de zwarte labrador af. Bang is ze in elk geval niet, zei Peter lachend tegen Stijn.

'Rot op,' riep George naar de labrador toen ze vlak bij hem was. De hond tilde een verbaasde kop uit de kuil. Zijn baas, die in de deuropening twee huizen verderop stond te wachten tot zijn hond weer binnenkwam, riep naar George: 'Laat dat beest!'

George bleef midden in de straat staan, haar voeten in het zand, en keek naar de man. Hij leek een beetje op zijn hond.

'Ik schijt toch ook niet in jouw tuin,' riep ze.

Peter en Stijn lachten.

'Mens, het is jouw tuin niet en dat beest schijt helemaal niet. Hij speelt,' schreeuwde de man van nummer 20 terug. Zoals de meeste mensen aan de even kant van de Fermatstraat was hij al maanden in een buitengewoon slecht humeur.

'Laat hem dat dan ergens anders doen. Rot op!' zei George (dat laatste weer tegen de hond). De hond begon onverstoorbaar opnieuw te graven, onder het slaken van hoge, opgewonden gilletjes. Het leek er even op dat George hem aan zijn staart zou gaan trekken, maar wat ze uiteindelijk deed was een hand zand pakken en dat naar de hond toegooien.

'Teringwijf!' riep de man van nummer 20. 'Laat mijn hond met rust!'

Nu hield de hond op en wreef met een voorpoot zand van zijn neus. Hij keek achterom naar zijn baas.

'Kom, Danger,' zei de baas toen. 'Dat takkewijf moet je niet.'

George verdween in haar huis en sloeg de voordeur met een knal achter zich dicht.

'Merkwaardig,' zei Peter Vassaan, zijn armen voor zijn borst gekruist en een hand aan zijn kin.

'Ja, nogal,' zei Stijn, die nu pas zijn openhangende mond weer sloot. Toen leek Peter een licht op te gaan.

'Ze is zwanger,' zei hij.

Stijns mond viel opnieuw open.

'Wat?'

'Zwanger,' zei Peter. 'Dan mag je niet in aanraking komen met kattendrollen. Lisa mocht niet in de tuin werken toen ze zwanger was van Basje. Vanwege de katten.'

22

Slager Arie Koker had zijn eerste afspraak met Peter Vassaan weloverwogen gepland tegen zonsondergang (om acht uur) én op maandagavond, omdat de groothandel dan open was. Zo kon hij ten eerste in de schemer over straat en ten tweede tegen Sté zeggen dat hij nog even iets moest halen. *Plastic zakjes*, zou hij zeggen als ze ernaar vroeg en voor de zekerheid verstopte hij de laatste doos plastic zakjes achter een stelling in de koelcel. Sté zat echter naar *Gtst* te kijken en vroeg niets.

Vlak voor hij de deur van de slagerij opende, zag Arie door het etalageraam dat schuin aan de overkant de voordeur van nummer 9 openging. Hij bleef wachten, zijn hand op de deurklink, en zag meneer De Boer zijn huis uitkomen. De Boer liep naar de voordeur van zijn buurvrouw op nummer 7 en belde aan.

Arie liet de deurklink los en bleef staan. Hij veegde zijn handpalmen droog aan zijn broek en trok zijn zwarte petje dieper over zijn voorhoofd. Gelukkig had hij het licht in de slagerij niet aangedaan. Als iemand nu door de etalage de winkel in zou kijken, moest hij wel erg zijn best doen om vlak voor de donkere kop van het zwijn het donkere hoofd van Arie te zien. En er was toch niemand om te kijken.

Dido Bloemendaal deed open. De Boer stond even met haar te praten. Hij schudde het hoofd, knikte daarna en toen verdween Dido uit het zicht. Ze kwam weer tevoorschijn in die rare, zwarte jas van haar. Dido en De Boer liepen samen terug naar nummer 9. Pas toen de voordeur daar was dichtgevallen, opende Arie de winkeldeur. Zorgelijk stak hij zijn hoofd naar buiten en keek links en rechts de donkere straat in. Niets te zien, alleen halverwege de zwarte skeletten van de shovel en de kraan. De tweede helft van de straat was vandaag opengegraven – recht voor de slagerij waren de oude rioolbuizen in de schemer nog net zichtbaar op de bodem van de kuil, als bleke walvissen in het zand.

Toen Arie eindelijk over de drempel stapte en een beetje struikelend over scheve stoeptegels met snelle passen naar nummer 14 ging, was het vijf over acht. Haastig drukte hij op de bel, toen de voordeur van nummer 16 openging. Arie schrok, draaide zich om en liep met opgetrokken schouders terug naar de slagerij. Een paar seconden later stak Peter Vassaan een verwonderd hoofd naar buiten. Links van hem stond Stijn Stefeneel in de deuropening.

'Belde jij?' vroeg Peter.

Stijn lachte.

'Het is lang geleden dat ik belletje-trek deed,' zei hij.

Peter Vassaan lachte ook, keek nog eens links en rechts de straat in. Hij leek een beetje bezorgd.

'Nou, prettige avond nog,' zei hij tegen Stijn en hij ging weer naar binnen.

Stijn voelde zich betrapt. Hij keek naar de overkant, naar het huis waar hij naartoe had gewild: nummer 13. George was nog aan het werk, want er brandde licht. Toch bleef hij staan treuzelen. Hij had er vannacht niet van kunnen slapen. George zwanger. Was dat mogelijk? Ja, natuurlijk was dat mogelijk. Ze deed de verbouwing alleen, maar wat zei dat nou helemaal? Niets over de rest van haar leven.

Hij was dit weekeinde twee keer naar de overkant gelopen om aan te bellen, maar of ze er nu was of niet: ze deed niet open.

Nu ging het licht op nummer 13 uit en even later werd de voordeur geopend. Stijn trok zijn eigen voordeur zacht achter zich dicht en drukte zich in het duister tegen de gevel van zijn huis. Ze zag hem niet. Ze zette de tas die ze bij zich had op de stoep en sloot de voordeur zorgvuldig af. Daarna pakte ze de tas weer op, schudde haar haar naar achter en begon de straat uit te lopen. Ze liep in de richting van de Albert Einsteinsingel, haar rug en schouders recht.

Stijn begon haar, via de stoep aan zijn kant van de straat, te volgen.

Arie kwam de slagerij pas weer uit toen zowel George als Stijn al de hoek om was. Opnieuw haastte hij zich naar nummer 14 en opnieuw belde hij aan. Het was toen tien over acht.

'Sorry,' zei hij, toen Peter Vassaan de deur ten tweeden male opendeed.

Peter knikte begrijpend.

'Geeft niets,' zei hij. 'Kom verder.' Hij stapte naar achter, schoof met enige moeite langs de fiets en de buggy die in de gang stonden en ging Arie voor de trap op.

Op de eerste verdieping rook Arie een lucht die hem terugvoerde naar de tijd dat zijn dochter nog een baby'tje was: talkpoeder, melk en babypoep. Hij herinnerde zich het mooiste baby'tje van de hele wereld. Een smetteloos huidje, zachter dan alles wat Arie kon bedenken en zoveel warmer dan het vlees waarmee hij dagelijks werkte. Tot zijn eigen verbazing was Arie Koker van het begin af aan een vader geweest die het heerlijk vond om zijn kind te voeden, te wiegen en te badderen. Soms vouwde hij zijn natte, blote dochtertje voor de grap op zoals je een geslachte kip opvouwt (maar natuurlijk zonder rood-wit touwtje om de pootjes). Hij wikkelde haar in een handdoek als een kleine babyvleesrollade en bestrooide haar met talkpoeder alsof het paneermeel was. Zo klein als ze was: ze kon toen al schateren en Arie schaterde terug.

Ze gingen de tweede trap op. De spreekkamer was op zolder; Peter Vassaan zou hem gaan delen met zijn vrouw, de moeder van zijn kind, zodra die ook haar registratie binnen had. In de kamer stonden een grote, gemakkelijke stoel voor Arie en een rechte stoel voor Peter. Arie ging op het puntje van de makkelijke stoel zitten, Peter Vassaan nam een groot, nog ongebruikt notitieblok op schoot. Hij knikte Arie vriendelijk toe.

Arie keek naar het notitieblok. Hij maakte zich ineens zorgen. Peter Vassaan kwam tenslotte ook in de slagerij en kende iedereen in de straat! En Peter zei daarnet weliswaar dat alles wat ze hier bespraken vertrouwelijk was en binnen deze muren zou blijven – maar daardoor keek Arie nu steeds bezorgd naar die muren. Het was hetzelfde soort muren als hij in zijn eigen huis had en erg dik waren die niet. Er waren nachten dat hij Effie Wijdenes kon horen rondstommelen tijdens haar slapeloze uren, dus wie weet wat ze hiernaast allemaal konden verstaan! Werd er niet gezegd dat Stijn Stefeneel op zolder schilderde? Misschien zat Stijn nu op de zolder hiernaast met een verfkwast in zijn hand en met zijn oor tegen de muur gedrukt om alles beter te kunnen verstaan!

Een minuut lang zaten Arie Koker en Peter Vassaan tegenover elkaar te zwijgen. Toen kuchte Peter en zei: 'Hoe gaat het met de zaak?'

De zaak? O, over de zaak kon Arie wel vertellen. Dat was niet moeilijk, het ging immers prima met de zaak. Niets te klagen. In de wijk verderop was net weer een collega gestopt, dus de aanloop in de Fermatstraat werd alleen maar groter. Daarbij: hij hield van zijn vak en voelde zich trots en tevreden als er mooie producten over de toonbank gingen. Nee, de zaak was het probleem niet.

Weer bleef het lang stil. Op een klein bureautje in de hoek van de spreekkamer stond een Hema-wekker hard te tikken naast een doos tissues. Buiten was niets te horen en ook van de zolder van Stijn kwam geen geluid.

'Hoe gaat het met je dochter?' vroeg Peter Vassaan toen. Hij had nog niets op het notitieblok geschreven.

Zijn dochter? Met zijn dochter ging het geweldig. Die deed het voortreffelijk daar in het verre Amerika en Arie was heel trots op haar. Zo'n slimme meid! Dat had hij nooit kunnen bedenken, dat hij een dochter zou hebben die in de Verenigde Staten zou gaan studeren!

Peter Vassaan knikte en Arie sloeg dat ene, minuscuul kleine minpuntje van zijn dochter maar over: dat ze vegetariër geworden was.

'En je vrouw?'

Sté?

Nu knikte Arie ook.

'Prima,' zei hij en toen nog een keer: 'Prima.'

Peter Vassaan zweeg.

'Ze zit wel een beetje met die loterij,' zei Arie.

Tien minuten later zat Peter Vassaan ijverig op het notitieblok te krabbelen, terwijl Arie vertelde over Stés bitterheid en jaloezie. Hij vertelde erover dat hij zo bang was dat zijn Steetje nooit meer zou lachen. Hij vertelde, na een korte aarzeling, zelfs dat hij weleens bang was dat Sté jaloers was op hun dochter. Maar dat kon natuurlijk helemaal niet, dat een moeder jaloers was op haar eigen kind. Hij keek vragend naar Peter Vassaan, die terugkeek met een gezicht alsof hij het ook niet wist maar dat dat zomaar weleens zou kunnen. Peter Vassaan zei in elk geval niet dat hij Arie een rare man vond omdat hij zulke dingen dacht.

Arie zuchtte en vroeg: 'Vind jij het heel erg, dat je niet hebt gewonnen?' Hij bad dat dat niet zo zou zijn. Gelukkig haalde de jonge vader zijn schouders op.

'Ach,' zei hij, 'dingen gaan zoals ze gaan.'

Maar daar ben ik juist zo bang voor, dacht Arie, dat dat niet zo is! Maar over zijn schuld durfde hij niets te zeggen.

Tot zijn opluchting voegde Peter nog toe: 'Wij hadden niet eens een lot.'

'O,' zei Arie. 'Goh.'

Na precies vijftig minuten maakten Peter en Arie een nieuwe afspraak, voor volgende week. Op Aries verzoek niet op maandag, want hij was bang dat dat thuis op zou vallen (maar dat zei hij niet). Hij maakte de afspraak sowieso een beetje ondanks zichzelf, want hij vroeg zich af of dit nou ging helpen. Maar aan de andere kant: hij wilde er al zo lang *best eens met iemand over praten*.

23

Terwijl Arie bij Peter Vassaan was, liep Stijn Stefeneel in de donkere straten het donkere figuurtje van George achterna en dacht: *ik ben godsamme een stalker*. Maar ze had het aan zichzelf te danken. Was ze niet zogenaamd subtiel van houding veranderd toen hij haar vertelde dat hij bij zijn ouders woonde, die allereerste keer? Was ze niet botweg zijn atelier uitgelopen? Had ze hem niet van van alles beschuldigd? Dat hij Maria niet had geholpen, dat hij niets tegen Berend had gedaan? Of dat hij juist wel iets had gedaan? Maar wat hem vooral dwarszat, was dat ze niet had opengedaan toen hij gisteren en vanmiddag aanbelde.

Ze liep snel, Stijn moest zijn passen vergroten om haar bij te houden. *Wat een onzin*, dacht hij. Met al die dingen heeft het niets te maken. Ik ben gewoon een verliefde sukkel en ik wil weten waar ze woont. En vooral met wie. En of ze inderdaad zwanger is.

Stijn had het laatste jaar vaker mensen gevolgd, mensen als Effie Wijdenes op weg naar de glasbak en vorig jaar Frances de Boer een keer op weg naar school. Hij deed het niet eens opzettelijk, maar gewoon omdat hij ze tegenkwam en nog niet was uitgekeken als ze wegliepen. *Een keuze in dienst van mijn kunst*.

Ook dit keer bleef hij ongezien terwijl hij George volgde, de hele Albert Einsteinsingel af. Ze sloeg aan het eind van de singel een keer links- en een keer rechtsaf, maar haar huidige woning bleek niet ver weg: ze eindigde bij een vijftal huurwoningen die de gemeente had gebouwd om het gat te vullen waar voorheen een gasfabriek had gestaan. Het gat kreeg, mede op basis van de naam van de straat (Burgemeester Beeckerstraat), de bijnaam 'de Gifbeker' toen men er twintig jaar geleden ernstige vervuiling van de grond constateerde – zoals op zoveel plekken waar ooit gasfabrieken hadden gestaan. Tien jaar na de ontdekking van het gif werden er damwanden aangebracht en een leeflaag van schone grond. Daarna werden de vijf huizen gebouwd, die er nu fris en onschuldig uitzagen. De bewoners hadden een kennelijke voorkeur voor forsythia, want die stond hier in alle voortuintjes te bloeien.

Stijn zag George naar de voordeur van het linkerhuis lopen. Zelf bleef hij aan de overkant staan, in de schaduw van een grote vuilcontainer. Hij zag dat Georges huis enigszins van de andere verschilde doordat er voor alle ramen stalen rolluiken waren aangebracht, zelfs voor de ramen op de eerste verdieping. Ze waren allemaal neergelaten en alleen door heel smalle kieren was te zien dat er binnen licht brandde.

Zodra George bij de voordeur kwam, ging er een buitenlamp aan die kennelijk van een bewegingsschakelaar was voorzien. Het verbaasde hem. Was ze zo bang? Gisteren met die honden in elk geval niet. Nieuwsgierig bleef hij kijken. De lamp scheen fel en wit op de stoep, zodat George in een spotlight leek te staan en Stijn goed kon zien wat er gebeurde. Ze belde aan. Dat was vreemd. Woonde ze hier dan niet? Was hij haar naar het verkeerde huis gevolgd? Was dit het huis van een vriendin of een vriend? *De* vriend?

Pas na een halve minuut ging de voordeur open en in het licht van de lamp kon hij duidelijk zien wie het was die de deur opendeed.

Toen de deur achter George dichtviel en het geluid klonk van het dichtdraaien van twee sloten, hoorde Stijn ook het ruisen van zijn eigen bloed in zijn eigen oren. Hij bleef nog even naast de vuilcontainer staan, vol vragen en worstelend met zijn gevoelens. Pas toen de lamp bij de voordeur uitging, stapte hij uit de schaduw en liep naar het huis.

De lamp floepte weer aan zodra hij bij de voordeur stond, het licht scheen onaangenaam fel in zijn gezicht. Hij zette zijn wijsvinger op het knopje van de bel, drukte lang en wachtte. Hij hoorde dat de bel binnen overging, maar verder gebeurde er niets. Hij keek naar de voordeur en naar de gevel van het huis. Er was nergens een naambordje. Nogmaals zette hij zijn vinger op de bel, maar toen viel zijn oog op de kleine, glimmende lens van het cameraatje dat rechts boven de deur hing. Hij trok zijn hand terug.

Even later liep hij terug naar huis. Hij zag in de donkere Fermatstraat iemand de deur van de slagerij openen en naar binnen gaan. Het zou Arie wel zijn. Stijn ging zijn eigen huis binnen en meteen door naar zolder. Hij deed de lamp niet aan maar pakte een sigaret en ging op de oude draaistoel van zijn vader zitten. Hij rookte en staarde door het dakraam naar een paar sterren aan de wolkeloze hemel. Hij werd heen en weer geslingerd tussen woede en opluchting. Woede vanwege George, die tegen hem had gelogen. Opluchting omdat degene die net de deur had geopend van het huis waar George naar binnen ging, Maria-met-de-grote-ogen was. Maria leefde.

24

Toen op de avond van 1 januari de tweede letter van de winnende postcode bekend werd en Berend was vertrokken met de kerstslinger om zijn dronken hoofd, kon Maria Gerbel maar één ding bedenken: *George bellen.*

Ze deed de televisie uit en pakte de telefoon. Later zou George vertellen dat ze haar mobieltje die avond wel hoorde overgaan, maar dat ze midden in een nogal dramatische intake zat van een achttienjarige die door haar familie werd bedreigd met eerwraak. Ze had het gesprek niet durven onderbreken en nam daarom niet op.

Maria kreeg dus de voicemail. Ze kon niets bedenken om in te spreken, legde de telefoon weer weg en liep naar buiten. Vlak voor haar huis bleef ze op de stoep staan, net op tijd om in de verte Frances de Boer te zien vertrekken. Daarna zag ze buren uit hun bol gaan en overburen die een beetje schaapachtig stonden te lachen of die zich, na een blik op de straat, snel in hun huis terugtrokken.

Ze zag de BN'er aanbellen bij de woningen links en rechts van haar. Ze zag Stijn Stefeneel, die haar altijd zo verlegen maakte met zijn onderzoekende blik. Ze zag haar man Berend, wankelend en schreeuwend. *Hoe lang nog?* dacht ze. *Wanneer krijgt hij het door?*

Ze sloeg haar armen om zich heen en verbaasde zich over de wreedheid van het lot. Berend werd aangesproken door de jonge vader van de overkant en stond even later midden op straat te kotsen. De mensen om hem heen namen afstand. Toen Berend zich oprichtte en zich in de richting van zijn huis draaide, was Maria Gerbel al binnen. Ze liep de trap op en wist op dat moment zeker: *hij of ik.*

25

Dido had in tweestrijd gestaan toen meneer De Boer die avond voor haar deur stond. Of ze wat kwam drinken, had hij gevraagd. Op de goede afloop. Ze keek onderzoekend naar zijn gezicht, dat een beetje huilerig en pafferig was.

'Is Frances met u mee naar huis gekomen?' vroeg ze.

Met Frances erbij wilde ze wel een gesprek aangaan. Ze had vragen genoeg. De Boer schudde echter het hoofd.

'Nee, die is weer naar haar tante.'

Dido keek naar het gat in de straat, in het duister achter De Boer. De grootste herrie van de werkzaamheden was vandaag recht voor haar huis geweest, de shovel had op nog geen twee meter van haar keukenraam staan brullen. Ze had hoofdpijn en dus eigenlijk helemaal geen zin om *iets te gaan drinken* met meneer De Boer. Aan de andere kant kon ze dat waarover ze met hem zou willen praten, moeilijk hier op de stoep bespreken. *Waarom wil uw dochter niet naar huis? Wat is er aan de hand?* Het had haar het hele weekeinde beziggehouden.

'Weet je zeker dat ze bang is?' had haar broer Tristan gevraagd toen ze hem door de telefoon op de hoogte bracht. Tristan had sinds jaar en dag de rol van haar meest te vertrouwen luisterend oor. Meer dan haar moeder, die de helft van dat waarmee Dido tobde niet begreep of niet wilde begrijpen, en meer dan haar vader, wiens oplossingen voor problemen meestal leken op zijn allereerste advies: *als ze je pesten, sla je erop.*

Ja, zei ze, ze wist zeker dat Frances bang was. Ze wist het omdat ze het herkende – het was die middag of ze in een spiegel keek die haar eigen gezicht van lang geleden reflecteerde, van toen zijzelf veertien was en op weg van school naar huis werd opgewacht. Iedere dag. *Domme Dido. Dikke Dildo.* Maar dat was buiten geweest. *Zij* was toen in ieder geval binnen veilig.

'Ach,' zei Tristan. 'Alle pubers zijn bang en onzeker.'

Dat was niet de manier waarop Dido over het algemeen over pubers dacht, over het algemeen had Dido immers een hekel aan pubers. Toch kon ze het angstige gezicht van Frances niet van zich afzetten en daarom nam ze nu een besluit en zei tegen meneer De Boer: 'Heel even dan.'

Hij keek verheugd en een paar minuten later zat ze op zijn grote bank. Op de salontafel stond een bos chrysanten in een groene, glazen vaas. Er hing een kaartje aan. *Van harte beterschap voor je vrouw, de collega's van Bedrijfsbeveiliging Secustrong*, las ze.

Terwijl meneer De Boer in de keuken koffie zette, keek Dido naar de plankjes met het gedeelte van de Dianaverzameling dat zijn woedeaanval had overleefd en naar de enorme televisie in een hoek van de kamer. Ze stelde zich voor hoe op de avond van de loterij meneer en mevrouw De Boer hier hadden gezeten. Stond de televisie hard of juist heel zacht? Hadden de echtelieden, in de wetenschap dat ze geen lot hadden, samen zitten hopen dat de miljoenenprijs *niet* op hun postcode zou vallen of deden ze dat ieder voor zich? En toen het toch gebeurde? Ze hadden vast niet tegen elkaar gezegd: *wat leuk voor de buren.*

'Ze komt morgen thuis,' zei De Boer toen hij met de koffie binnenkwam. Hij bedoelde niet Frances, maar zijn vrouw. 'Ik heb dit voor haar gekocht. Dat vindt ze mooi.' Hij pakte een grote schoudertas die naast de bank op de grond stond. In het dessin zaten een in elkaar verweven L en V.

'Zo een hebben we ook voor Frances gekocht en toen zag ik Son al zo kijken...'

'Voor Frances?'

Meneer De Boer zuchtte.

'We hebben van alles geprobeerd,' zei hij. 'Kleren van Diesel en

Tribute en Replay en weet ik veel. Een laptop. Een iPod. Een nieuw mobieltje, waarmee ze filmpjes kan maken. Zo'n tas.'

'Opdat ze thuis zou komen?' vroeg Dido. Meneer De Boer lachte een beetje bitter.

'Ze heeft het wel allemaal aangenomen. Maar naar huis kwam ze niet. Christien zei dat we ermee moesten ophouden. Ze zei dat ze Frances met een vriendin had horen overleggen over hoe ze nog meer uit de situatie kon halen.'

Dido mocht tante Christien ongezien.

'Ik had de indruk dat Frances bang is,' zei ze boud en ze keek strak naar het gezicht van meneer De Boer. Hij leek oprecht verbaasd.

'Bang?' zei hij. 'Nee hoor. Ze is boos.' Hij zuchtte diep. 'En neem het haar eens kwalijk.'

'U zit ermee,' zei Dido en onmiddellijk begon weer die rode kleur langs de dikke nek van meneer De Boer omhoog te kruipen. Zenuwachtig begon hij in zijn kopje te roeren, hoewel er nog maar een bodempje koffie in zat.

'Het is ook allemaal zo moeilijk,' zei hij, nauwelijks verstaanbaar. En toen barstte hij los. Wist Dido wel wat dat kostte, zo'n tas? Die kleren en zo'n iPod? En hoe had hij anders aan dat geld moeten komen?

O mijn god, dacht Dido. Hij heeft gestolen. Daarom voelt hij zich zo schuldig. Ze keek naar het kaartje dat in de chrysanten hing. Een beveiligingsbedrijf? Dan had meneer De Boer waarschijnlijk mogelijkheden genoeg gehad om het een en ander te verduisteren.

Het bleek echter iets anders in elkaar te zitten. Meneer De Boer vertelde het als een kleine jongen die een leugentje opbiecht. Het had allemaal te maken met de buurvrouw van nummer 11, omaatje Ariaanse.

'Zij was het rijkst van iedereen,' zei meneer De Boer en heel even vreesde Dido dat hij zou gaan bekennen dat hij dit omaatje Ariaanse een kopje kleiner had gemaakt. Maar het lag wat gecompliceerder. Het ging om de zonen van omaatje Ariaanse. Het waren er twee, en geen van hen had zich ooit veel aan hun moeder gelegen laten liggen. Dat was al begonnen na het overlijden van hun vader. De zonen vonden hun moeder egoïstisch en naïef omdat ze het geld dat haar man haar had nagelaten (geen miljoenen natuurlijk, maar toch een leuk bedrag dat uiteindelijk bij de zonen terecht zou moeten komen), niet verstandig belegde. Integendeel: ze schonk met gulle hand aan goede doelen. Toen een paar jaar geleden de kranten salarissen publiceerden van directeuren van die goede doelen, bereikte het conflict een hoogtepunt en sindsdien kwamen de zonen nog maar zelden in de Fermatstraat. Ook de acht kleinkinderen van omaatje Ariaanse kwamen sinds hun puberteit zelden meer langs. De ene helft vond de bezoekjes te saai (goede doelen was niet alleen de favoriete uitgavenpost maar tevens het favoriete gespreksonderwerp van omaatje Ariaanse), de andere zei ongegeneerd dat er *niets te halen viel*. Omaatje Ariaanse had tegen meneer en mevrouw De Boer weleens haar verwondering uitgesproken over dat juist zij, zelf zo gul (voor goede doelen), zulke hebberige nakomelingen had. Een goede verklaring had ze er niet voor, maar ze vreesde dat het iets te maken moest hebben met de opvoeding en dat het dus in feite haar eigen schuld was. Om dat goed te maken, gaf omaatje Ariaanse de goede doelen dus af en toe een beetje extra. Zelf had ze tenslotte niet zoveel nodig.

De loterij maakte alles anders. De avond van de trekking meldden zich binnen een kwartier de zonen, een schoondochter, twee ex-schoondochters en de acht kleinkinderen en zij zouden de weken erna nog regelmatig terugkeren. De situatie vroeg erom, vonden ze, want dit moest *begeleid* worden. Ze overstelpten omaatje Ariaanse met adviezen over vermogensbeheer en nalatenschappen en lieten na elk bezoek visitekaartjes achter met *betrouwbare adresjes* van *bevriende financieel adviseurs*. Meneer en mevrouw De Boer hadden het zelf gezien.

Ook de organisatie van de loterij stuurde een adviseur naar de Fermatstraat nummer 11. Deze vrouw, in mantelpak en met aktetas, deed haar best alles in goede banen te leiden – die indruk had omaatje Ariaanse althans. De vrouw was aardig en luisterde goed naar de wensen van de oude dame, die al tijdens het gesprek besloot dat ze in eerste instantie zou blijven wonen waar ze woonde. Ze had het immers altijd goed naar haar zin gehad in de Fermatstraat. De adviseur vond dat, in elk geval voorlopig, *prima* en had met een tevreden gezicht haar kalfslederen tas weer ingepakt.

Daarop legden de zonen van omaatje Ariaanse de ruzie bij die ze inmiddels onderling hadden gekregen (ze beschuldigden elkaar van stiekeme bezoekjes aan moeder voor eigen gewin). Ze vonden het idee dat hun moeder in haar eentje in de Fermatstraat zou blijven wonen helemaal niet *prima*. Het was veel beter voor moeder als moeder een beetje in de gaten werd gehouden en ze bijvoorbeeld niet ineens afspraken ging maken met een notaris terwijl zij daarvan niet op de hoogte waren. Wist zo'n oud mens veel van wat ze aanrichtte!

Toen was De Boer in beeld gekomen. Hij was aangesproken door een van de zonen toen hij thuiskwam van zijn werk.

'Duizend euro,' had de zoon gezegd. 'Moeder moet beseffen dat ze een groot risico loopt. De hele stad weet dat er een heel rijk, oud vrouwtje in haar eentje in de Fermatstraat woont en jou gelooft ze wel. Jullie zijn al zo lang buren en ze weet dat jij in de bewaking zit.' Wat de zoon niet zei, maar waarschijnlijk wel dacht, was: *en stel je voor dat er iets met haar gebeurt voordat wij alles goed geregeld hebben. Weet je wel wat een mens tegenwoordig kwijt is aan successierechten!*

De Boer had aan de cadeautjes gedacht waarmee zijn vrouw Frances terug wilde kopen en was inderdaad met de oude dame gaan praten. Hij wilde haar niet ongerust maken, had hij gezegd, maar in zijn vak kwam hij *gijzelingen* tegen en *roofmoorden* gebeurden ook. En dat om een stuk minder geld dan 6,6 miljoen euro. Nu wilde het toeval dat een van de objecten die het bedrijf waar hij werkte in beheer had, een prachtig particulier verzorgingshuis was. Ze zou het daar goed naar haar zin hebben, vertelde hij de oude dame, én goed bewaakt worden. Door hem persoonlijk, wanneer hij dienst had!

'Ik vind het wel naar, hoor,' had omaatje Ariaanse gezegd. 'Ik had nooit gedacht dat die loterij me zoveel problemen zou geven. Dat ik mijn eigen huis uit moet! Ik deed alleen maar mee voor de goede doelen.'

Sindsdien had De Boer zich voorgehouden dat het echt het beste was geweest voor zijn oude buurvrouw. Toch kon hij het gevoel dat hij een verrader was nooit helemaal van zich afzetten. Zeker niet toen hij, de dag dat omaatje verhuisde, de zonen haar huisje uit zag komen met een Friese staartklok, een oud schilderijtje in een dikke, goudkleurige lijst en een zilveren bestek. Daarover, zei De Boer, voelde hij zich nog elke dag schuldig. Hij veegde zweetdruppels van zijn neus.

Toen Dido thuiskwam van haar bezoekje aan meneer De Boer, schonk ze een glas wijn in en dacht na over het gesprek. Juist omdat hij zo vol schaamte had verteld over zijn oude buurvrouw, geloofde ze hem. De vraag bleef echter wat er dan aan de hand was met Frances.

Daarna dacht ze aan de leuke kunstenaar Stijn. Wat grappig dat hij langsgekomen was! Maar wat jammer dat hij zo haastig weer was vertrokken... Ze zuchtte, pakte de telefoon en belde haar minnaar.

'Ik kan vanavond niet,' zei Simon meteen.

Dat had ze ook niet verwacht. Simon had zo zijn eigen verplichtingen. Ze wilde alleen maar even praten. Ze vertelde hem over Frances en haar bezorgdheid om het meisje. Ze vertelde ook het verhaal van de vader van Frances; de schuld en de schaamte van De Boer.

'Judas,' besloot ze.

'Judas had geen veertienjarige dochter die overgehaald moest worden om terug naar huis te komen,' zei Simon lachend.

'*Omgekocht* moest worden, bedoel je,' zei Dido snuivend. Het was geen wonder dat die kids van tegenwoordig zulke akelige, kleine materialistjes waren. Ze kopieerden het gedrag van hun ouders.

Daarna hadden ze het niet meer over Frances, maar over Simon zelf. Er was niemand met wie je beter over schuld en schaamte kon praten dan met Dido's minnaar-voor-halve-dagen. Simon was priester.

26

De volgende morgen liep Stijn Stefeneel al om acht uur op straat. Hij keek naar de gemeentemannen die de laatste buizen aan het weghalen waren. Ze waren dit keer begonnen bij de Pascalweg. Vanachter het etalageraam stond Sté Koker chagrijnig naar het werk te kijken, terwijl ze met stoffer en blik een paar dode vliegen en zand uit de vensterbank veegde. Vliegen waren er in overvloed de laatste tijd, zand was de grootste ergernis in de straat. Iedereen die verantwoording droeg voor een huishouden klaagde erover. Omdat het al dagen niet had geregend, dwarrelde het zand buiten op en daalde het binnen neer op plinten en vensterbanken. Zandkorrels zakten diep in hoogpolige tapijten en krasten op laminaatvloeren. Om de haverklap ging er ergens een voordeur open omdat er zand naar buiten gebezemd moest worden en overal klonken stofzuigers. Stijns eigen moeder Jo Stefeneel was zelfs in de weer geweest met een ouderwetse mattenklopper, waarmee ze het kokosmatje dat bij hen in de gang lag te lijf ging. Maar de meeste last van het zand hadden ze natuurlijk in de slagerij, waar uit de aard der zaak de hele dag mensen in en uit liepen.

Stijn liep terug naar de Albert Einsteinsingel. Hij was al een kwartier op straat. Hij was vastbesloten om George op te vangen voordat ze nummer 13 kon binnenglippen, voordat ze de deur zou sluiten en hem buiten zou laten staan wanneer hij aanbelde. Dat ze hem al zou zien staan wanneer ze de straat inkwam, kon hem niet schelen. Ze moest toch naar het huis, was het niet vandaag, dan wel morgen. En hij had geduld. Als het moest, stond hij hier morgen weer en overmorgen ook. Hij wilde antwoorden! Ze had tegen hem gelogen! Ze kende Maria Gerbel wél! Waarom had ze gedaan alsof dat niet zo was? Hij dacht terug aan het moment dat ze de paspoorten vonden. Toen deed ze of ze van niets wist, ze deed zelfs of ze kwaad was omdat niemand haar had verteld dat ze het huis had gekocht van de mensen die waren verdwenen. Ze had het gekocht van *ene Van Toren*, zei ze. Hypocriete trut. Dáárom had ze die paspoorten niet naar de politie gebracht! En Stijn maar bang zijn dat Maria misschien wel dood was!

Toen ze de hoek omkwam, zag hij haar eerst naar hem kijken en toen naar de werkzaamheden in de straat. Haar pas vertraagde even, maar toen rechtte ze haar rug en liep verder, haar kin in de lucht.

'Góédemorgen,' riep hij zodra hij dacht dat ze hem kon horen boven het gegrom van de kraan uit. Hij probeerde zijn stem koud te laten klinken.

'Hallo,' zei ze, alsof er niets aan de hand was. Ze deed de deur van nummer 13 open. Stijn liep achter haar aan naar binnen alsof dat vanzelfsprekend was. Wat jij kan, kan ik ook, dacht hij. Ik ga niet meer zitten wachten tot jij iets vraagt. George protesteerde niet, sloot alleen snel de deur na een laatste blik op de straat.

Binnen zag hij hoe hard ze had gewerkt. Alle deuren en plinten waren kaal en op de muren waren rachels aangebracht. Het zag er professioneel uit.

George liep naar de keuken en liet haar jas van haar schouders glijden. Hij viel op de grond en ze liet hem liggen waar hij neerkwam. Uiterlijk volstrekt kalm ging ze koffie zetten. Stijn keek naar haar rechte rug in de grote, zwarte trui met verfvlekken die ze eerder had gedragen en ging naast haar staan, zijn kont tegen het aanrecht en zijn armen over elkaar. Hij hoopte dat hij uitstraalde: *en kom nu maar eens met een verklaring.* George keek even opzij. Daarna telde ze schepjes koffie af. Terwijl ze de filter op de koffiekan plaatste, zei ze: 'Je bent me gevolgd.'

Stijn zweeg.

'Je hebt haar herkend.'

Nu knikte hij. Ze keek weer even opzij en zei toen: 'Vervelend. Nu moet ze misschien weg.'

Hij staarde naar haar en wist niet wat hij moest zeggen. Bedoelde ze Maria? Waarom moest die weg omdat hij haar had herkend?

'Behalve,' ging George verder en ze schakelde het koffiezetapparaat in, 'als jij je kop houdt.'

Ze draaide zich naar hem toe en hij keek naar haar gezicht. Pas toen zag hij hoe boos ze was, ze was bozer dan toen met die tartaartjes en nog veel bozer dan hij. In zijn buik voelde hij het snotjongetje Stefeneel in elkaar krimpen. *Lul!* dacht hij, hoewel hij er nog steeds niets van begreep. *Ongelooflijke lul! Waarom moest je haar ook zo nodig volgen? Nu kun je het verder vergeten!*

Hij opende zijn mond, maar op dat moment klonk er een luide schreeuw buiten op straat. Tot zijn verbazing zag hij alle bloed uit Georges gezicht wegtrekken. Pas toen de schreeuw opnieuw klonk (*Jan, naar voren... ho maar!*) ademde ze uit. Ze draaide zich weer om en pakte twee mokken uit een keukenkastje.

'Je brengt ons allemaal in gevaar,' zei ze. Dom keek hij haar aan. *Allemaal? Gevaar?* Toen ze zijn gezicht zag, stampte ze ongeduldig met haar voet op de keukenvloer.

'Snap het dan. Je hebt toch zelf verteld dat Maria mishandeld werd door die klootzak!'

Voor de tweede keer dacht hij: *lul! Ongelooflijke lul!* De rolluiken. De lamp. De camera bij de deur. Hij was George gisteravond gevolgd naar een blijf-van-mijn-lijfhuis. Maria had zich verstopt, voor Berend, voor als Berend terugkwam.

'Niet een officieel blijf-van-mijn-lijfhuis,' zei George. 'Wel een veilige plek voor vrouwen die dat nodig hebben. *Wij* proberen iets te doen voor vrouwen als Maria.' Ze keek hem beschuldigend aan. *Niet zoals jullie*, zei haar blik en hij herinnerde zich wat ze vorige week tegen hem zei: *en niemand greep in.* Hij herinnerde zich ook dat hij toen had gevraagd *wat je moest doen in zo'n geval* en haar antwoord. Praten, aankloppen bij de goede instanties of terugslaan. Zo simpel.

Hij werd gered door de bel. George liep naar de voordeur en liet twee vrouwen binnen, die tussen zich in met schijnbaar gemak een enorme stapel gipsplaten droegen. Stijn volgde ze naar de huiskamer en keek van de een naar de ander en weer terug. Het was een identieke tweeling. Ze hadden brede gezichten en armen als bouw-vakkers. Vriendinnen? Familie? De tweeling knikte vaag naar Stijn, zei niets en ging meteen weer weg. George verdween weer naar de keuken.

Stijn bleef in de huiskamer achter en keek naar de stapel gipspla-ten en naar de rachels tegen de muur. Dat kon ze nooit alleen, dacht hij. Zou die tweeling terugkomen? Misschien kon *hij* anders helpen? Dan moest de academie maar even wachten. Misschien kon hij zijn stommiteit nog een beetje goedmaken.

Hij keek om toen George de huiskamer weer inkwam met een pis-tool in haar hand.

27

Op de avond van 1 januari was Maria Gerbel in de Fermatstraat 13 boven aan de trap gaan zitten. Naast haar stond een televisietoestel. Maria dacht aan George die de telefoon niet had opgenomen.

Ze had George een half jaar geleden leren kennen op een feest. Dat was op zich al bijzonder, want Maria ging bijna nooit naar feesten en George nooit naar *dit* soort feesten: het was de traditionele zomerborrel voor iedereen die iets bij of voor de gemeente deed. Dat Maria er was, was omdat Berend bij de afdeling parkeerbeleid van de gemeente werkte. Hij deed daar Vergunningen (vooral printen, stempelen, plastificeren en overhandigen) en hoopte op een promotie naar Bezwaarschriften. Hij nam Maria mee naar het feest omdat hij dacht dat het hebben van een vrouw in zijn voordeel zou werken (*stabiele thuissituatie*). Zelfs al was het niet een vrouw om trots op te zijn, zoals hij Maria nog even verzekerde vlak voor ze de deur uitgingen.

George was op het feest in het kielzog van een vrouw op wie ze haar hoop had gevestigd om haar plannen voor een particulier *safehouse* voor vrouwen-in-moeilijkheden door de gemeente ondersteund te krijgen. De vrouw zou haar die middag bij een aantal raadsleden introduceren.

Toen George toevallig naast Maria terechtkwam bij het buffet, ieder een bordje in de hand (Maria voor een stokje saté met pindasaus en George voor een tofu-spiesje), zei George, in Maria's beleving volkomen onverwacht: 'Je overweegt bij hem weg te gaan maar je bent bang. Je weet niet waar je heen moet. Ik kan je een plek geven.' Ze liet een kaartje in het borstzakje van Maria's colbertje glijden.

Maria schrok zo, dat ze het satéstokje van haar bordje liet glijden, waarbij er pindasaus terechtkwam op de witte blouse die ze onder het colbertje droeg. De rest van de middag zat ze zich met een ongelukkig gezicht te schamen in een hoekje van de binnentuin waar het feest gehouden werd. Waarschijnlijk droeg ze die dag weinig bij aan de promotiekansen van Berend.

Het kaartje had een gevolg dat George nooit had kunnen voorzien: het was de reden dat Berend en Maria op 1 januari 1,1 miljoen euro misliepen. Dat wil zeggen: dat kwam door het kaartje én door de onhandige motoriek van Maria – vast niet aangeboren, maar het gevolg van de permanente staat van angst en onzekerheid waarin Maria ongeveer sinds haar geboorte verkeerde. Maria was bang voor haar moeder, die haar zorgen over de ongewenste, te vroeg geboren en ziekelijke baby vertaalde in afwijzend en zelfs agressief gedrag. Maria was bang voor haar twee broers, beiden ouder dan zij. Maria was bang voor leeftijdgenootjes op school en op straat, die *slachtoffers* feilloos herkenden. De enige mens ter wereld voor wie Maria niet bang was, was haar vader, maar die keek te weinig op van de voetbaltijdschriften die hij las en wendde te vaak zijn ogen, groot en bruin achter dikke brillenglazen, af van wat hij liever niet zag, omdat hij het echte leven algauw te ingewikkeld vond.

Omdat moeder, broers en leeftijdgenootjes nooit aflieten om Maria te voorspellen dat ze zou struikelen/het theekopje zou laten vallen/de bal tegen haar hoofd zou krijgen, struikelde Maria voortdurend, liet ze het meeste van wat ze vastpakte vallen en had ze als kind al, zelfs zonder dat iemand haar sloeg, permanent schaafwonden, bulten en blauwe plekken. Toen ze dus het kaartje van George onopvallend uit het borstzakje van haar colbertje wilde pakken om het ergens te verstoppen, liet ze het uit haar vingers glippen. Het dwarrelde naar de grond – en landde vlak voor de voeten van Berend, die op de bank voor de televisie zat. Zijn blik ging langzaam van het televisiescherm naar het kaartje op de vloer.

Het huwelijk van Berend en Maria was eigenlijk alleen geweldloos geweest in de aanloop en in het heel prille begin, in de tijd dat Maria in de onbehouwen beer uit een zeemansgeslacht (een vriend van een van haar broers) iemand zag die haar zou beschermen in een wereld die per definitie vijandig was. Er was een trouwfoto, waarop een grote man stond in een iets te klein, gehuurd pak met een iets te rood gezicht en fel glanzende ogen. Naast hem stond een magere vrouw, langer dan hij, in een wit tulen, zakkerig jurkje dat haar gebogen schouders accentueerde. Ze glimlachten naar elkaar met gesloten lippen. Het slaan begon een maand later. Maria nam het Berend niet eens kwalijk: ze was er diep van doordrongen dat ze erom vroeg. Haar broers, haar moeder en de leeftijdgenootjes sloegen haar toch ook? Ze verwachtte niet dat het ooit zou veranderen en ook deze keer liet ze het gelaten over zich komen (waarvan het overigens niet beter werd).

Berend bukte zich, raapte het kaartje op en keek ernaar. Het was handgeschreven. Het enige wat erop stond was een 06-nummer en *George*. Berends idee dat Maria op het feest had zitten flirten met deze *Sjors* kostte haar een gebroken rib (ze kon het horen), waarmee ze niet naar de dokter ging omdat ze uit ervaring wist dat ribben, zolang ze nog ongeveer tegen elkaar zaten, vanzelf genazen. Maar toen deze keer haar rib knapte, knapte er ook iets in haar hoofd. Dat had alles te maken met de manier waarop George haar had aangesproken – niet eens zozeer door wat ze zei als wel door haar houding van *waag het eens* en *wie doet me wat* en *dat bepaal ik zelf wel*.

Maria vond het kaartje gelukkig de volgende ochtend terug onder de bank. (Ze kon het daar slechts met veel doorzettingsvermogen vandaan halen, want bukken met een gebroken rib doet pijn, maar dat droeg slechts bij aan haar vastberadenheid.) Daarna was er nog de kwestie van het geld. Zonder geld durfde Maria niets en eigen geld had ze niet: het huis in de Fermatstraat was van haar vader, die het voor Maria en haar man had gekocht in de hoop voor zijn dochter (hij had heus weleens *wat* gezien) een veilig thuis te kopen. Het enige geld waarover Maria daadwerkelijk beschikte, was het afgepaste bedrag dat Berend haar wekelijks overmaakte voor het huishouden. Ze had daar een eigen girorekening voor, zodat ze niet via haar pinpasje aan Berends geld kon komen. Met het kaartje van George in de ene hand en haar andere hand tegen haar pijnlijke borstkas, nam Maria zich voor om middels die girorekening stiekem te sparen. Berend keek toch nooit naar haar afschriften. Ze wilde duizend euro hebben, in haar beleving was dat genoeg geld om vier maanden van te leven. Daarna vond ze vast wel ergens werk. Ze voelde zich immers voor niets te goed.

Ze spaarde in eurocenten: ze vulde flessen bronwater bij uit de kraan, gebruikte theezakjes en koffiefilters meermalen en ging pas tegen sluitingstijd naar Koker. Ze vulde het doosje chocoladehagelslag van het A-merk waarop Berend stond, bij met hagelslag uit een grote plastic zak van een huismerk (de plastic zak verstopte ze achter de stofzuiger). Met de dure shampoo waar Berend bij zwoer deed ze hetzelfde. Ze brak blokjes vaatwasmiddel in tweeën en verminderde de dosering wasmiddel. Maria verkocht zelfs een paar Dianaparafernalia, die ze ooit als jonge puber van haar zakgeld had aangeschaft – in de ban van het sprookje van het meisje dat prinses werd. (Ze verkocht ze aan mevrouw De Boer, hoewel een van de twee gedenkbekers door Maria's onhandigheid geen oor meer had en de kleine bonbonnière licht beschadigd was. Dat mevrouw De Boer ze toch kocht, was waarschijnlijk omdat ook mevrouw De Boer ogen in haar hoofd had en net als de rest van de straat medelijden had met Maria.)

Het ging al met al om kleine bedragen, maar alles hielp. Bijvoorbeeld ook het opzeggen van het abonnement op de postcodeloterij. Dat scheelde algauw negen euro per maand en omdat Berend dat soort administratie aan haar en haar girorekening overliet, zou hij er nooit iets van merken...

Het lawaai van het feest op straat was oorverdovend. Daardoor wist Maria boven aan de trap pas dat hij binnen was toen de voordeur hard dichtsloeg. Ze keek naar beneden en dacht opnieuw: *hij of ik.*

28

Arie vond het nog *een heel ding* toen hij Peter Vassaan de ochtend na hun gesprek de winkel in zag komen. Het zweet brak hem uit en hij gluurde angstig naar Sté achter de toonbank. Gelukkig deed Peter heel gewoon. Hij groette Arie en Sté niet anders dan anders en wierp Arie geen blik van verstandhouding toe. Twee schnitzeltjes moest Peter hebben, en een ons boterhamworst. Arie sloeg de schnitzels plat met van spanning iets te harde klappen, waardoor hij het vlees van het hakblok los moest pulken.

Intussen kwam ook Effie Wijdenes binnen en Sté mopperde, terwijl ze de schnitzels verpakte, tegen haar en Peter over het zand, over de buurtkatten die de straat als kattenbak gebruikten en over de gestoorde overbuurvrouw die gisteren tegen die katten had lopen schreeuwen.

'Toxoplasmose,' zei Peter Vassaan.

Arie schrok zich rot. Hij hield er niet van als het woord *toxoplasmose* in zijn zaak klonk, net zoals hij ook woorden als *salmonella* en voor de zekerheid ook *legionella* het liefst zou willen verbieden. Hoe snel dat soort dingen een eigen leven ging leiden! Voor je het wist was er in de hele stad het gerucht dat er virussen, bacteriën of wormen in het vlees van Koker zaten en dat gaf meer schade dan de ziektes die erdoor werden veroorzaakt! Vorig jaar was er een televisie-uitzending geweest over dioxine in varkensvlees en dat had een omzet gekost, dat wilde je niet weten.

'Ze is vegetarisch, hoor,' hoorde hij Sté zeggen. Zoals ze het zei, klonk het alsof de overbuurvrouw een enge ziekte had.

'Nee,' zei de jonge vader Peter Vassaan, 'kattendrollen! Daar kun je toxoplasmose van krijgen en dat is gevaarlijk als je zwanger bent.'

Het gesprek viel stil. Zwanger? Effie humde *hoedje van papier*, Sté gaf Peter wisselgeld, in de straat takelde men met veel geraas de laatste rioolbuis weg.

Arie trok zijn slagersjas uit en ging naar buiten. Even kijken, zei hij. Even frisse lucht. Op straat zag hij links de vrouw die zojuist in de winkel werd besproken uit haar huis komen. Ook zij keek naar het wegtakelen van de laatste buis, maar toen die eenmaal bungelend aan de kraan hing, boog ze zich voorover en gaf over in het zand. Ach gos, dacht Arie glimlachend. Ze was inderdaad zwanger. Vassaan had gelijk. Maar ja, die had daar natuurlijk voor gestudeerd. Arie liep naar de vrouw toe. Ze keek op en veegde haar mond af met de mouw van haar trui.

'Het gaat wel weer,' zei ze.

Hij knikte begripvol. Het was zwaar, zo'n zwangerschap. Hij had het meegemaakt met Sté. De ochtendmisselijkheid, de pijnlijke borsten...

'Over een paar weken gaat het vast beter,' zei hij. Hij moest schreeuwen om boven het lawaai van de machines uit te komen. De vrouw van nummer 13 keek hem verbaasd aan. Toen veegde ze met haar voet wat zand over het braaksel, knikte naar Arie en liep terug naar haar huis. Arie haalde zijn schouders op. Hij liep door naar de Albert Einsteinsingel en keek naar de shovel die hier bezig was het teruggestorte zand nog een keer glad te strijken. De kuilen die de honden en katten hadden gegraven, verdwenen weer. Op de kruising werd intussen met een kraan een zwaar apparaat uit de laadbak van een vrachtwagen getild. Toen het op de grond stond en de vrachtwagen was weggereden, kwamen er twee jongetjes bij staan. Ze begonnen stoere opmerkingen te maken, zoals jongetjes plegen te doen als ze grote machines zien.

'Dat is een *trilplaat*,' zei de een, met een gezicht of hij er verstand van had. Het andere jongetje leek gefrustreerd over zoveel kennis, maar vroeg toch: 'Waar is dat dan voor?'

'Dan maken ze het zand plat, voor de stratenmakers. Ze drukken wel 2000 kilo!'

'Hoe weet jij dat?'

'Dat weet toch iedereen,' zei het eerste jongetje en hij liet zijn hand even op de hendel van de trilplaat rusten alsof hij er dagelijks mee werkte. Het andere jongetje schopte onverschillig in het zand en haalde zijn schouders op.

'Dat weet ik van m'n vader,' kon het eerste jongetje toen toch niet nalaten te vertellen. 'M'n vader zegt dat-ie er weleens een boterham onder heeft gelegd. Dat werd een hele dunne pannenkoek.'

'Nou,' zei het tweede jongetje en hij schopte nog een keer. 'Als ik jou eronder leg dan word je... dan word je...'

'Salami!' zei het eerste jongetje.

'Platte pizza!'

'Een geplet tartaartje!'

Ze sloegen elkaar om de oren zoals jongetjes doen als ze stoer willen zijn en holden weg door het gele zand van de Fermatstraat. Arie keek ze na en moest lachen.

29

Stijn zette het pistool op de rand van de gipsplaat en schoot. Het apparaat dat de perslucht voor het pistool leverde, sloeg weer lawaaierig aan. Het gesprek dat hij tijdens het werk met George probeerde te voeren, werd er steeds ruw door onderbroken.

Toen ze vanmorgen met het nietpistool de kamer inkwam en Stijn haar had voorgesteld om te helpen, had ze niet bijzonder blij gekeken.

'Of komt die tweeling straks helpen?' vroeg hij. Ze was in de lach geschoten.

'Sam en Wim,' zei ze en ze schudde haar hoofd. 'Die moet je geen pistool in handen geven.'

Zijn verbijsterd *wat?* viel weg omdat George op dat moment het persluchtapparaat aanzette. Daarna leek ze vergeten te zijn wat ze had gezegd en keek naar de stapel gipsplaten en naar de rachels tegen de muur.

'Ik kan het alleen,' riep ze. 'Als ik wat stellages bouw en me een beetje in bochten wring.'

Meer uitnodiging had hij niet nodig en hij bleef. Ze had haar schouders opgehaald en hem uitgelegd hoe hij met het nietpistool moest omgaan. Kritisch keek ze naar wat hij deed.

'Schiet in godsnaam niet in je knie.'

'Knie?'

'Ga maar vragen op de Eerste Hulp. Het is nogal eens de knie.'

Stijn keek onwillekeurig naar zijn met dunne spijkerstof omhulde knieën en huiverde. George pakte een meetlat en een zaagmachi-

ne en ging, terwijl hij in de huiskamer de eerste plaat verder vast-
schoot, bij de wc onder de trap aan het werk.

'Hoe ken je Maria?' vroeg hij tussen twee schoten door. Een beetje
tot zijn verrassing gaf ze antwoord.

'Die heb ik op een feest ontmoet,' zei ze vanuit de gang. 'Ik herkende haar.'

'Je kende haar al?'

'Nee, ik hérkende haar. Als je lang met mishandelde vrouwen
werkt, ga je een soort gemeenschappelijke factor zien.'

Hij keek even om. Haar wenkbrauwen waren gefronst en ze keek
naar haar werk. Het persluchtapparaat begon weer te loeien en toen
het na een paar minuten zweeg, was buiten het lawaai te horen van
de werkzaamheden in de straat.

'Waarom ben je dat gaan doen?' riep hij. 'Een blijf-van-mijn-lijfhuis?'

'Een *safehouse*,' corrigeerde ze. 'Door mijn vader.'

Hij schrok, keek opnieuw over zijn schouder om haar gezicht te
zien en schoot per ongeluk een nietje in de muur in plaats van in de
gipsplaat. Hij durfde niet verder te vragen, maar voor het eerst sinds
hij George kende, leek ze bereid iets over zichzelf te vertellen – steeds
onderbroken door het geluid van het nietpistool, het persluchtapparaat en de kraan buiten. Ze praatte alleen niet tegen hem, maar tegen
de muur.

Haar moeder overleed toen ze nog een peuter was, zei ze. Haar vader maakte het toen tot zijn levenstaak zijn dochter te *wapenen*. Haar
vaders beeld van de wereld, met name van de mannen in de wereld,
was door zijn werk nogal gekleurd. Hij was rechercheur bij de zeden-
politie.

'Hij veranderde mijn naam in George,' zei ze. 'Ik heette Liefke.'

Stijn zweeg, bang dat een opmerking van zijn kant haar ervan zou
weerhouden om verder te vertellen.

'Mijn vader leerde me welke signalen ik volgens hem in welke
mensen moest herkennen. Hij stuurde me ook naar drie sporten: at-
letiek, judo en karate.' Voordat ze naar de middelbare school ging,
kon ze al heel hard rennen en heel hard vechten. Daarna leerde haar

vader haar schieten, zowel met kruisboog als met pistool.

Ze zweeg even en liep naar de keuken. Toen ze terugkwam keek ze bezorgd. Alsof ze zich wilde afleiden van haar eigen gedachten, vertelde ze verder over haar vader. Hoe hij haar 's avonds voor het slapengaan niet de sprookjes vertelde over prinsen op witte paarden die aan andere meisjes werden verteld, maar wat hij die dag had meegemaakt.

'Nee,' lachte ze, 'dat was pedagogisch ongetwijfeld niet verantwoord.'

Wat ze er in elk geval aan overhield was argwaan, een diepe doordrongenheid van de positie van vrouwen in deze wereld en een even diepe drijfveer om daaraan iets te willen doen. Helaas bleek het officiële maatschappelijk werk meer geïnteresseerd in school- dan in schietdiploma's. Toen was ze maar voor zichzelf begonnen. Op onorthodoxe wijze. Misschien een beetje té onorthodox.

Ze zweeg weer. Het persluchtapparaat sloeg opnieuw aan, de tweeling kwam met nog een stapel gipsplaten. Stijn bekeek de twee vrouwen nu met heel andere ogen. Toen keek hij de kamer rond. Het ging snel. De ruimte leek door de lichte kleur van de gipsplaten twee keer zo groot te worden. Plamuren, een keer sauzen en het zag er perfect uit, het plafond was al gestuukt. Toch was het vooral het koele licht uit het noorden dat door de tuindeuren naar binnen viel, dat hem op het idee bracht.

De eindexamencommissie had hem bezworen echt geen plaats te kunnen maken op de expositie voor *dertig* schilderijen. Hij moest ook een beetje om de anderen denken, zeiden ze. Ze wilden de doeken wel als één kunstwerk accepteren, maar dan moest hij zelf een ruimte vinden om ze op te hangen. Zij wilden die ruimte dan wel aanvaarden als tijdelijke examendependance.

Hij vroeg het George, een beetje hakkelend.

'Hier,' zei George.

'Ja. Als ik de gang erbij neem en misschien de muur bij de trap, dan passen er wel dertig.'

'De trap,' zei ze. Er kwam een peinzende blik in haar ogen.

'Het is maar voor een weekje,' zei Stijn.

'Vanaf volgende week zaterdag.'

'Ja.'

Ze lachte.

'Dan zou ik ook maar eens andere woonruimte gaan zoeken,' zei ze.

Toen ze even later opnieuw in de keuken was geweest, riep George uit de gang dat ze even wegging en liep de voordeur uit. Stijn werkte verder en de persluchtmachine sloeg weer aan. Na een minuut of vijf kwam ze terug. Ze zag eruit alsof ze ziek was, maar ging zonder iets te zeggen weer aan het werk. Pas na een paar minuten begon ze weer te praten.

'Ik ben in januari met haar naar het ziekenhuis geweest.'

Het duurde even voordat Stijn begreep dat ze het over Maria had.

'Ze telden zeventien oude, nog zichtbare botbreuken. Negen keer een rib, vijf keer een arm, twee keer een sleutelbeen en één jukbeen.'

Stijn beet op zijn lip en zweeg. Hij dacht aan Maria zoals hij haar kende van vóór 1 januari. Lange, bange muis. Waren haar ogen zo groot geweest van pijn?

'Alles was min of meer weer aan elkaar gegroeid,' zei George.

Stijn hoopte dat het hierbij zou blijven, maar ze ging verder.

'Röntgenfoto's laten niet alles zien. Dus er is ook een scan gemaakt. Er waren resten van ontstekingen. Er is een nier kapot.'

'Ze zei nooit wat,' fluisterde hij tegen het nietpistool.

'Ze is niet alleen geslagen. Het blijft zelden bij slaan. Ze is verkracht, heeft een geslachtsziekte opgelopen die nooit is behandeld en onderging ooit een ondeskundig uitgevoerde abortus.'

Stijn kreeg de neiging zijn handen tegen zijn oren te drukken, maar hij had het pistool vast.

'En dan heb ik het nog niet over geestelijke littekens,' ging George verder. 'Het was trouwens niet alleen haar man. Het waren ook broers, ooms en klasgenootjes. Het was zelfs haar moeder.'

Godzijdank begon het persluchtapparaat weer te loeien en kon hij doen of hij haar laatste opmerking niet hoorde, maar wat hij donders goed verstond was: 'De laatste breuken waren maar een paar maanden oud.'

30

Het televisietoestel dat op de avond van 1 januari naast Maria boven aan de trap stond, was precies hetzelfde als het toestel beneden in de kamer. De elektronicahandel in kwestie was bijzonder dankbaar geweest voor de extra parkeervergunningen.

Berend was verzot op de toestellen. Hij kon de technische gegevens opdreunen zoals anderen het Onzevader. Beelddiagonaal 107 cm, breedbeeld, contrastratio 8000:1, full-HD, osd, drie HDMI-ingangen, ACI. En: 30,8 kilo. Maria had het toestel alleen kunnen verplaatsen omdat er op de hele bovenverdieping glad linoleum lag.

Ze hoorde Berend naar de keuken lopen en toen naar de huiskamer. Toen hij haar beneden niet vond, kwam hij naar de trap.

'Maria!' brulde hij.

Pas op de derde trede keek hij omhoog. Zijn kleine, bloeddoorlopen ogen waren als die van een getergde wilde olifant en het was pure adrenaline waarmee Maria het televisietoestel boven haar hoofd kon tillen.

Natuurlijk vertraagde de drank Berends reactie. Hij deed geen poging zijn armen te heffen om het neerstortende gevaarte af te weren of zelfs maar om zijn gezicht af te wenden. Het toestel raakte hem vol in het gelaat en Berend sloeg achterover. Zijn hoofd beschreef een baan van meer dan anderhalf keer zijn lichaamslengte (1,81 m) voordat zijn schedel de betegelde gangvloer raakte. Als het buiten niet zo'n herrie was geweest, dan had Maria ongetwijfeld het geluid herkend van brekend bot, maar ook toen de televisiekast scheurde en het scherm knapte, was er niemand die het hoorde. De man van nummer 17 had net de duizendklapper ontstoken.

31

Een vrachtwagen kiepte om halfacht 's morgens bulderend een laadbak vol straatklinkers leeg. Een stratenmaker startte de trilplaat. De
straat was sinds gisteren weer helemaal dicht.

Dido Bloemendaal kwam kreunend uit haar bed, tuurde door het
slaapkamerraam en zag hoe de stratenmaker een groot apparaat
langzaam voor zich uit stuurde. Hij liet banen achter van aange-
stampt zand. De vibraties waren zo hevig, dat alle huizen kreunden.

Dido kleedde zich aan en ging naar beneden. Door het keukenraam zag ze even later slager Arie naar buiten komen met een foto-
toestel in zijn hand. Hij begon foto's te maken van de slagerij. Dat had
hij eerder moeten doen, dacht Dido geeuwend. Dat hadden we misschien allemaal moeten doen. Hoe immers konden ze anders bewijzen dat de scheuren in de gevels vóór de werkzaamheden niet zo
groot waren als ze straks misschien zouden zijn?

Ze besmeerde een krentenbol met roomboter, schonk koffie in en
keek naar de concentrische cirkels in het zwarte vocht toen het tril-
apparaat weer voorbijschoof. Arie riep iets naar Sté en Dido zag de
slagersvrouw in de winkeldeur verschijnen. Ze schudde heftig met
haar hoofd toen Arie de camera op haar richtte en verdween weer
naar binnen. Vlak daarop kwam Effie Wijdenes haar huis uit. De
overbuurvrouw leek nu al dronken, hoewel het pas acht uur was.
Misschien was ze *nog steeds* dronken, misschien bracht Effie de nachten drinkend door. Dido zag dat ze de man met de trilplaat met een
soort walspassen passeerde, haar blauwe boodschappentas als dans-
partner tegen haar borst geklemd. Ook Effie Wijdenes raakte het he-

lemaal kwijt, dacht Dido zorgelijk. En kijk, daar rechts was ook weer die kleine vrouw van 13. Toen zij de straat in kwam lopen, keek ze met een ontsteld gezicht naar de man met de grote trilmachine, boog zich voorover en gaf over.

Het was helemaal mis in de Fermatstraat, zoveel was Dido inmiddels wel duidelijk. Ze ging achter de computer zitten en schreef een mailtje aan de directeur van haar school. Ze wilde weer aan het werk. Alles beter dan de hele dag in deze straat vertoeven. Daarna schreef ze een mailtje aan Simon dat ze hem niet meer wilde zien. Ze maakte het uit. Het was hoog tijd om schoon schip te maken en bovendien had Dido vannacht weer gedroomd van die leuke jonge kunstenaar van nummer 16.

Toen ze een tijdje later weer door het keukenraam keek, was de vrouw van nummer 13 weg en slager Arie weer naar binnen, maar van links kwamen er andere mensen de straat in: meneer De Boer met in zijn kielzog mevrouw De Boer. Achter hen liep een struise blonde dame. Mevrouw De Boer hield haar handen voor haar oren in een poging het lawaai van de trilplaat buiten te sluiten. Ze keek diep ongelukkig. Meneer De Boer keek bezorgd, de blonde dame keek vooral ongeduldig.

Dido ging naar buiten om ze te begroeten.

'Wat fijn dat u weer thuis bent,' riep ze tegen mevrouw De Boer, maar die haastte zich naar binnen, haar handen nog steeds voor haar oren. Meneer De Boer ging haar achterna en Dido bleef met de blonde dame achter op de stoep. De dame stak haar hand uit en riep: 'Christien.'

Aha, dacht Dido. Tante Christien, de tante waar Frances onderdak had gevonden. Ze stelde zich voor en vroeg toen: 'Is Frances er niet?'

'Frances is naar school,' zei tante Christien. 'Dat leek me verstandiger.'

'Hm,' zei Dido instemmend. 'Komt ze binnenkort wel weer terug?'

Nu keek tante Christien wat minder zeker.

'Ik hoop het,' zuchtte ze. 'Maar ik weet het niet. Er is iets, en ik kan er niet achter komen wat precies...' Ze maakte aanstalten om het huis van haar zus en zwager binnen te gaan, maar draaide zich nog even naar Dido om.

149

'Weet u wat hier in de straat is gebeurd?' vroeg ze.

Ja, natuurlijk weet ik dat, dacht Dido. Wie weet dat niet? De loterij. De miljonairs. Het vertrek van Frances en van dat andere echtpaar, hoe heetten ze ook alweer.

Maar Christien schudde peinzend haar hoofd.

'Er is nog iets,' zei ze, 'maar ik weet niet wat. Frances is hier een keer terug geweest. 's Nachts. Er is toen iets gebeurd, maar ze wil niet vertellen wat.'

'In deze straat...' zei Dido met een diepe zucht, 'kan het van alles zijn geweest.'

Ze groette en draaide zich om, net op tijd om Stijn Stefeneel zijn huis uit te zien komen. Hij had een van zijn schilderijen onder de arm, ingepakt in een doek. Dido overwoog om naar hem te zwaaien, maar zag toen dat hij overstak en bij nummer 13 naar binnen ging, het huis van die kleine vrouw. Had hij iets met die kleine vrouw? Of had zij gewoon een schilderij van hem gekocht?

De man met de trilplaat schreeuwde iets. Misschien over de voetstappen die Stijn achterliet in het zand.

George was in de huiskamer aan het plamuren toen Stijn binnenkwam. Hij zette zijn doek in de gang op de grond.

Net als de rest van de straat was hij vanmorgen om halfacht wakker geworden. Hij dacht eerst dat hij een kater had zoals hij die nog nooit had beleefd en probeerde zich te herinneren wat er gisteravond in het café was gebeurd. Hij had er met vrienden van de academie zitten vieren dat hij een expositieruimte had gevonden, dat wist hij nog... Of had hij griep? Hij klappertandde en ging voorzichtig overeind zitten. Toen pas besefte hij dat het niet alleen zijn tanden waren die klapperden, maar dat ook zijn bed schudde. En niet alleen zijn bed: alles wat los in het atelier lag, ratelde: krijt, tubes, penselen, paletten en spatels. Toen hij over de dakgoot naar beneden tuurde, zag hij de man met de trilplaat.

Werken ging zo niet, natuurlijk. Hij zette daarom de doeken die voltooid waren drie keer in een andere volgorde en besloot toen om George te vragen of hij er alvast een aantal naar de overkant mocht brengen. Je wist het tenslotte niet, met George. Die zou zomaar eens van gedachten kunnen veranderen over de expositie en misschien hielp het als er al werk van hem op nummer 13 zou staan.

George had schouderophalend toegestemd, alsof ze iets heel anders aan haar hoofd had. Nou ja, die trilplaat was voor niemand leuk, dacht hij, toen hij terugliep. Zo te zien had Effie Wijdenes er ook last van. Ze stond op de stoep naar de man met de trilplaat te kijken.

'Muisjes,' schreeuwde ze naar Stijn in plaats van *goedemorgen*. Stijn hield een hand aan zijn oor in de veronderstelling dat hij het verkeerd had verstaan en riep: 'Wat?'

Effie sloeg twee handen voor haar mond, keek geschrokken, draaide zich om en liep weg. Stijn staarde haar na. Ze keek nog een keer over haar schouder en riep weer iets. *Gestampte muisjes* verstond hij deze keer en daarna nog iets wat leek op *bergewwer*. Toen liep Effie met snelle passen verder. Zou ze een soort gilles de la tourette hebben? Moest hij eens aan zijn buurman vragen, aan Peter Vassaan. Die wist van dat soort dingen.

32

Toen Maria op de avond van 1 januari eindelijk George aan de telefoon had gekregen, was het elf uur.

'Ik kom,' had George meteen gezegd.

'Je moet via de tuindeuren,' antwoordde Maria. Ze hoorde hoe schril haar stem klonk. Niet zo gek, gezien het feit dat ze net de schedel van haar man had weten te klieven met een televisietoestel van meer dan dertig kilo en daar nu mee zou moeten leren leven.

Op Maria's aanwijzingen klom George vanaf de Albert Einstein-singel over een hek om in de tuin van het kantorencomplex achter de Fermatstraat te komen. Ze hoopten maar dat het complex geen bewegingsalarm had.

Eenmaal in de kantoortuin telde George de achtergevels van de huizen om uit te maken welke achtertuin bij het huis van Maria hoorde. Toen klom ze over de wankele Gamma-schutting, ooit eigenhandig neergezet door Berend Gerbel omdat hij niet van inkijk hield. Gelukkig was ze sterk en lenig. Ze hoefde bovendien geen moeite te doen om geruisloos te zijn: het vuurwerk, de muziek en het geschreeuw in de Fermatstraat overstemden haar toch wel.

De tuin van Berend en Maria was helemaal betegeld. Er stonden twee plastic tuinstoelen, een betonnen parasolstandaard en een racefiets onder een afdakje – het enige groen was het donkergroen van een conifeer en een donkere klimop, die tegen de schuttingen opkroop.

Maria opende de tuindeuren. Ze zei niets. George ging voor haar staan, pakte haar bij haar schouders en zei: 'We lossen dit op.'

Maria slikte, knikte en opende haar mond, maar er wilde niets uit komen. Ze ging George voor naar de gang. Daar lag Berend. Hij lag vlak voor de voordeur, het televisietoestel verkreukeld tussen zijn wijd gespreide benen. In het kruis van zijn broek zat een donkere vlek en zijn dikke armen lagen opzij van zijn lichaam, de handpalmen naar beneden gekeerd. Het ene oog dat nog ongeveer op zijn plaats zat, was open en leek hen aan te staren – maar natuurlijk was Berend hartstikke dood. Dat zag je zo.

George keek en leek hard na te denken. Maria sloeg haar armen om zich heen en kon helemaal niets denken.

'Heb je vuilniszakken?' vroeg George. Ze wreef haar handpalmen over haar spijkerbroek. Ze zou later aan Maria vertellen dat ze misschien een ander advies had gegeven, als ze daar in de gang van Fermatstraat 13 *niet* een visioen had gehad van Maria in een rechtbank, maar ze had juist die maanden een van 'haar' andere vrouwen bijgestaan bij een juridische procedure. Moord, doodslag, dood door schuld of zelfverdediging – daar was het om gegaan. Het werd doodslag, ondanks de verwoede pogingen van de pro-Deoadvocaat die de vrouw bijstond, om de rechter ervan te overtuigen dat jaren van lichamelijke en geestelijke mishandeling mee moesten wegen in het oordeel.

'U had ook weg kunnen gaan,' zei de rechter tegen de vrouw. *As if*, had George op de publieke tribune gedacht. De afgelopen kerst nog had ze de vrouw opgezocht in de gevangenis. Vol wroeging, want *zij*, George, was het die de vrouw had aangeraden om naar de politie te gaan. Daarvan had ze nu spijt. Veel spijt. Daarom ging ze het deze keer heel anders doen.

Ze speelden het klaar om Berend in de vuilniszakken te wikkelen (een hele rol), al was hij op dat moment zo stijf als een plank en al stonden ze te kokhalzen van de stank van bloed, poep en pis. Daarna tapeten ze de boel netjes dicht. George rende er nog speciaal voor het hele eind naar de Gifbeker op en neer (via de Gamma-schutting), omdat ze het plakband dat Maria in huis had, niet goed genoeg vond. Ze kwam terug met een brede rol *gaffertape*.

Het was meteen een stuk minder erg toen Berend was gereduceerd tot een geseald pakket op de gangvloer, al was het een groot, onhandig en lomp pakket. Omdat de gangvloer glad was en de vuilniszakken ook, en omdat in elk geval George sterk was, konden ze hem verslepen. Ze stouwden Berend voorlopig zo goed en zo kwaad als dat ging in de wc. De deur kon niet meer dicht, maar dat gaf niet.

'En nu?' vroeg Maria bibberig.

Het was twee uur en buiten was het feest in de Fermatstraat nog in volle gang. Achter de voordeur op straat zongen mensen een oude hit. *Het is een nacht die je normaal alleen in fillums ziet.*

33

Zoals de gemeente al had geschat, kwam de Fermatstraat op vrijdag klaar en zoals de gemeente aan de winnaars had beloofd, bleven de hekken die het verkeer omleidden nog even staan. De straat zag er daardoor zaterdagmorgen maagdelijk uit; autovrij en schoon. De bewoners begonnen na de doorstane ellende van bijna twee weken lawaai, met voorzichtige tevredenheid om zich heen te kijken. Van het nieuwe riool zag je weliswaar niets terug, maar de nieuwe klinkers waren roze als een pasgeboend babyhuidje. Er lag nog een dunne laag zand op, die door voeten, autobanden en regen de komende tijd vanzelf in de voegen zou 'inwassen'. Dido Bloemendaal had het vrijdag gevraagd aan een van de stratenmakers en dat was de term die hij gebruikte.

Zaterdagmiddag las Dido een huilerig mailtje van Simon en een zakelijk mailtje van de schooldirecteur. Simon zei dat hij van haar hield, de schooldirecteur dat ze zo weer kon beginnen. Wat hem betrof maandagmorgen al.

Dido dacht aan haar klassen. De meiden druk met zichzelf, elkaar en een klein beetje met de les. De slungels van jongens, met hun puistjes en dubbelzinnige lachjes. Ze dacht aan het jaar van de petjes en dat van de naveltruitjes (beide verboden door de schoolleiding), aan de periode met onderbroeken hoog opgetrokken boven afgezakte spijkerbroeken en aan de dag dat als door een bevel van hogerhand (hoger dan de schoolleiding) zijwaartse lokken tot pony's werden verknipt.

Ze pakte de telefoon om haar broer te bellen. Het was haar nicht Alexandra die opnam.

'Ha tante,' zei de veertienjarige, 'hoe gaat het met de losers?'

'Alexándra,' zei Dido berispend.

Alexandra giechelde.

'Ze krijgen straks een feestje,' zei Dido. 'Van de winnaars.'

De veertienjarige was meteen geïnteresseerd.

'Komen er BN'ers?' vroeg ze.

'Stel je toch eens voor,' zei Dido, maar de ironie waarmee ze het zei, ontging haar nichtje.

'Vraag je handtekeningen?'

'Lieve meid, als er al Bekende Nederlanders komen, ken ik ze waarschijnlijk niet.'

'Mag ik dan komen? Dan vraag ik het zelf.'

Door het keukenraam zag Dido twee mannen voorbijlopen met grote planken tussen zich in. Waarom ook niet, dacht ze. Wie weet kwam Frances ook. Goeie kans dat bij Frances de hoop op het in levenden lijve zien van een BN'er zwaarder woog dan wat het dan ook was dat haar weerhield om naar de Fermatstraat terug te gaan. Misschien dat Alexandra Frances zou kunnen vragen wat er aan de hand was (afgezien van het feit dat het kind hier één-komma-één-miljoen euro was misgelopen). Misschien hielp een beetje *peer pressure*.

'Ja, hoor,' zei ze, 'dat is ook leuk voor Frances.'

'Die loser die is weggelopen?' zei Alexandra en ze giechelde weer.

Aan de andere kant hielp die peer pressure misschien juist niet...

'Is je vader thuis?'

'Nee,' zei Alexandra, 'die is met Quinten naar de dierenarts.'

'Met *Quinten* naar de dierenarts?'

'Het konijn mocht ook mee,' zei Alexandra en ze kreeg de slappe lach. Het gaf Dido kramp in haar maag. *Alle pubers zijn bang en onzeker*, had Tristan gezegd. Het mocht wat. Ze hoorde een echo van lang geleden. *Domme Dido. Dikke Dildo.* En dan dat gelach. Ze hing op. Buiten klonk een snerpende piep en toen ze voor het raam ging staan, zag ze dat er midden op straat twee enorme barbecues waren neergezet en lange houten tafels op schragen. Bij de kruising met de Pascalweg werd zelfs een heel podium gebouwd. Er stonden geluidsboxen op die zo groot waren als kleine auto's. Een man op het podium tikte op een microfoon en zijn stem (*testeentweedrie*) galmde door de straat, opnieuw gevolgd door een schrille piep. Het was halftwee.

Winners for Losers werd een vreemd feestje. Dat lag niet aan het weer: het was zonnig en bijna twintig graden – en dat voor april. Maar om drie uur, de tijd die de brief had genoemd als aanvangstijd, stond er slechts een tiental mensen bij het podium. Toen het bandje begon te spelen (Dido dacht niet dat het een bekend bandje was, zij kende het in elk geval niet), was de heersende mening: je zou denken dat ze met zoveel poen wel iets beters hadden kunnen huren. De meeste mensen liepen weg van de enorme boxen en zochten hun heil in het midden van de straat, in de buurt van de barbecues, op de lange banken bij de schraagtafels. De barbecues waren al aan, op de tafel ernaast stonden kleine legers volle glazen. Om kwart over drie haalde Arie Koker de eerste van de tien aluminiumschalen vol worstjes en hamburgers uit de koelcel. Hij liep ermee naar buiten, kwam daarbij langs Sté en wierp een bezorgde blik op haar. Het was er niet helemaal van gekomen om Sté te vertellen over de barbecues, noch dat Arie het gebruik van de koelcel van de slagerij had aangeboden – niet alleen voor de worstjes en de hamburgers, maar ook voor dozen witte wijn en kratten bier. Sté nam hem die omissie niet in dank af, dat kon je zien. Ze had zwijgend naar de drank in de koelcel gekeken, had geen woord gezegd, maar was in haar schortjurk op een kruk in de winkel voor het etalageraam gaan zitten. En daar zat ze nu nog steeds, haar armen demonstratief over elkaar. *Reken maar niet op mij.*

Met de schaal vlees voor zijn dikke buik, liep Arie nu langs Dido Bloemendaal, die met Peter Vassaan stond te praten. Dido droeg een chic soort jasje en had al een glas witte wijn in haar hand. Peter Vassaan had zijn baby op de arm en boog zich een beetje naar Dido toe om haar te kunnen verstaan.

'Schuld?' hoorde Arie Dido op verbaasde toon vragen. Hij liet de schaal met vlees bijna uit zijn handen vallen. *Ook dat nog*, dacht hij. Snel zette hij de schaal op de tafel met de volle glazen en liep terug naar de winkel om de volgende te halen.

Peter Vassaan knikte.

'Schuld, ja,' zei hij. 'Heel raar.'

De band zette een volgend nummer in, nog luider dan het eerste.

'Ja,' riep Dido. 'Ik dacht: teleurstelling. En spijt misschien, of afgunst.'

Vassaan knikte weer.

'Ik ook,' zei hij.

Ze spraken over de gemoedstoestand in de Fermatstraat sinds de loterij. Dido had inmiddels begrepen dat de jonge vader hoorde bij het bordje dat in de Fermatstraat hing. Psychotherapeut BIG/NIP. De buurman van Stijn Stefeneel.

'Waarom schuld?' zei ze.

'Ik heb een tijdje gedacht dat het *projectie* was,' zei Peter Vassaan met een ernstig gezicht. Dido probeerde te bedenken wat *projectie* ook alweer was en nam een slokje wijn.

'Het werd steeds erger,' ging Peter verder. 'Ik zag het bij mensen die hier al woonden, maar ook bij mensen die hier pas na de loterij kwamen.'

Die opmerking deed Dido zich een beetje ongemakkelijk voelen. Zag hij dat ook bij haar misschien? Schuld?

'Merkwaardig,' zei ze.

'Ja. Ik had me voorbereid op rouw, jaloezie, relatieproblemen door wederzijdse verwijten...' Schuld snapte Peter misschien in het geval van meneer en mevrouw De Boer – vanwege hun dochter. Maar nam je iemand als... Peter keek naar Arie, die juist de vierde schaal met vlees bij de barbecues zette en de eerste worstjes op de roosters begon te leggen. Een rookwolk steeg omhoog.

'... als Sté Koker.' Sté Koker was duidelijk slachtoffer van de situatie, en toch was ze rood van schaamte geworden toen het gesprek in de slagerij een keer over omaatje Ariaanse ging. Of neem Stijn Stefeneel, hoe die schuldig naar zijn schoenen had staan kijken alleen maar omdat hij hem een keer had gevraagd wat hij nou precies op zolder deed.

Dido glimlachte. Kunstenaars! De baby van Peter pruttelde toen er pittig geurende rookwolken langs zijn neusje trokken.

'Wat is projectie ook alweer?' vroeg ze.

De baby niesde.

'Een emotie die je zelf hebt bij anderen zien,' zei Peter.

Dido dacht even na. 'Maar dat zou betekenen dat *jij* je dus schuldig voelde,' concludeerde ze met een lachje. Peter begon omstandig met een doekje het snotneusje van Basje af te vegen. Dido keek om zich heen. Er was nog steeds maar een handjevol mensen in de straat. Frances of de leuke Stijn zag ze nergens. Ook zijn moeder en zijn zus waren er niet, of de kleine vrouw van nummer 13... Er was trouwens ook niemand van wie Dido zich kon voorstellen dat het een winnaar was. Waar waren de winnaars? Kwamen die zelf niet, op hun eigen feestje?

'Ik voelde me schuldig vanwege Maria,' mompelde Peter. Dido schrok op. *Maria*. Waar had ze die naam ook alweer eerder gehoord?

'Die woonde met haar man aan de overkant toen ik hier vorig jaar kwam. Maria had iets te vaak een blauw oog.'

Maria, Maria, peinsde Dido. Achter Peter zag ze de voordeur van het huis van Effie Wijdenes opengaan en Effie naar buiten komen. Ze liep in een rechte lijn naar de tafel vol drank. Ineens wist Dido weer waar ze de naam Maria eerder had gehoord.

Hij had zijn best gedaan, vertelde Peter. Hij had Maria op straat aangeschoten, maar ze vroeg hem niet om hulp, zoals hij stiekem had gehoopt. Integendeel – ze had het gesprek snel beëindigd toen hij voorzichtig naar haar kwetsuren informeerde.

Op het podium werd het derde nummer ingezet, maar slager Arie was gestopt met het braden van worstjes. Er was niemand die ze at. Hij liet zich op een bank naast een van de schraagtafels zakken en staarde voor zich uit. Zijn vrouw zat op een kruk achter het winkelraam.

'Tja,' zei Dido. 'Dat is altijd moeilijk, wat je in zo'n geval moet doen.'

'Ik heb geprobeerd haar man erop aan te spreken,' zei de jonge vader. Maar Berend Gerbel had zijn agressieve kop heel dicht naar Peters gezicht gebracht en toen was Peter de moed in de schoenen gezonken.

'Ik ben een prater,' zei hij zuchtend en hij hees de baby wat hoger.

'Geen vechter.' Gerbel had precies het omgekeerde geleken. Peter had zich zelfs afgevraagd of Gerbel misschien psychopaat was. Bovendien moest Dido begrijpen dat in die tijd Peters vrouw op de bank zat met een pijnlijk vertrokken gezicht vanwege hechtingen op plaatsen die je niet wilde weten, met op haar schoot de baby, die in die tijd rode pukkeltjes had waarvan de huisarts zei dat het wel over zou gaan maar waarover ze zich zorgen maakten. En dan waren er sinds de verhuizing in augustus nog steeds stapels onuitgepakte dozen...

Dido knikte begrijpend. Onuitgepakte dozen had ze zelf ook.

Peter liet zich op een bank bij een van de schraagtafels zakken (een andere tafel dan die waaraan Arie zat) en frunnikte aan het rompertje van de baby.

'Ik kon dus niet zoveel doen,' zei hij. Dido ging tegenover hem zitten.

'En toen?' vroeg ze. Toen werd het 1 januari, zei Peter. De dronken Berend Gerbel had nog met zijn vuisten in de lucht over straat gelopen, toen alle anderen allang in de gaten hadden dat de cheques van de loterij niet naar zijn huis gingen, niet naar nummer 13. Toen het eindelijk tot Gerbel begon door te dringen, had Peter als enige interventie kunnen bedenken hem nog meer te laten drinken, wensend dat Berend Gerbel letterlijk zou omvallen.

'Toen hij naar huis ging, hoopte ik er maar het beste van. Maar het hield me wakker...'

Ze keken beiden op toen er rumoer ontstond in de straat, door de herrie van het bandje meer voelbaar dan hoorbaar. Vanaf de Albert Einsteinsingel reed een stoetje glanzende sportauto's de straat in. Dido keek om en zag dat Sté Koker het ook had gezien; Sté werd bijna groen.

Dido was geneigd om op te staan om naar de winnaars te gaan kijken, maar dat vond ze aan de andere kant te gênant. Bovendien was ze wel benieuwd naar de rest van het verhaal van Peter Vassaan. Ze vroeg zich af of het misschien die psychopaat was die Frances bang had gemaakt. Dat Berend Gerbel de reden was dat het kind niet meer naar huis durfde.

Peter gaf zijn baby een papieren servetje om mee te spelen.

'Ik ben die nacht nog een keer mijn bed uitgegaan,' zei hij. 'Ik maakte me zorgen. Bij nummer 13 brandden de lichten, maar ik kon niets zien want de gordijnen waren dicht.' Het was toen al twee uur en bij de huizen links en rechts van nummer 13 waren de gordijnen juist allemaal open, zelfs ramen stonden daar wijd open ondanks de winterkou. Er had overal gelach geklonken en muziek, schimmen schoten huizen in en uit. Voor nummer 17 was een taxi gestopt: de chauffeur leverde een paar dozen af. Het was een bizarre nacht, zei Peter.

De band stopte met spelen en iedereen draaide zich naar het podium. Rechts zag Dido haar nicht Alexandra arriveren en ze zwaaide naar haar. Alexandra groette met een slap handje terug, keek even naar de mensen op straat, toen naar de auto's van de winnaars en draaide zich ten slotte met een bestudeerd verveeld gezicht naar de barbecues. Arie zag het en stond blij op om nieuwe worstjes op de roosters te leggen.

De baby van Peter stopte het papieren servetje in zijn mond. Peter pakte het af, Basje sputterde tegen.

'Ik ben naar buiten gegaan,' zei Peter. Een jas over zijn pyjama, maar de feestvierders zagen hem niet eens. Ze hadden het veel te druk met zichzelf. Hij was naar de overkant gegaan en belde aan bij nummer 13. Terwijl hij op de stoep bleef wachten, probeerde hij geluiden van binnen op te vangen. Er was echter veel te veel lawaai in de straat. Pas toen hij nog een keer belde, zag hij dat iemand het keukengordijn een stukje opzijschoof. Het was Maria. Goddank. Toen ze hem herkende, zwaaide ze.

'Een hele opluchting,' begreep Dido.

'Ja,' zei Peter. Hij had het Maria niet kwalijk genomen dat ze de deur niet opendeed. Het was tenslotte midden in de nacht en waarschijnlijk drukten dronken feestvierders al de hele tijd op alle huisbellen aan haar kant van de straat. Hij had teruggezwaaid en was weer naar bed gegaan.

'Maar,' zei hij nu met een zorgelijk gezicht, 'dat was het laatste wat ik van Maria zag. De volgende dag was ze weg. En haar man ook. Maar dat heb je vast wel in de krant gelezen.'

Een van de winnaars klom op het podium. Hij ging achter de mi-crofoon staan en tikte erop.

'Dat is de man die op 17 woonde,' zei Peter Vassaan. 'Met nieuw haar.' De man op het podium had geïmplanteerde, zorgvuldig non-chalante lokken met blonde streepjes erin. Hij tikte nogmaals op de microfoon en leek teleurgesteld door het gebrek aan aandacht. Al-leen Effie Wijdenes, naast de tafel met de wijn, zag eruit alsof ze stond te wachten op wat hij te zeggen had, in elk geval keek zij strak in zijn richting. Naast haar stond de baas van de zwarte labrador, de hond aan een korte, dikke riem, maar die had meer aandacht voor de auto's waarmee de winnaars waren gearriveerd en die nu aan de an-dere kant van de straat op een rijtje stonden.

De man achter de microfoon schraapte zijn keel.

'Beste mensen,' begon hij. 'Dit is jullie feestje.'

Om zijn pols blonk iets groots en glimmends. Hij droeg schoenen van Prada en een colbertje van Armani. Dido streek over haar eigen jasje. Ook Armani. Het was het allerduurste kledingstuk dat ze be-zat, gekocht in Italië toen ze er vorig jaar een raar soort vakantie vier-de met Simon. Hij moest iets doen in Bologna aan een theologisch instituut. Voor Dido had de week vooral bestaan uit zeer geheime af-spraken in kleine restaurants en dito hotels in de smalle achteraf-straatjes van de stad. De vele uren tussen de afspraken door had ze moederziel alleen door lange galerijen met dure winkels gelopen, waar etaleurs hun werk minimaliseerden tot het plaatsen van één handtas en één paar pumps op één wit sokkeltje. Het passen van een echte Armani was een poging geweest om zichzelf te troosten, maar de Italiaanse verkoopster was blij om het enige exemplaar van het jasje in de, zeker in Italië, oncourante maat van Dido Bloemendaal te kunnen verkopen. Ze hield niet op met *bella bella* roepen toen ze het zwaarzijden paskamergordijn opzijschoof. De creditcard van Dido was er tot op de dag van vandaag nog niet helemaal van bijgekomen en Dido had allang spijt van de aankoop. Dat ze het jasje vanmiddag toch aantrok, was omdat ze wist dat het haar enorm flatteerde en ei-genlijk stiekem hoopte indruk te maken op de jonge kunstenaar. Die er dus niet was.

'Jullie waren altijd fantastische buren,' zei de man achter de microfoon.

Een paar van de winnaars, die vlak naast het podium bijeen stonden, klapten. Het zwakke geluid werd overstemd door het gesis van de volgende lading worstjes die Arie op de hete roosters legde. Dido keek naar Effie Wijdenes. Ze leek in zichzelf te praten. Dido kon niet horen wat ze zei, maar zag dat ze zich een beetje wankel weer naar de tafel met de wijn draaide.

'En we kunnen er niet omheen. Wij wonnen omdat de overkant niet won. En omdat er mensen zonder lot waren...' Hier keek de man op het podium even zoekend om zich heen, haalde toen zijn schouders op en vervolgde met een ondeugend gezicht: '... hebben wij des te meer.'

De winnaars keken naar elkaar en gniffelden besmuikt. Naast Dido zei Peter Vassaan zachtjes: 'O jee.'

'... dat betekent dat wij jullie nooit zullen vergeten,' zei de man op het podium grinnikend.

Er kwamen een paar mensen aanlopen die helemaal niet in de Fermatstraat woonden. Misschien werden ze aangetrokken door de geur van geroosterde merguez.

'Dus wij dachten: we geven ze een feestje. Waarmee we maar willen zeggen: geef nooit op. Kijk naar ons: als je maar echt graag wilt, dan komt het geluk naar je toe!'

De winnaars lachten en hieven hun glazen naar elkaar. Peters baby jammerde zacht. Arie Koker zei *au* bij de barbecue en stak een vinger in zijn mond.

'En,' zei de man op het podium, 'het goede nieuws is dat jullie bij de volgende loterij weer net zoveel kans hebben!' Toen vroeg hij om een *warm applaus* voor het bandje, maar bijna niemand klapte. Effie Wijdenes hield zich inmiddels in evenwicht aan de rand van de tafel met drank en reikte naar het volgende glas. *Met een hoepeltje erom*, meende Dido haar te horen hummen. Toen zette de muziek weer in en verloor Effie haar evenwicht. Het was alsof het harde geluid haar een duw gaf: ze kiepte om, met tafel en al, en een hele batterij volle glazen viel kapot op de maagdelijke klinkers van de straat. De aluminium schalen waarop Arie het verse vlees hoog had opgestapeld, gingen mee. Worstjes en hamburgers rolden alle kanten op.

De zwarte labrador van nummer 20 draaide zijn kop, begon opgewonden te blaffen en trok zijn baas bijna omver in zijn pogingen om bij het vlees te komen. De muzikanten op het podium hielden ongelijk op en in de plotselinge stilte die viel, draaide iedereen zich naar Effie toe. Ze zat wijdbeens op de grond, tussen gebroken glaswerk en vlees, haar rok opgeschoven over haar witte, oedemische benen. Wonderlijk genoeg had ze haar volle glas rechtop weten te houden. Met een ongelukkig gezicht keek ze naar de mensen om zich heen, toen naar het glas en nam een slok.

'*En de ton die viel in duigen...*' zei ze.

Peter Vassaan was de eerste die iets deed: hij duwde zijn baby in de armen van Dido en schoot Effie te hulp. Ook Arie liep naar Effie toe, maar Arie gleed halverwege uit over een van zijn eigen hamburgers en verloor zelf zijn evenwicht. In een reflex brak hij zijn val, waarbij hij zijn handen lelijk sneed aan de glasscherven die overal op de grond lagen. Hij bleef zitten en keek beteuterd naar zijn handpalmen. Er vielen een paar rode druppels bloed op de straat.

Peter Vassaan hees Effie overeind en bracht haar naar haar voordeur. Ze moest voortdurend giechelen, vooral toen Peter in haar jaszak naar haar sleutel begon te zoeken. De bandleden gaven het op en gingen op de rand van het podium zitten. Iemand haalde ergens een bezem vandaan en begon met stevige halen glasscherven naar de goot te vegen, waarbij de hamburgers en de worstjes uit elkaar vielen en het vlees zich over de straat verspreidde toen iedereen erdoorheen begon te lopen. Mensen gingen naar huis. Er was niets meer aan. Ook de winnaars vertrokken, waarschijnlijk bedachten ook zij dat het elders leuker was.

Dido was blijven zitten, de baby op haar schoot. De kleine Basje huilde een beetje. Ze wiegde hem onhandig heen en weer en keek rond of er niet ergens een meer ervaren babysitter rondliep. De straat werd echter snel leger en het bandje begon zijn spullen in te pakken. Basje ging steeds harder huilen en tegen de tijd dat Peter Vassaan eindelijk terugkwam om hem op te halen, had zijn kind de inhoud van een heel potje Olvarit over Dido's Armani-jasje gespuugd. *Fruitcocktail van gele vruchten*, herinnerde Vassaan zich zorgelijk toen hij de baby overnam.

34

Het was George die er bij Maria op had aangedrongen om even door het keukenraam naar de jonge vader van nummer 14 te zwaaien toen die zo hardnekkig op de stoep bleef staan wachten. George werd zenuwachtig van de jonge vader, al kon die natuurlijk niet bevroeden dat er in het huis waar hij voor stond een ingepakt lijk in de wc lag. Maria deed wat ze zei en zocht daarna een paar spullen bij elkaar (T-shirts, slips en een tandenborstel). Samen verlieten ze het huis, via de tuindeuren. Ze klommen over de Gamma-schutting, liepen door de kantoortuin en renden het hele eind naar het safehouse.

Maria voelde zich in eerste instantie thuis tussen al die geslagen vrouwen die in de Gifbeker woonden. Het was de eerste plek in haar hele leven waar ze zich veilig voelde. George echter had het zwaar. George piekerde. Zij wist dat het op televisie en in boeken eenvoudig lijkt om je van een lijk te ontdoen, maar dat het in werkelijkheid een *messy business* is. Dat ze niet de beschikking hadden over een auto (in elk geval niet zonder iemand erbij te betrekken of de kans te lopen dat iemand erbij betrokken raakte) maakte het nog ingewikkelder. Dat het tuintje van Berend en Maria Gerbel bestraat was met in beton gelegde grindtegels, ook.

Na twee dagen gebeurde er echter een wonder: de gemeente deed onderzoek naar het riool in de Fermatstraat. Er werd een gat gemaakt in de bestrating en een kuil gegraven in het zand – precies voor nummer 13. Om redenen die niemand begreep werd het gat ook nog een hele nacht opengelaten, houten rood-witte hekjes eromheen zodat niemand er 's nachts per ongeluk in zou donderen.

George betrok toen de tweeling Sam en Wim erbij. Zij kwamen er, zoals ze Maria uitlegde, toch altijd mee weg. Alibi's laten zich nu eenmaal makkelijk creëren met twee vrouwen van wie zelfs het DNA identiek is. Bovendien waren Sam en Wim sterk als paarden, snel en geruisloos. Ze kwamen die nacht om beurten (in het kader van het alibi) en groeven samen met George een diep gat op de bodem van het gat, naast het zichtbare stuk rioolbuis. Maria stond op de uitkijk. Toen gooiden ze de inmiddels slappe Berend in de kuil, schepten zand over hem heen, stampten het aan en klopten hun handen af. Maria dacht niet dat iemand hen had gezien en toen de gemeente de volgende dag de zaak weer had dichtgestort, lag de verpakte Berend Gerbel onder een laag van een goeie twee meter. Er was nog een stratenmaker over het graf gekropen, op zijn knieën en uiteraard onwetend, die de straatklinkers provisorisch teruglegde omdat hém toen al bekend was dat de straat weer zou worden opengebroken. (Het wegdek zou later op die plek verzakken.) George las pas weken later over de aanstaande rioolwerkzaamheden. Meer tegen zichzelf dan tegen Maria bleef ze zeggen: 'Ze graven niet dieper dan de rioolbuizen. Het komt goed.'

De nacht na de begrafenis van Berend besteedden George en Maria aan het zoeken naar geld en papieren in de Fermatstraat 13. Berend was bij leven behalve agressief tamelijk paranoïde geweest (Peter Vassaan zou ongetwijfeld een theorie hebben over hoe het een met het ander samenhing) en had de gewoonte gehad om belangrijke documenten en bankbiljetten te verstoppen. Ze deden, voor het geval een slapeloze buurtgenoot uit het raam zou kijken, het licht niet aan maar gebruikten zaklantaarns, die ze zoveel mogelijk afschermden met hun handen. George trok hier een plint los en daar een stuk vloerbedekking en kwam tientallen eurobiljetten tegen. Maria voelde onder kastplanken en tafelbladen en vond vastgeplakte verzekeringspolissen.

Vervolgens had Maria's vader er, zonder veel vragen te stellen, in toegestemd om het huis in de Fermatstraat aan George te verkopen. George zou het huis opknappen en binnen drie maanden weer verkopen, waardoor ze geen overdrachtsbelasting betaalde en er iets aan zou verdienen (gezien de activiteiten in de Gifbeker was er altijd geld nodig). Intussen kon Maria gerust zijn dat niemand anders dan George iets belastends in het huis tegen zou komen: een deuk in de muur bij de trap, een scherf van de televisiekast op de gangvloer, paspoorten in de wc...

Ook kon George zo eventuele post opvangen; van het werk van Berend, van de paar vrienden die hij had en van zijn twee nog levende familieleden. (Er bleek nauwelijks post te komen, behalve brieven van de gemeente en wat reclame. George schreef met viltstift NIEUW ADRES ONBEKEND op de enveloppen en stuurde ze ongeopend retour.)

De derde nacht propte Maria wat ze wilde meenemen in twee koffers en haalde George met hulp van de tweeling het huis vrijwel geruisloos verder leeg. Vier volle dozen kwamen in de garage van Maria's vader te staan, de overige spullen gingen naar een kringloopwinkel. Maria verhuisde naar de Gifbeker om daar voorlopig te blijven.

Na een week verloor Maria het gevoel van veiligheid dat ze de eerste dagen had gehad. Het bleek slechts een verdoving te zijn geweest, die haar tijdelijk beschermde tegen de gewelddadigheid van haar herinneringen. Nu echter begon de verschrikkelijkheid van wat er was gebeurd tot haar door te dringen en ze begon er een gewoonte van te maken om diep in de nacht naar de Fermatstraat te lopen. Als er niemand was, bleef ze midden in de straat stilstaan ter hoogte van waar het gat was geweest. Ze keek naar de straatstenen en wenste dat ze de tijd kon terugdraaien. Naar vóórdat ze Berend de televisie naar zijn hoofd gooide. Naar vóórdat ze George erbij betrok. Nog liever: naar vóórdat het lot bepaalde dat de oneven kant van de Fermatstraat op 1 januari de loterij won, dat ze het abonnement op de loterij opzegde, ze George ontmoette, Berend haar voor het eerst sloeg, ze met hem trouwde... Misschien was het nog beter, dacht Maria, om de tijd terug te draaien naar voordat ze geboren werd. Al was haar voetafdruk op deze aardkloot de afdruk van een muizenpootje – het was een muizenpootje te veel. Volgens George had Maria een depressie.

Maria stopte met haar nachtelijke wandelingen toen de riool-werkzaamheden in de Fermatstraat begonnen. Die kon ze niet aan. George ook niet, trouwens; zij vertelde Sam en Wim zorgelijk over shovels, schoppen, kranen en trilplaten. George was bang voor *ont-dekking* van het lijk van Berend Gerbel. De nachtmerries van Maria gingen over *ontbinding*. George vreesde voor de politie en de gevolgen voor de bange, mishandelde vrouw die Maria was, maar ook voor zichzelf en haar safehouse. Maria vreesde voor het openknappen van vuilniszakken. Want hoe sterk was dat dunne, zwarte plastic nou he-lemaal?

George vertelde dat ze de jonge kunstenaar van de overkant in het huis had toegelaten, zodat niemand kon denken dat ze iets te verber-gen had. Later zou ze zelfs, om te voorkomen dat de straat háár ging verdenken, doen of ze de straat verdacht.

Maria vertelde niets. Ze sprak niet over haar nachtmerries en niet over haar angstvisioenen. Soms werden dingen immers meer waar als je ze onder woorden bracht.

35

Stijn had de zaterdag van het feest vanaf 's morgens vroeg geconcentreerd zitten schilderen. Pas toen hij klaar was (bijna *helemaal* klaar was; hij eindigde de sessie met het signeren van het achtentwintigste doek), leunde hij tevreden rokend achterover in de oude bureaustoel van zijn vader. Op de ezels voor hem stonden de twee laatste onvoltooide portretten uit de tweede serie: dat van zijn eigen familie met (alweer) een mislukt zelfportret en dat van de familie De Boer, de onaffe Frances in het midden.

Pas toen hij zo zat, was het tot hem doorgedrongen dat het buiten wel erg stil was. Voor een straatfeestje. Het was halfvijf. Dan was het toch allang begonnen? Er had een paar uur geleden nog iets van muziek geklonken... Nieuwsgierig liep hij de trappen af en de voordeur uit. Hij trof de straat bijna geheel verlaten aan. De barbecues waren uit, de tafels leeg. Raar, dacht hij. Waarom was er niemand? Op het podium liepen alleen twee jongetjes die voor rapper speelden. Ze gebruikten lege colablikjes bij wijze van microfoon.

Voor slagerij Koker stond de mevrouw met het poedeltje die hier wel vaker kwam. Die wilde natuurlijk gewoon haar wekelijkse portie vlees hebben en was zich van geen (mislukt) feestje bewust. Haar poedeltje snuffelde aan de straatklinkers, piepte en trok opgewonden aan zijn riem.

Toen Stijn naar de vrouw toeliep, zag hij tot zijn verbazing dat Koker gesloten was. Hij keek naar de grond toen hij glas onder zijn schoenzolen hoorde knersen. In de goot lag een geplet worstje. Wat was hier gebeurd?

'Nou zeg,' zei de mevrouw boos tegen Stijn, 'dat hadden ze ook wel even mogen aankondigen, dat ze op vakantie gingen.'

Op vakantie? dacht Stijn. Arie en Sté gingen nooit op vakantie. Nou ja, heel soms een lang weekend naar het Zwarte Woud, maar dan was er altijd een neef van Arie om de winkel te doen. Slagerij Koker was nooit dicht, de enkele keer dat Arie of Sté met griep in bed lag, draaide de ander de winkel alleen. Als Arie een keer wat langer ziek was, was dat alleen te merken aan het assortiment, nooit aan de openingstijden.

Het poedeltje van de mevrouw wist in de buurt van het platte worstje in de goot te komen. Hij rook eraan, schrok en veegde met hoge piepjes een pootje over zijn neus. Merguez was hem kennelijk te pikant. De mevrouw zag nu de glasscherven op straat en ze tilde haar poedeltje op. Ze knikte naar Stijn en liep weg, het hondje onder de arm.

Stijn ging naar de jongetjes op het podium.

'Was hier net een feestje?' vroeg hij.

Het jongetje dat hij aansprak haalde zijn schouders op.

''k Weenie,' zei hij.

'D'r was niks an,' zei zijn vriendje.

Het eerste jongetje begon over het podium heen en weer te lopen, waarbij hij een hand met twee gespreide vingers schokkerig door de lucht bewoog. Hij schreeuwde in zijn colablikje: '*Ik breek je nek ouwe want je bent zo wack ouwe.*'

Stijn keek naar hem en trok één wenkbrauw op. Het jongetje hield verschrikt zijn mond, terwijl achter hem een pick-up stopte van de gemeente. Er sprongen twee mannen uit die het hek begonnen in te laden dat de Fermatstraat voor verkeer had afgesloten. Een meisje dat vanuit de Pascalweg kwam, ging ernaar staan kijken. Het duurde even voor Stijn haar herkende. Toen liep hij naar haar toe.

'Hé,' zei hij. 'Je bent terug.'

Frances keek hem aan en hij keek onderzoekend naar haar gezicht. *Bang,* had Dido Bloemendaal gezegd. Maar herkende hij angst als hij die zag? Wat wist hij eigenlijk van angst? Had hij niet ook bij Maria over het hoofd gezien hoe bang ze was?

Frances stak haar neus in de lucht.

'Dus?' zei ze.

'Ik wist niet dat je terug was. Ik dacht...'

'Ik blijf heus niet hoor,' onderbrak Frances hem. 'Ik dacht dat er een feestje was. Ik dacht dat er wat te halen viel.'

'Ik ook,' zei Stijn, 'dat er een feestje was, bedoel ik.' Hij keek nogmaals naar de verlaten straat en de dichte slager. Toen draaide hij zich weer naar Frances.

'Waarom blijf je niet?' vroeg hij. 'Nu met je moeder en zo...'

'Omdat ik gadversamme niet op een fucking kerkhof ga wonen!' schreeuwde Frances. Ze draaide zich abrupt om en liep hard weg, Stijn perplex achterlatend. Hij had de Fermatstraat op veel manieren horen beschrijven, waaronder *saai* en *suf* en zelfs *achtergebleven*, maar nog nooit als kerkhof.

Vijf minuten later draaiden de eerste auto's de straat in. Met kleine vrachtwagentjes werden de planken van de schraagtafels en het podium opgehaald en daarna hervatte het normale Fermatstraatverkeer zich snel. Auto's parkeerden weer, fietsers en voetgangers kwamen door de straat. Aan de hemel pakten zich intussen wolken samen en in de loop van het weekend brak er een fors onweer los.

'Dat kon je al aan voelen komen,' zeiden de mensen.

Het regenwater spoelde over de straat en gorgelde door het nieuwe riool.

Stijn zag George pas twee dagen later weer, toen hij op weg ging naar de academie. Het was niet helemaal toevallig dat hij naar buiten kwam net toen ze aan kwam lopen. *Nee*, zei ze op zijn vraag, ze had zaterdag geen enkele aandrang gevoeld om het aangekondigde feestje mee te maken. Het had immers geen nut om nader kennis te maken met de buren. Ze zou nummer 13 zo snel mogelijk verkopen, liefst zodra ze met opknappen klaar was.

'O,' zei Stijn. Hij probeerde niet te teleurgesteld te klinken. Het was hem allang duidelijk dat George een heel eigen, ander leven had dan dat wat hij van haar zag in de Fermatstraat. Een zwangerschap, blijf-van-mijn-lijfhuizen… Hij richtte zijn gedachten op de expositie en bad dat ze niet ineens zou zeggen dat hij de doeken die al in de gang van nummer 13 stonden maar weer moest ophalen. *Dat het bij nader inzien toch niet kon.*

Ze zette de twee tassen neer die ze bij zich had (blikken verf, kwasten en terpentine) om de sleutel uit haar broekzak te halen.

'Dag broer! Dag buurvrouw!'

Stijn kreunde. Zijn zus Jacoba was achter hem de deur uitgekomen. Ze was op weg naar haar werk, haar gezicht in die eeuwige glimlach geplooid.

''t Wordt weer lekker warm vandaag!' riep ze.

'Tja,' zei George. Ze draaide zich om en deed haar voordeur van het slot. Stijn zei niets. Toen Jacoba was doorgelopen zei George: 'Niets tegen je familie, maar ik heb er een hekel aan als mensen elkaar 's morgens vriendelijk groeten en over het weer beginnen, terwijl ze verzuimen om te informeren naar een zichtbaar stukgeslagen lip of het zoveelste blauwe oog.'

Stijn zuchtte.

'Op zondag wel drie keer naar de kerk,' ging George verder, 'maar het alcoholprobleem van een eenzame buurvrouw negeren.' Ze had kennelijk goed opgelet.

Ze pakte de tassen op, maar een van de plastic hengsels knapte. Een blik verf viel op de grond en rolde over de straat. Stijn bukte zich om het op te rapen. Toen snoof hij. Het rook hier naar iets. Hij rook het maar heel even, als de geur van een passerende, lichtgeparfumeerde vrouw – alleen had deze geur niets met parfum te maken. Integendeel. Toen hij overeind kwam was het weg.

George ging naar binnen. Er reed een taxi de straat in, die naast de slager stopte, voor het huis van Effie Wijdenes. Effie kwam meteen naar buiten, een koffertje in haar hand. Ze was kennelijk de schaamte voor de kinderrijmpjes nu definitief voorbij, want iedereen mocht horen dat *Berend Botje uit varen ging*. Naast Effie liep de huisarts, die Stijn herkende omdat hij de huisarts was van bijna de hele Fermatstraat, ook van de Stefeneels. In de deur van Effies huis stond Peter Vassaan.

Effie nam plaats op de achterbank van de taxi terwijl de huisarts met de chauffeur sprak. Toen de taxi wegreed, liep de huisarts over de stoep in de richting van de Pascalweg en Peter Vassaan naar zijn eigen huis. Stijn stak over.

'Waar gaat Effie naartoe?' vroeg hij.

Naar een plek waar Effie adequate hulp zou krijgen, zei Peter. De huisarts had geregeld dat ze daarvoor even *elders* zou verblijven.

Stijn hoopte dat George het aan de overkant kon horen. Er werd hier in de straat best gezorgd voor de eenzame buurvrouw met haar alcoholprobleem! Maar bizar was het wel, peinsde hij terwijl hij terugliep. Afkickklinieken, blijf-van-mijn-lijfhuizen – er doken fenomenen op in zijn leven die hij tot nu toe alleen kende van tv en van horen zeggen. Hij schudde zijn hoofd, waardoor hij zich voelde als een oude man. Maar daarna schoot hem weer te binnen: *zaterdag!*

George was weer buiten en begon afplaktape op het keukenraam te plakken.

'Kan ik morgen de haken ophangen?' vroeg hij.

Goddank knikte ze en nadat ze met haar tanden een stuk van de tape had afgescheurd, zei ze: 'Maar je maakt de gaten volgende week zelf weer dicht. En ik ben geen portier, geen suppoost en geen toiletjuffrouw.'

Hij lachte. *Zaterdag!* Zaterdag kwamen zijn schilderijen in de openbaarheid! Hij ging nu meteen naar de academie om het adres definitief bij de commissie te melden en ook om een briefje te prikken op het bord in de centrale hal. SPOED! WOONRUIMTE GEZOCHT, LFST MET MGLKHEID VOOR ATELIER. Het zou bij alle andere briefjes komen te hangen, waarvan er nooit een iets aanbood. Integendeel: er werd altijd om woonruimte *gevraagd*. Maar ach, er zouden binnenkort vast wel afgestudeerde studenten zijn die de stad uittrokken en een kamer achterlieten. Toch?

36

Op zondag en gedurende de maandagmorgen was het nog niet opgevallen, dan was de slagerij immers altijd gesloten, maar toen het die maandag halftwee werd, zag Dido Bloemendaal aan de overkant verschillende Fermatstraatbewoners tegen de dichte winkeldeur van Koker duwen. Men tuurde met een hand boven de ogen door het etalageraam en zag een lege koelvitrine. Men blikte omhoog naar de twee huiskamerramen van Koker en zag dat de gordijnen gesloten waren. Men keek of er ergens een briefje hing, maar dat was niet zo. Op aanbellen deed niemand open.

Toen Dido even later buiten kwam met een plastic tas in haar hand, stonden er drie vrouwen voor de winkel. Dido herkende de grote moeder Stefeneel.

'Misschien zijn ze er lekker een weekje tussenuit,' opperde Dido. De vrouwen keken haar aan of ze van een andere planeet kwam en mevrouw Stefeneel snoof hoorbaar. Sté en Arie gingen er nooit *lekker een weekje tussenuit*, zeiden ze. Zeker niet zonder iemand daarvan te verwittigen. Nee, er was iets niet in orde.

'Dan kunnen we misschien beter de politie bellen,' zei Dido praktisch.

Nu keken de drie vrouwen onzeker en haalden hun schouders op. De politie bellen was *ook zo wat*. En Arie had zaterdag zijn handen verwond, dat hadden degenen die op het feest waren geweest kunnen zien en dat was natuurlijk knap onhandig voor een slager. Dat snapte iedereen.

Een beetje van slag bleven de vrouwen voor de slagerij op de stoep hangen. Mevrouw Stefeneel wapperde zich met een bleke hand koelte toe, want ze was veel te dik gekleed voor dit weer. De zon was in de loop van de dag weer volop gaan schijnen en de temperatuur was gestegen tot boven de twintig graden.

Uiteindelijk mompelden de vrouwen een groet naar elkaar en liepen naar hun respectievelijke huizen. Of misschien toch maar naar de supermarkt voor een pondje stooflapjes.

Dido staarde ze na. Toen trok ze haar neus op. Bah, het stonk hier een beetje. Ze draaide zich om en liep naar de Albert Einsteinsingel, op weg naar de stomerij.

In de huiskamer boven de slagerij hoorde Arie dat zijn dochter slaperig klonk.

'Geef mama dan maar even,' zei ze en ze gaapte, helemaal aan de andere kant van de oceaan. Hij gaf de telefoon aan Sté, een beetje onhandig door de grote pleisters op zijn handen.

Stés gezicht en hele houding waren afwerend, zag hij in het lamplicht, maar gelukkig pakte ze de telefoon aan. Terwijl ze antwoord gaf op de vragen die haar dochter kennelijk stelde, bleef Arie staan en keek naar zijn schoenen.

'Ja,' hoorde hij Sté zeggen, 'natuurlijk.' En toen zei ze: 'Nee, niet meer.'

Wat had zijn dochter gevraagd? *Hou je nog van papa* en *zit je nog met die loterij*? Of: *zit je nog met die loterij* en *hou je nog van papa*?

Hij liep naar het raam. Het was warm in de kamer, maar Sté wilde niet dat hij iets openzette. Ze wilde niet eens dat de gordijnen opengingen. Al twee dagen niet. *Ik kan het niet meer aanzien*, had ze gezegd en Arie wist niet beter te doen dan haar voorlopig maar even haar zin te geven. Zo'n moment als op zaterdag, toen het feest zo jammerlijk was geëindigd met al dat glas op straat en hij in de winkel splinters uit zijn handen stond te peuteren en pleisters te plakken, zo'n moment wilde hij niet nog een keer meemaken. Sté was opgestaan van de kruk achter het etalageraam, had Arie met droge ogen aangekeken en gezegd: 'Ik zal nooit meer gelukkig zijn.'

Hij slaakte bij de herinnering een diepe zucht en tuurde door een gordijnkier naar de straat. *Dus zo gaat dat*, dacht hij. Hij had het zich weleens afgevraagd, als het in de winkel over een echtscheiding ging. Er waren er in al die jaren een aantal geweest in de straat en altijd als hij naar die verhalen luisterde terwijl hij hakte, sneed of mengde, had hij zich afgevraagd hoe dat nou ging. Hij snapte dat je *ja* zei tegen elkaar omdat je dezelfde dromen had – maar waarom zeiden mensen na zoveel jaren dan soms ineens *nee*? Toevallig had hij het er vorige week met Peter Vassaan over gehad.

'Dat mensen zo kunnen veranderen,' had hij gezegd.

'Tja. Misschien zijn het wensen die veranderen,' zei Peter.

Dat leek Arie sterk. Je wist toch wel zo ongeveer wat je wilde in je leven, wat je belangrijk vond en wat niet. Waarom zou dat ineens anders worden?

'Soms gebeuren er dingen...' zei Peter vaag en toen had Arie, daar op Vassaans zolder, natuurlijk aan de loterij gedacht. Maar hij dacht ook aan de gesprekken die hij de afgelopen twintig jaar in de slagerij had opgevangen. Er was behalve vlees ook veel leed over de toonbank gegaan. Niet alleen ruzies en echtscheidingen, ook sterfgevallen. En zwangerschappen, jawel, maar ook zwangerschappen die te lang uitbleven of die ongewenst waren. En dan had je nog de nare operaties, de enge ziektes, de akelige onderzoeken en de depressies...

Arie wreef over zijn schedel. Hij was gewend om na te denken over vlees en in- en verkoop, van dit soort nadenken kreeg hij hoofdpijn. Met op de achtergrond de stem van Sté en de tikkende klok van zijn vader, vroeg hij zich ineens af wat er gebeurd zou zijn met hem en Sté als hun dochter iets was overkomen. Verschrikt schudde hij het hoofd. Een zweetdruppel gleed langs zijn slaap naar beneden. Zoiets moest je niet denken, je wist nooit wat daarvan kwam!

Sté beëindigde het gesprek en legde de telefoon weg. Beneden werd er alweer op de bel gedrukt.

'Als je opendoet, ga ik weg,' zei Sté. 'Naar Thailand, net als Berend Gerbel.' Ze lachte zonder dat het klonk of ze het leuk vond.

Arie keek naar haar en voelde zich moe. *Berend Gerbel*. Ja, die had het echt gedaan: die was gewoon weggelopen van de nederlaag. Volgens Arie had zelfs de politie zich het goed kunnen voorstellen, want hij had niet de indruk dat er erg naar Berend werd gezocht. Of naar Berends magere vrouw met die grote ogen. Dus waarom zou hij, Arie, het dreigement van Sté niet serieus nemen? De winkel zou daarom dicht blijven. Voor het eerst in vijftig jaar. Want hij kon het niet, niet nu en niet in zijn eentje.

Arie wou dat het morgen was, dan kon hij er tenminste weer over praten. Morgenavond had hij zijn tweede afspraak met Vassaan. Hij liet zijn kin op zijn borst zakken, keek naar zijn blauwbepleisterde handen en zuchtte nogmaals diep.

37

George voorzag die maandag de meeste deur- en raamkozijnen in de Fermatstraat 13 van een eerste laklaag. Het zag er goed uit, zei ze 's avonds aan de grote tafel in de huiskamer van de Gifbeker. Maria zat er, samen met Sam en Wim. Op een bank in de hoek van de kamer zaten nog twee vrouwen, maar die deden of ze doof waren. Die hadden al genoeg problemen van zichzelf.

'We kunnen binnenkort een advertentie op internet zetten,' zei George. Ze zou ook een bordje achter het keukenraam plakken, TE KOOP. Toen versomberde haar gezicht.

'We hebben misschien een probleem,' zei ze. Ze vertelde dat ze door het lakken de hele dag in de lucht van verf en terpentine had gestaan, maar toen ze haar spullen pakte om naar de Gifbeker te gaan, de voordeur opende en de buitenlucht inademde, had ze het geroken. Onmiskenbaar. Het stonk in de Fermatstraat.

Maria voelde zich meteen misselijk worden. De mededeling van George sloot naadloos aan op haar nachtmerries, maar dat kon George niet weten. Maria praatte immers niet over haar nachtmerries, die allemaal gingen over het ontbindende lijk van Berend, over de trilplaat die George had beschreven en over openknappende vuilniszakken.

Sam haalde haar schouders op.

'Opgraven?' vroeg ze en ze nam een hap van een boterham, rijk belegd met tomaat en mayonaise. 'Ergens anders dumpen?'

Maria rilde. Ze had een groot ontzag voor de tweeling, die in haar optiek weerbaarder was dan zij ooit zou kunnen zijn, maar dat ontzag grensde aan angst sinds Sam en Wim haar hadden verteld dat ze hun vader hadden vermoord. Ze waren toen zestien jaar, zeiden ze, en een van hen had de trekker overgehaald, terwijl de ander zichtbaar voor de hele buurt een praatje maakte met een overbuurvrouw. Met het schot maakten ze een eind aan de verkrachtingen die dagelijks waren en die op hun vijfde waren begonnen. Op het slachtoffer werd nog wel een DNA-spoor aangetroffen (er was geschreeuwd, er werd gespuugd), maar in dit uitzonderlijke geval gaf zelfs DNA geen uitsluitsel wie van de twee zussen had geschoten. De overbuurvrouw kon niet onder ede verklaren met wie ze had staan praten. Vingerafdrukken (zowat het enige waarin de tweeling van elkaar verschilde) waren met succes van het pistool verwijderd.

Dankzij hun truc brachten Sam en Wim na de moord slechts een paar jaar door in een justitiële jeugdinrichting, en nadat ze daar waren ontslagen, maakten ze het tot hun missie om andere slachtoffers van misbruik te verdedigen. Daarbij deinsden ze voor geweld niet terug en kennelijk ook niet voor het opgraven van een oud lijk.

George schudde haar hoofd in antwoord op Sams vraag. Ze moesten eerst maar eens afwachten. Er waren nog geen verdenkingen, tenslotte, de politie had maar één keer naar Berend Gerbel gevraagd en dat was toen men eigenlijk op zoek was naar dat meisje Frances de Boer. Ze hadden de rechercheur toen Maria's nieuwe verblijfplaats gemeld. 'Een blijf-van-mijn-lijfhuis,' had George er nadrukkelijk bij gezegd. 'Voor wanneer hij terugkomt!' Niet: *als* hij terugkomt.

Misschien dat de familie van Berend nog een keer een kaartje zou krijgen – zodra ze iemand tegenkwamen die betrouwbaar was en die op reis ging naar een ver land. India of Brazilië of Bolivia. *Met de groeten aan Maria.*

'Je zegt het maar,' zeiden Sam en Wim nu tegen George en ze smeerden nog een boterham. Als het erger werd in de Fermatstraat, konden ze altijd nog ingrijpen. Zij waren uitvoerders, George was de beslisser.

Maria stond op en rende naar de wc.

38

Het werd erger. De volgende dag was het, belachelijk voor april maar tegenwoordig was het hele klimaat in de war, drieëntwintig graden in de zon en de stank werd steeds pregnanter. Rook gisteren nog slechts een enkeling de vieze lucht, vandaag was het iedereen duidelijk dat er iets rotte in de straat van de loterijmiljoenen. Omdat het nauwelijks waaide, bleef de lucht als een bijna tastbare deken hangen tussen de huizen en de auto's die weer langs beide stoepen geparkeerd stonden. Auto's en brommertjes die door de straat reden, voegden er hun uitlaatgassen nog aan toe. Iedereen klaagde.

'Ze hebben iets fout gedaan met het riool,' was de algemene analyse. 'Ze hebben een aansluiting gemist. Hadden we ons oude riool nog maar, daar hadden we nooit problemen mee.'

Er waren twee mensen in de straat die de lucht anders interpreteerden: Dido Bloemendaal en George. In het geval van Dido was het simpel; zij dacht, zodra ze die morgen op straat kwam, aan haar vader.

Dido was van plan geweest om de leuke Stijn op de koffie te vragen (hij liep verderop in de straat nog meer schilderijen naar nummer 13 te sjouwen), maar keerde toen ze de lucht rook onmiddellijk om, ging terug naar binnen en belde de politie.

Ze bleek niet de eerste.

'Er klagen er meer. We hebben de gemeente gevraagd om zo snel mogelijk onderzoek te doen naar het riool,' zei de aardige vrouw die bij de politie de telefoon opnam.

'Het *riool*?' zei Dido verbaasd. 'Jullie moeten bij de *slager* zijn!'

Ze wist het zeker: de lucht in de straat leek op de lucht die haar vader vroeger bij zich had als hij thuiskwam van zijn werk – vooral op de dagen dat er in het bedrijf iets fout was gegaan en hij zich eigenhandig met de slachtlijn had moeten bemoeien. Dit was geen rioollucht, de Fermatstraat rook naar dood vlees. En waar anders kwam een lucht van dood vlees vandaan dan van de slager in de straat? Er waren nu ze erover nadacht trouwens ook al tijden vliegen, zei ze tegen de politie. Nee, niet in de slagerij: in de straat.

'Ze hebben een probleem bij Koker,' besloot ze. 'Ze zijn al twee dagen dicht en ze zijn nooit dicht. Misschien is er een koelcel kapot.'

Toen er een uur later bij de slagerij werd aangebeld en Arie door het raam naar beneden keek, zag hij op de stoep voor de winkel twee politieagenten staan. Het luchtte hem enorm op. Dit was overmacht. Nu zou hij de winkeldeur wel open *moeten* doen! Niet nóg een dag in de hitte van de huiskamer met een boze Sté op de bank! Het gesprek met hun dochter gisteren had niets aan de houding van Sté veranderd en Arie wist niet hoe het verder moest. Deze tussenkomst van het lot in de vorm van twee politieagenten was hem dus meer dan welkom.

'Politie,' zei hij tegen Sté en zonder haar reactie af te wachten ging hij naar beneden.

Toen hij in de lege, kale winkel kwam, zag hij door de etalageruit dat een van de agenten zich koelte toewuifde met zijn pet. De ander stond naar de straat te kijken. Arie schoof grendels open, draaide de sleutel om, opende de deur en... rook het meteen. Het is de lucht die elke slager vreest: de stank van overrijp vlees. Automatisch ging zijn blik naar de vriescel – maar die was natuurlijk keurig gesloten en liet niets bijzonders zien. Ook de lampjes die aangaven dat de koelcel in werking was, brandden geruststellend groen.

Hij wendde zich weer tot de agenten en constateerde dat de lucht van hun kant kwam. Of beter gezegd: van de kant van de straat.

Er was gebeld, zeiden de agenten, omdat het in de Fermatstraat stonk. Naar dood vlees.

'Ja,' knikte Arie, dat rook hij nu ook. Maar waarom kwamen ze bij *hem*, als hij vragen mocht? Hij sloeg zijn armen over elkaar.

De agenten, een was een oudere Surinamer, de ander een jongetje dat nog met jeugdpuistjes worstelde, keken hem vorsend aan. Dat kon hij zelf ook wel bedenken, vonden ze. *Dood vlees. Slager in de straat.*

Arie ademde in, liet zijn borstkas zwellen en keek vorsend terug. Hier werd hij aangesproken op zijn slagerstrots. Of ze wel wisten dat hij keurslager was? Of ze wel wisten dat er sinds de oprichting in 1956 nog nooit een bedorven stuk vlees ook maar in de buurt van deze zaak was geweest? Hij, Arie Koker, kon dat naar eer en geweten zeggen. Hij, en vóór hem zijn vader, stond in de hele stad bekend om kwaliteit en vakmanschap. (Bij die laatste woorden keek de zwarte agent fronsend naar de pleisters op Aries handen.)

Arie liet de heren binnen en toonde ze de lege, schone koelvitrine, de keurige, gesloten diepvrieskist, de vriescel en de koelcel – opgeruimd dankzij hem en altijd schoon dankzij Sté (ach, zijn Steetje…). Hij toonde de afvalbakken – helemaal volgens de strengste voorschriften en, hoewel nu leeg, keurig afgesloten. Hij toonde de smetteloze werkplaats, het schoongeboende hakblok.

De zwarte agent zei tegen het jonkie: 'Ik ruik het hier binnen niet. De stank is buiten.' Het jonkie knikte.

'De vliegen ook,' zei hij.

Ze vertrokken.

Arie deed de deur achter ze dicht, maar niet op slot, en keek op de klok. Het was tien uur. Zijn grootste leverancier kon straks vast nog wel wat brengen. Hij trok de pleisters van zijn handen en trok rubberen handschoenen aan. Schakelde de koeling van de toonbank in en keek naar wat hij in huis had om uit te stallen zodra de temperatuur in de vitrine laag genoeg zou zijn. Keurige bordjes erbij, plastic slablaadjes ertussen, Sté zou er vast en zeker vanzelf weer zin in krijgen als ze het zag! Koker zou weer opengaan!

Toen hij de telefoon pakte om zijn leverancier te bellen, vroeg hij zich wel even af wie in de straat eerder die morgen de politie had gebeld. Wie ze naar *hem* had gestuurd, naar de slager. De agenten hadden het niet kunnen of willen vertellen. Arie snoof bij de gedachte. Bedorven vlees, het mocht wat. Hij was toevallig een van de allerbeste slagers van de stad.

Het was pas later, toen de koelvitrine was ingericht en toen hij flink wat gehaktballen had gedraaid, dat Arie besefte dat hij een probleem had. De lucht in de straat werd met het uur viezer. En wie gaat er nou naar een slager in een straat waar het stinkt naar rottend vlees?

Gelukkig kwamen even later de meeste vaste klanten toch. Die uit de verre wijken wisten niet dat het hier stonk en waren van te ver gekomen om zich te bedenken, de klanten uit de buurt wilden graag praten over het nieuwe probleem van de Fermatstraat. 's Middags kwam zelfs die kleine vrouw van 13 in de winkel. Die moest zeker weer eieren hebben. Ze trok het mondkapje af dat ze buiten had gedragen (het was zo'n kapje dat je bij doe-het-zelfzaken kunt krijgen tegen stof) en stond vervolgens enorm te treuzelen. Ze pakte een rolletje bamboe satéstokjes van de plank waar de eierdozen en de kruiden stonden, en bestudeerde, terwijl ze twee klanten liet voorgaan, langdurig de gebruiksaanwijzing op de verpakking.

Het gesprek in de winkel ging intussen over niets anders dan over de lucht in de straat. Diverse mensen bleken al boos met de gemeente te hebben gebeld (Arie lette goed op, maar niemand had het over de politie). De gemeente zou echter op zich laten wachten. Er waren meer riolen in de stad, zeiden ze daar, en bovendien ontkenden deskundigen dat er iets mis kon zijn met het nieuwe riool in de Fermatstraat. Wel een mogelijkheid was dat de stank te maken had met de aansluiting op het oude riool van de Pascalweg, dat zeer binnenkort zou worden aangepakt. De Fermatstraatbewoners moesten nog maar even geduld hebben.

De kleine vrouw van 13 zocht lang naar haar geld en rekende toen eindelijk af. Ze was de laatste. Toen ze weg was, kwam Arie achter de toonbank vandaan en dwaalde even door de zaak. Er waren zoveel dingen te doen, dat hij niet kon besluiten waarmee hij zou beginnen. Misschien kon hij zijn neef bellen. Misschien dat Stijn Stefeneel vanavond kon komen helpen met schoonmaken. Hij zette de eierdozen en de kruidenpotjes op de plank recht en pakte een van de rolletjes met satéstokjes. Nieuwsgierig keek hij wat voor gebruiksaanwijzing er op bamboe satéstokjes zou kunnen staan dat iemand die zo lang kon staan lezen. Verbaasd stelde hij vast dat wat er aan tekst op de verpakking stond, Chinees was.

39

Het was halfeen 's nachts en Maria lag wakker. *Ze dachten in de straat dat het aan het riool lag*, had George vanavond verteld. Dat had ze bij de slager gehoord. George hoopte dat men het in de Fermatstraat bij die analyse zou laten. Ze zou een vinger aan de pols houden, maar vooralsnog was ze opgelucht.

Maria ook, zij het om een andere reden. Maria was vandaag ineens bang geworden dat men in de Fermatstraat de slager de schuld zou geven van de stank. Stel je voor! Ze had slager Arie altijd een lieverd gevonden, had zelfs weleens gefantaseerd over hoe haar leven zou zijn geweest als ze niet met Berend, maar met een man als Arie was getrouwd. Ze zou dan zeker niet zo op hem hebben lopen mopperen als Sté deed.

Maria wenste dat ze kon slapen. De temazepam die ze sinds een maand slikte, leek niet meer te helpen. Maar als ze de pillen niet slikte, schenen de nachtmerries, die kunstmatig waren onderdrukt, zich met dubbele kracht te manifesteren. Ze gingen allemaal over lijken. Lijken die aan haar armen hingen en zich aan haar benen vastklampten. Lijken die boven op haar lagen. Lijken die allemaal in staat van ontbinding waren. Ook haar eigen lijk.

Maria kon zich allang niet meer voorstellen dat ze zich hier in het safehouse de eerste dagen zo veilig had gevoeld. Misschien was het beter, dacht ze nu, als Berend gewoon werd ontdekt. Dat de politie naar de Fermatstraat kwam met zo'n speciale hond die kadavers kon ruiken. Dan kon niemand slager Arie de schuld geven en ging zij gewoon naar de gevangenis om te boeten voor wat ze had gedaan.

'Het was *hij* of *jij*,' hielp George haar herinneren.

Hij of *zij*. Maar met welk recht had zij haar eigen miezerige leven boven dat van Berend gesteld? Wat had ze ooit in haar leven gepresteerd waardoor ze dat verdiend kon hebben? Ze had immers alleen maar mensen in de weg gelopen en geërgerd? En was er niet een tijd geweest waarin ze voor Berend had gekozen? Dacht veiligheid bij hem te vinden? Had hij niet al die jaren dat vervelende baantje op *Parkeervergunningen* volgehouden, waarvan ook zij at en dronk? En misschien dat Berend de avond van de loterij gewoon bij haar was komen uithuilen! Hadden ze samen zitten jammeren om de gemiste kans. Zoiets schepte toch ook een band?

Maria stond op en zocht zachtjes haar kleren bij elkaar. Bij de voordeur toetste ze de code in van het alarm. Ze wilde even naar de Fermatstraat, zoals ze ook had gedaan voordat de werkzaamheden daar begonnen. Als een treurende weduwe die een graf bezoekt.

Eenmaal buiten brak ze voorzichtig een takje af van de forsythia die hier in alle voortuinen nog steeds bloeide. Ze nam het mee. Toen ze echter in de Fermatstraat naar de roze straatklinkers stond te kijken, wist ze dat ze geen treurende weduwe was. Ze was een misdadiger die terugkeerde naar de plaats delict.

40

De volgende morgen stond Arie achter het hakblok in de winkel, sneed biefstukken met zijn favoriete mes en floot zijn favoriete wijsje. *Malle Babbe*. Arie vond het leven sinds gisteravond weer wat overzichtelijker.

De winkeldeur ging open en hij riep nog vóór hij van zijn werk opkeek al opgewekt *goedemorgen* en *kom zo bij u*. Toen zag hij dat het verdikkie alweer dat vrouwtje van 13 was. Ze kwam voor de toonbank staan en keek naar hem.

'Je vrouw is ziek,' zei ze.

Arie schudde opgewekt het hoofd. Nee, hoor!

'Sté is niet ziek,' zei hij. 'Sté gaat naar Amerika!'

'Amerika,' herhaalde de vrouw met een ongelovig gezicht.

'Ja, ja,' glunderde Arie. 'Mijn Steetje. Oll the wee naar de Joe-Es-Ee.' Hij boog zich voorover. 'Stom, hè, dat iemand je op het idee moet brengen.' Toen ging hij weer rechtop staan en verklaarde triomfantelijk: 'Sté moest er gewoon eens tussenuit!'

'Ze is een tijdje weg,' zei de vrouw.

'Een tijdje, ja, wie zal het zeggen. Zo lang ze nodig heeft, zeg maar. Ze gaat een open retourvlucht nemen.' Hij gebruikte de term met trots.

'Dus wanneer ze terugkomt dat weet je niet.'

Arie keek verbaasd naar haar argwanende gezicht. Van de weeromstuit kreeg hij zelf argwaan. Wie anders dan de vegetariër van de Fermatstraat zou de slager bij de politie hebben aangegeven? Hij sloeg zijn armen voor zijn borst. Het snijmes had hij nog in zijn rechterhand.

En het was juist net een beetje beter gegaan! Vassaans openings-
vraag gisteravond was een schot in de roos geweest! *Voel je je misschien
ergens schuldig om*. Arie had toen eindelijk durven bekennen dat hij
zich niet alleen schuldig *voelde*, maar dat hij schuldig *was*. Omdat hij
immers zo heel erg had zitten hopen (had zitten *bidden!*) dat ze de loterij niet zouden winnen. En dat nu iedereen om hem heen (althans,
aan zijn kant van de straat) daarvan de dupe was.

'Maar,' zei Peter Vassaan, 'Sté en jouw buren hebben natuurlijk
heel hard zitten hopen dat deze kant van de straat *wel* zou winnen.
Als ze tenminste een lot hadden.' Hij lachte er even bij. 'Waarom zou
dat dan niet hebben geholpen?'

Arie staarde hem aan.

'Tjongejonge,' zei hij. Hij trok een tissue uit het doosje naast de
Hema-wekker en snoot luidruchtig zijn neus. Vassaan had gelijk.
Wat een hoogmoed. Alsof Sté het minder verdiende dan hij dat God
gehoor gaf aan haar gebeden. Want natuurlijk had Sté ook zitten bidden! En Effie. En de andere buren. Misschien zelfs mevrouw Stefeneel, en die was nog wel zo rechtschapen! Het leek hem onmogelijk
dat het gebed van een zo schuldeloze vrouw als de moeder van Stijn
Stefeneel niet boven dat van hemzelf zou gaan.

Daarna hadden ze het nog over Sté gehad. Dat die er misschien
eens tussenuit moest. Peter bracht toen de dochter in Amerika ter
sprake en voor Arie was het daarna nog maar een kleine stap om zelf
te bedenken dat Sté naar hun dochter kon. Naar Amerika. De zaak
kon hij best een tijdje alleen en anders sprong zijn neef wel bij.

Na afloop van het gesprek was hij door de stinkende straat naar
huis gelopen met verende pasjes die niet pasten bij zijn dikke buik,
maar wel bij zijn goede voornemens en nieuwe hoop. Weliswaar was
Stés eerste reactie schrik en achterdocht geweest toen hij met het
voorstel kwam, maar daarna had ze op de bank achterovergeleund
en gezegd: 'Weg! Helemaal naar Amerika!' Ze keek toen zelfs zo opgetogen, dat Arie nog alle zeilen moest bijzetten om zich niet beledigd
te voelen.

En nu dreigde dat vrouwtje van nummer 13 zijn goede humeur te
verzieken met haar argwaan. Hij keek fronsend naar haar. Ze keek
fronsend terug.

'Waarmee kan ik u helpen,' vroeg hij de vraag die hij al duizenden keren in zijn leven had gesteld, alleen nu een beetje kortaffer. De vrouw maakte haar blik los van zijn gezicht en liet haar ogen over de inhoud van de koelvitrine gaan. Arie trommelde ongeduldig met zijn vingers op de toonbank. Hij wist natuurlijk niet zeker of zij degene was die de politie had gebeld, maar klanten als deze kon je als slager beter kwijt dan rijk zijn. Vegetariërs konden heel agressief worden, dat wist iedereen. Het gold gelukkig niet voor zijn dochter voor zover hij wist, maar een paar jaar geleden bijvoorbeeld had een collega van hem een heel dierenbevrijdingsfront over zich heen gekregen ten koste van een gloednieuwe koelvitrine. Alleen maar omdat het de man een leuk idee had geleken zijn everzwijnenkop (hij had er net zo een als Arie) op te leuken met een oud, maar nog kek bontmutsje van zijn vrouw. En dan was dit nog een zwangere vegetariër ook. Arie herinnerde zich de stemmingswisselingen van Sté in die periode als de dag van gisteren. Hij zei: 'Iets tegen de ochtendmisselijkheid misschien?' Zure zult, kon hij aanbevelen.

'Pardon?' zei de kleine vrouw en ze keek oprecht verbaasd. Arie voelde dat hij rood werd.

'Nog wat eieren dan?' vroeg hij gauw. Maar voordat ze iets kon zeggen klonk er een ringtone door de zaak. Ook een oud hitje, van hoe heette dat meisje, die uit Den Haag.

De vrouw viste haar gsm uit haar broekzak en keek op het schermpje. Toen drukte ze op een knopje, draaide zich een beetje van Arie en de toonbank af en staarde naar buiten.

'Wát?' zei ze. 'Hou haar dan tegen!' Ze stond even te luisteren en zei toen: 'Ik ga erheen. Weet ik nog niet. Ja, nu.'

Snel liep ze de winkel uit, zonder groeten. Met het open- en dichtgaan van de deur kwam er een pufje stank binnen.

Arie schudde zijn hoofd. Beleefde omgangsvormen waren er vandaag de dag ook al niet meer bij, dacht hij. Maar hij zou zich niet van de wijs laten brengen.

Hij ging naar achteren, pakte het speciale roestvrijstalen bakje dat daar stond, vulde het met water en opende de winkeldeur om het buiten op de stoep te zetten. Voor de honden die straks in de zon moesten wachten tot hun baasjes binnen klaar waren.

Pas toen Arie zich vooroverbukte en het bakje op de stoep zette, besefte hij wat er was gebeurd. Pas toen. Hij staarde naar de stoeptegels en voelde dat hij weer een kleur kreeg. Het was tóch zijn schuld! Min of meer. Waarom had hij er niet eerder aan gedacht? Vanwege Effie? Vanwege zijn handen? Vanwege Sté en Peter Vassaan?

'Dom, dom, dom,' mompelde hij. Hij ging gauw naar binnen.

41

Toen Dido die morgen buiten kwam, drukte ze haastig de flap van haar jas weer tegen haar neus. Foei, wat een lucht! Het werd steeds erger. En de slagerij aan de overkant was gewoon weer open... Ze had gistermorgen de twee politieagenten zien komen en zien gaan, maar die hadden dus helemaal niet ingegrepen. Die waren vast niet opgegroeid met een vader in de kip. Geërgerd draaide ze zich om en ging op weg naar de stomerij. Ze ging haar Armani-jasje ophalen, in de hoop dat de gele vlek eruit was.

De straat stond als vanouds vol geparkeerde auto's. De nieuwigheid van de klinkers begon al te slijten, na de regen in het weekeinde. Binnenkort waren ze net zo grauw als de oude klinkers waren geweest. Honden zouden er hun behoeften op doen (helaas liep niet iedere hondenbezitter met een poepschepje rond), achteloos uitgespuwde kauwgom zou platgelopen worden tot grijze, synthetische korstmossen, er zouden sigarettenpeuken in goten belanden en kijk: daar waaide alweer een of andere snoepverpakking over de straat. Pas toen ze vlakbij was, zag Dido, de flap nog steeds voor haar neus, dat het geen snoepverpakking was, maar een takje met platgereden, gele bloemetjes eraan. Ze was nu bij nummer 13, het huis waar de leuke Stijn zijn schilderijen naartoe bracht. De voordeur stond halfopen en Dido wierp nieuwsgierig een blik naar binnen. Er stond een groot aantal schilderijen op de gangvloer tegen de muur.

Zou Stijn hier gaan wonen? Samen met die vrouw die nummer 13 had gekocht, die met dat roodgeverfde haar? *Erg jammer*, dacht Dido.

Het dunne doek dat het voorste schilderij had omhuld, was half naar beneden geschoven. Omdat het schilderij op z'n kant was neergezet, hield Dido haar hoofd scheef om de afbeelding te bekijken, haar ogen een beetje toegeknepen. Ze moest zich toch sterk vergissen als dat niet...

Er was geen voordeurbel. Op de plek waar hij had gezeten, zaten alleen nog maar een paar kleine schroefgaten in het deurkozijn: er was geverfd. Dido deed een stap opzij en tuurde door het keukenraam. Niemand te zien. Achter haar reed een auto voorbij. Een paar vliegen vlogen van de stoep omhoog.

'Hallo?' riep Dido naar binnen, niet overdreven hard. Er klonk geen antwoord. Met één vinger duwde ze tegen de voordeur om meer licht op het schilderij te laten vallen, maar toen trok ze haar vinger geschrokken terug. De verf was nog nat. Op haar vingertop zat nu een ivoorwitte vlek en op de deur een duidelijk zichtbare vingerafdruk. Daarom stond de voordeur dus open.

'O jee,' mompelde ze en een beetje gegeneerd probeerde ze haar vinger aan haar andere hand af te vegen. Dat maakte het er natuurlijk niet beter op. Nu had ze twéé vieze handen. Zo kon ze moeilijk straks bij de stomerij het Armani-jasje in ontvangst nemen. Ze zou terug naar huis moeten, in de hoop dat de verf eraf zou gaan met water en zeep. Doe-het-zelfspullen als terpentine had Dido niet in huis.

Ze schraapte haar keel en riep nu een beetje luider: 'Hallo?' Hierbinnen hadden ze immers vast wel terpentine? Toen het nog steeds stil bleef, deed ze een aarzelende stap de gang in.

'Is daar iemand? Hallo?'

Ze liep de huiskamer in en keek toen recht in het gezicht van slager Arie Koker. Naast hem stond zijn vrouw Sté.

Ze waren beiden bloot.

Dido Bloemendaal wist een stuk minder van beeldende kunst dan van literatuur, maar had men haar gevraagd de schilderijen te beschrijven toen ze eenmaal het werk hier in de huiskamer van nummer 13 van dichtbij bekeek, dan zou ze termen gebruiken als *rauw* en *realistisch*. Het deed haar nog het meeste denken aan die foto's van hoe heette die ene fotograaf ook alweer, die altijd van die rare modellen had. Te dikke of te kleine mensen, met zwepen of geweien. In eerste instantie moest ze er een beetje om lachen, bijvoorbeeld om Arie en Sté, maar bij de andere doeken verging het lachen haar.

Het waren er met die in de gang erbij een stuk of dertig. Op alle doeken waren mensen afgebeeld, van wie Dido de meesten herkende: het waren bewoners van de Fermatstraat. Behalve de slager en zijn vrouw was er de man die op het feest de toespraak had gehouden (op het doek nog zonder haarimplantaten), en daar was Effie Wijdenes, twee keer zelfs. Ook de buurman met de zwarte labrador had twee doeken. En allen waren naakt.

Haastig liep Dido langs de schilderijen, maar goddank zag ze nergens een portret van zichzelf. Toen ging ze terug naar Arie en Sté en keek in de linkerbenedenhoek. *Stefeneel 6/1* stond er, en een datum. Op een tweede portret van Arie en Sté stond *Stefeneel 6/2*.

Zouden de Fermatstraatbewoners ervan op de hoogte zijn dat Stijn ze had geschilderd? En vooral: *hoe?* Als dat niet zo was, dan mocht hij wel naar andere woonruimte gaan zoeken wanneer ze erachter kwamen. Dido kon zich tenminste niet voorstellen dat men hier in de straat blij zou zijn met hoe men was afgebeeld. Hier en daar was Stijn zelfs een beetje doorgeschoten: om Dido's buurvrouw mevrouw De Boer nou af te beelden met een potje pillen in haar hand... En die man daar naast die vrouw met die grote ogen, die zag eruit alsof hij onder een trein had gelegen.

Kijk, daar was ook Stijn zelf, met zijn eigen familie. Er bestond inderdaad ook een vader Stefeneel, hij stond naast zijn grote vrouw. Dido kneep haar ogen samen en bracht haar gezicht dicht naar het doek. Oh! Die mevrouw Stefeneel...! Wie had dat gedacht?

Dido vergat dat ze hier onuitgenodigd was. Dat de kleine vrouw die dit huis had gekocht, waarschijnlijk raar zou opkijken wanneer ze thuiskwam en Dido in haar woonkamer trof met haar neus op de doeken van Stijn. Dat Stijn het misschien helemaal niet op prijs stelde dat iemand hier naar zijn werk stond te kijken. Ze schrok toen ze in de gang voetstappen hoorde en keek om. Het was Stijn zelf. Hij had nog een schilderij onder zijn arm en een papieren zakje in zijn hand.

Dido kreeg het warm.

'Excuses,' zei ze. 'De deur stond open.' Alsof dat een reden was om onuitgenodigd iemands huis binnen te gaan. Maar Stijn haalde zijn schouders op alsof het hem niet kon schelen. Hij had duidelijk iets anders aan zijn hoofd.

'Dit was niet de bedoeling,' mompelde hij. 'Dit mag pas zaterdag.' Hij zette het doek dat hij onder zijn arm hield op de grond en schudde het papieren zakje leeg. Er zaten pluggen en schroefhaken in.

'Zaterdag?' vroeg Dido nieuwsgierig.

'Expositie...'

Hij pakte een potlood van de vensterbank, keek naar de wanden om zich heen.

'Expositie! Hier?' Stijn ging helemaal niet samenwonen met die kleine vrouw! Hij gebruikte haar alleen maar als expositieruimte!

Stijn pakte een doek en hield het omhoog tegen de muur.

'Wat vind je?' vroeg hij onzeker.

'Hoger,' zei ze.

Ze bleef. Dat Armani-jasje lag voorlopig wel goed bij de stomerij. Was ze een kat, dan zou ze spinnen. Stijn zei weliswaar niet zoveel, maar dat weerhield Dido er niet van om tegen hem te praten, over haar ontzag voor talentvolle kunstenaars en dat er natuurlijk ook een hoop rotzooi werd gemaakt, met name door zogenaamde artiesten die meenden dat het niet begiftigd zijn met enig tekentalent een carrière in de abstracte kunst niet in de weg stond.

Geduldig hield ze doeken omhoog zodat Stijn van een afstand de plek kon beoordelen, zette kruisjes en gaf haken aan. Ze keek naar hem terwijl hij gaten boorde en stelde zich voor hoe het was om zijn model te zijn. Zijn muze...

'Poseerden ze voor je?' vroeg ze even later, toen ze vlak bij hem stond.

'Nee,' zei hij en hij stopte een plug in een van de gaten.

Dido vond het wel leuk, dat artistiek knorrige. En dat hij halverwege het werk een sigaret opstak, dat leerde ze hem wel af.

'Is het een verkooptentoonstelling?' vroeg ze.

'Verkoop...?' mompelde hij, alsof dat nog niet in hem was opgekomen. 'Neuh... eerst maar eens succes.'

Lieve jongen, dacht Dido, zelfs ik weet dat succes en verkoop samenhangen. Dat was in de beeldende kunst niet anders dan in de literatuur. Al zou het in haar ideale wereld anders zijn, in de huidige maatschappij werd de waarde van kunst uitgedrukt in geld.

Door het lawaai van zijn kleine boormachine misten ze beiden de binnenkomst van de kleine vrouw met het roodgeverfde haar. Ook zij leek niet verbaasd over Dido's aanwezigheid. In feite keurde ze Dido geen blik waardig en wendde ze zich meteen tot Stijn. Ze was een beetje buiten adem.

'We moeten haar helpen,' zei ze haastig.

'Wie?' zei Stijn, 'wat?'

'Ik moet een auto hebben,' zei de kleine vrouw. Het klonk heel dringend.

'Ik kan die van m'n vader lenen...' zei Stijn aarzelend.

'Doe dat dan. Nu. Haar leven staat op het spel.'

Toen aarzelde Stijn niet meer. Hij vertrok, de kleine vrouw in zijn kielzog. Dido bleef verbaasd en een beetje ongemakkelijk achter in het huis dat ze onuitgenodigd was binnengegaan, tussen schilderijen die ze nog niet had mogen zien. Ze legde het potlood waarmee ze kruisjes op de muur had gezet terug in de vensterbank. Toen ging ze naar de keuken, waar ze een plastic fles terpentine zag staan. Ze waste er haar handen mee, haar neus opgetrokken tegen de lucht. Ze voelde zich nu vooral teleurgesteld. Het was net zo leuk geweest, samen met Stijn aan het werk. Doodzonde dat die vrouw ertussen was gekomen. Hoe lang zou het duren voor ze terug waren? Ze keek om zich heen. Ze wilde weg, maar twijfelde of ze dan de voordeur weer moest laten openstaan vanwege de verf. Wie weet wat er zou gebeuren als er nog iemand uit de straat besloot om binnen een kijkje te nemen. Mensen zouden best weleens heel boos kunnen worden als ze het werk van Stijn zagen. Dido nam een besluit, ging naar buiten en trok de deur ferm achter zich dicht. In het ergste geval moest die kleine vrouw de boel nog een keer overschilderen. Wat kon dat Dido eigenlijk schelen? Dido koos voor Stijn.

Ze besloot het Armani-jasje tot morgen te laten wachten en liep naar huis. Halverwege de straat kwam ze slager Arie tegen, die met een mes in zijn hand voorovergebogen naar de straatstenen stond te turen. Toen hij haar voetstappen hoorde, keek hij op en zei: 'Sorry, sorry.'

'Pardon?' vroeg Dido.

'Het is mijn schuld. Ik had het moeten bedenken. Ik had het kunnen weten.'

'Wat had u moeten weten?'

'Het gevallen vlees! Het is erin gereden. Of erin getrapt. Alles zit onder.' Hij wilde haar laten zien wat voor prut hij tussen de klinkers uitpeuterde, maar Dido deed haastig een stapje achteruit. Ze herinnerde zich de schalen die op de grond vielen toen Effie onderuitging op het feest. Toen dacht ze aan de regen die was gevallen en aan de stratenmaker.

'Het is *ingewassen*,' zei ze.

'Gewassen?' zei Arie. 'Gewassen weet ik niet. Maar het zit overal tussen. En het stinkt.'

Dido begon te lachen.

'Wat suf,' zei ze. 'Dat had iedereen kunnen bedenken die op het feest was.'

'Iedereen...' herhaalde Arie peinzend en zijn gezicht klaarde een beetje op.

Dido ging haar huis binnen. Ze maakte een zak chocotoffees open, ging ermee in de woonkamer zitten, staarde naar de donkergroene conifeer in haar kleine achtertuintje en dacht aan Stijn Stefeneel.

42

Rechts was een balie waar een agent achter stond, links een wachtruimte met een rij plastic stoelen. Er zaten twee mensen: een oude, boos kijkende junk zonder tanden en een man met een verveeld gezicht.

Maria liep naar de balie.

'Moet ik mij hier melden?' fluisterde ze.

'Dat mag,' zei de agent en hij pakte een formulier. 'Zegt u het maar.'

'Ik kom aangifte doen.' De buitendeur van het politiebureau ging open. Er kwamen mensen binnen, die vlak achter haar gingen staan. Maria voelde de moed haar in de schoenen zinken.

'Ja?' zei de agent. 'Aangifte van...'

Een moord! Ik heb mijn man vermoord!

'Mijn fiets,' zei ze na een paar seconden. Ze slikte. 'Mijn fiets is gestolen.'

De agent knikte. Hij gaf haar een nummertje. Ze mocht in de wachtruimte plaatsnemen tot ze aan de beurt was.

Toen ze op een van de plastic stoeltjes zat, zo ver mogelijk bij de anderen vandaan, veegde ze zweetdruppels van haar bovenlip. Ze hoopte dat ze straks apart werd genomen. Ergens in een kantoortje. Anders durfde ze niet. Ze keek naar het nummertje dat ze in haar handen had. Nummer 139.

Wat zou er gebeuren, nadat ze had gezegd wat ze zou moeten zeggen? Sloegen ze haar meteen in de boeien en voerden ze haar af naar een cel in de kelder van het bureau? Kreeg ze de kans om uit te leggen *waarom* ze het had gedaan?

Een agent kwam nummer 137 ophalen. Het was de junk. Hij stond op en liep met de agent mee naar een deur. Toen ze in de kamer erachter verdwenen, dacht Maria: gelukkig. Je werd inderdaad apart genomen.

Ze staarde naar de toegangsdeuren in de hal. *Zou ze zich beter voelen na haar bekentenis? Opgelucht? Verlost?* Ze keek weer naar het nummertje dat ze in haar hand had en dacht: waarschijnlijk geloven ze me niet. Waarschijnlijk beginnen ze te lachen, in het beste geval verwijzen ze me naar een instelling voor geestelijke gezondheidszorg.

De mensen die net het bureau waren binnengekomen kwamen ook in de wachtruimte zitten. Maria bleef naar haar handen kijken. *Maar dan heb ik het toch gezegd*, dacht ze. Dan kan ik het verder ook niet meer helpen. Dan kan ik er verder ook niets meer aan doen.

43

De Opel van zijn vader stond in de straat en Stijn had dus alleen even tijd nodig gehad om nummer 16 binnen te gaan en zijn vader de sleutels af te troggelen. Het smoesje van *ezels halen* en *hout voor spieramen* had hij vaker gebruikt en werd geloofd. Zijn vader was lang zo moeilijk niet als zijn moeder en niet half zo argwanend. Dat ezels zelden per dozijn gaan en het hout voor spieramen ook op de fiets meegenomen kan worden – daarvan had hij geen benul.

Nu zat Stijn in de auto met George naast zich op de passagiersstoel. Ze zat op het puntje en leunde voorover alsof het dan sneller zou gaan.

'Naar de Gifbeker, neem ik aan,' zei hij terwijl hij uitparkeerde. Berend Gerbel zou daar wel voor de deur staan schreeuwen. Hoe zou hij Maria hebben gevonden? Via vriendjes bij de gemeente? Of was hij haar toevallig ergens tegengekomen en was hij haar gevolgd? Misschien had hij weer gedronken en bedreigde hij het hele safehouse! Stijn rechtte zijn schouders en gaf gas. Dit keer zou hij Maria niet in de steek laten. Hij zou het voor haar opnemen, hij zou Berend op een of andere manier tegenhouden. Desnoods sloeg hij hem voor zijn bek, dacht Stijn, al was hij niet erg goed in vechten.

'Nee,' zei George. 'Naar het politiebureau.'

Afkickcentra, blijf-van-mijn-lijfhuizen... tuurlijk, daar konden *politiebureaus* ook nog wel bij. Stijn remde abrupt omdat slager Arie van achter een geparkeerde auto tevoorschijn kwam met een mes in zijn hand. George stootte bijna haar hoofd tegen de voorruit. Arie boog zich aan de overkant van de straat voorover en begon met het mes tussen de straatklinkers te peuteren. Stijn staarde ernaar.

'Alsjeblieft,' zei George smekend. 'Rij nou.'

Hij gaf weer gas, maar niet meer zoveel.

'Wat doet Maria op het politiebureau?' vroeg hij.

'Sneller,' zei George. Het was voor het eerst dat hij iets wanhopigs in haar stem hoorde. Het paste niet bij haar. George had altijd alles onder controle.

'Op het politiebureau is ze toch veilig?' zei hij terwijl hij het gaspedaal iets verder indrukte. Het beeld van een Berend die voor het safehouse stond te schreeuwen was verdwenen. 'Zo'n haast hebben we toch niet?'

'Maria maakt een fout,' zei George zacht. 'Ze denkt dat ze moet bekennen dat ze haar man Berend heeft vermoord. Hier kun je links, dat is korter.'

Hij schakelde.

'Denkt Maria dat ze Berend heeft vermoord?' Het idee was zo absurd dat hij in de lach schoot. 'Hoe? Met rattengif?'

'Maria *denkt* niet dat ze Berend heeft vermoord,' zei George, 'Maria *heeft* Berend vermoord. Ze heeft hem de schedel ingeslagen.'

Stijn zat zo stil als je kunt zitten terwijl je een auto bestuurt en keek strak voor zich uit. Ze maakte een geintje. Hoopte hij. Maar: *nee,* zei ze. Het was bepaald geen geintje. De haartjes op zijn onderarmen gingen overeind staan. Hij remde voor een rood stoplicht.

'Het was door Maria dat ze geen lot hadden,' zei George. Ze keek niet naar hem maar naar het stoplicht alsof ze het met haar blik kon dwingen op groen te springen. 'Het was door Maria dat ze geen 1,1 miljoen euro wonnen.' Nu wendde ze haar blik van het stoplicht af en keek hem aan.

'Jij kende Berend. Jij wist waartoe hij in staat was. Het was hij of zij.'

Het licht sprong op groen en hij trok op. In zijn hoofd had de schreeuwende Berend plaatsgemaakt voor een Berend met een ingeslagen schedel. Hij dacht aan zijn schilderij, het portret van de verfomfaaide Berend naast Maria-met-de-grote-ogen.

'Maar waar is hij dan?' vroeg hij.

'Onder de grond,' zei George. 'In feite ben je daarnet over hem heen gereden.'

Berend lag in de straat! Er lag een lijk in de Fermatstraat! Ineens schoot Stijn de opmerking van Frances te binnen. *Ik ga niet op een fucking kerkhof wonen.* Was Frances er ook bij betrokken? Geen wonder dat die het dan niet zag zitten om naar de Fermatstraat terug te gaan. Maar waarom was het lijk van Berend niet gevonden tijdens de werkzaamheden aan het riool? De hele straat had opengelegen! Hij dacht aan de trilplaat en toen dacht hij aan Effie. Gestampte muisjes. Wist Effie er ook van? Was zijn alcoholistische buurvrouw misschien wakker geweest op momenten dat alle anderen sliepen?

Stijn hoopte dat hij de laatste halve kilometer naar het politiebureau af kon leggen zonder misselijk te worden en probeerde vooral niet te denken aan de stank die er de afgelopen dagen in de Fermatstraat hing. Wat stond Arie daarnet trouwens met dat mes tussen de straatstenen te peuteren?

'Wie weet ervan?' vroeg hij. 'Frances? Effie? Arie?' Hij zag uit zijn ooghoek dat George geschrokken naar hem keek.

'Nee...' zei ze. 'Dat hoop ik niet.'

Ze begon te vertellen, over *die avond* en over de angst en de paniek van Maria. Over het gelukje van het gat dat in de straat werd gegraven, pal voor nummer 13, en over de kuil die Sam en Wim groeven op de bodem van dat gat. Toen ze Stijns gezicht zag, voegde ze toe: 'Het was hij of zij. Dat snap je toch wel?' Ze zei het alsof ze zijn goedkeuring wilde. Hij zei niets terug.

'Als jij je mond opendoet, dan breng je Maria in grote problemen,' ging ze verder. 'En mij. En het safehouse. En de vrouwen in het safehouse. En Sam en Wim... en je expositie.' Dit was weer de George zoals hij haar kende.

Hij remde voor de deur van het politiebureau. George sprong de auto uit en rende naar binnen. Stijn legde zijn voorhoofd op het stuur en haalde diep adem. Hij had het gevoel dat hij in een film zat die zijn film niet was. Pas toen de ergste misselijkheid was weggetrokken, durfde hij weer rechtop te gaan zitten. Hij staarde naar de deuren van het politiebureau en vroeg zich af wat hij wilde dat er nu zou gebeuren. Wilde hij dat George en Maria zo samen naar buiten kwamen? Of wilde hij eigenlijk liever dat ze te laat waren, dat Maria haar bekentenis al had afgelegd? *Maria heeft een moord gepleegd.* Als Maria had bekend, dan zou George ook binnen blijven. Als medeplichtige. Hoe medeplichtig was hij zelf eigenlijk, juridisch gesproken, als hij zijn mond hield nu hij op de hoogte was van een moord? Het werd trouwens nog een hele kunst om te bewijzen dat hij er *niet* van op de hoogte was geweest, gezien het portret van Berend dat hij al minstens twee maanden geleden had geschilderd.

Hij dacht aan de expositie. Vier jaar had hij gewerkt om zover te komen. Vier jaar van zwoegen en zwijgen. De expositie moest doorgaan. Dit was de kans om in één keer af te studeren (liefst cum laude of zoiets), naamsbekendheid te verwerven én zijn ouders, broers, zus en de rest van de straat te tonen dat hij geen lapzwans was. Dat hij hard had gewerkt. Dat hij iets kon.

De toegangsdeuren van het bureau bleven dicht en opnieuw liet Stijn zijn voorhoofd op het stuur zakken. Hij wist dat hij Maria niet zou verraden. Niet voor de tweede keer. Maria-met-de-grote-ogen. Zijn muze. Zijn vleesgeworden schuld.

44

En toen werd het zaterdag.

Dido werd die morgen vroeg wakker en bedacht: een kunstenaar behoeft niet alleen muzen en modellen, maar ook een manager. Geen succesvol artiest zonder agent, iemand met een beetje zakelijke vechtlust. Stijn had iemand nodig die zijn belangen behartigde bij galerieën en die tentoonstellingen organiseerde. Het was wel duidelijk dat hij zelf geen verstand had van die dingen. En als Stijn eenmaal zou ontdekken hoe geschikt Dido voor de rol was, dan zou hij vast net zo geïnteresseerd naar haar kijken als hij naar de vrouw met het roodgeverfde haar deed. Het ging er tenslotte om dat je iets te bieden had.

Dido maakte zich zorgvuldig op, trok het Armani-jasje aan dat goddank zonder vlek van de stomerij was teruggekeerd (en dat Stijn nog niet had gezien) en verlangde voor het eerst sinds de lagere school dat ze een bril kon opzetten. Zo'n moderne. Bij gebrek aan een bril deed ze iets rodere lippenstift op dan ze normaal deed, rechtte haar schouders en ging op weg naar nummer 13.

Ze was de eerste, alleen Stijn was er al. Hij keek verrast door haar vroege komst, maar niet verstoord, en toen de eerste bezoekers kwamen, stapte Dido hen meteen tegemoet om ze welkom te heten. Ze leidde het groepje rond en zag dat er zorgvuldig aantekeningen werden gemaakt.

'Kan ik u koffie aanbieden?' vroeg ze na een tijdje en toen de dames en heren een beetje verbaasd knikten, ging ze naar de keuken.

Daar zat Stijn en inmiddels ook de vrouw met het roodgeverfde haar. Ook de vrouw had zo te zien haar best gedaan zich representatief te kleden. Dido stak haar kin omhoog. Het ging er niet alleen om hoe je eruitzag, je moest er ook iets voor doen, dacht ze. Ze boog zich naar Stijn en fluisterde: 'Ik denk dat deze mensen weleens iets zouden kunnen gaan kopen.'

'Dat denk ik niet,' fluisterde Stijn terug. 'Het is de examencommissie van de kunstacademie.'

Dido haalde diep adem om deze kleine blunder te verwerken, maar lachte toen en zei: 'Straks komen er vast en zeker mensen die willen kopen. Het is jammer dat je geen prijslijst hebt gemaakt.' Ze wendde zich naar de vrouw.

'Het kan in elk geval geen kwaad de dames en heren van de commissie van koffie te voorzien,' zei ze.

De vrouw knikte naar het koffiezetapparaat.

Het werd snel druk. Dido had haar handen vol aan het ontvangen en rondleiden van mensen – vooral omdat er hier en daar wat schrik weggemasseerd moest worden en opkomende woede gesust.

'Het is een kunstenaar,' zei ze keer op keer. 'Het is zijn persoonlijke visie op de mensen om hem heen en op hun verhalen. Het is werkelijk bijzonder, vindt u niet?'

De moeder van Stijn, die om halfelf binnenkwam en om vijf over halfelf vertrok met een mond als een streep, had haar na die opmerking aangekeken met een dodelijke blik. Maar het aardige oude dametje dat even later binnenkwam, glimlachte opgewekt naar de afbeelding van haar eigen, rimpelige lijfje.

'Ik vond het altijd al zo'n vriendelijke jongen,' zei ze. 'Ik heb hier jaren gewoond, weet u.' Dido keek nieuwsgierig naar haar. Dit moest de oude dame zijn die multimiljonair was geworden en die door toedoen van haar zonen en meneer De Boer haar huisje had verlaten. Dit was de schuld van meneer De Boer.

'Ja, ja,' glimlachte het dametje. 'Nu woon ik in een verzorgingshuis.' Ze legde haar droge, oude hand op Dido's onderarm. 'Ik zag er nogal tegenop, maar ik kan niet anders zeggen: het is fan-tas-tisch.

Ze zijn allemaal zo aardig.' Ze gaf Dido een knipoog. 'Na mijn dood komen ze er nog wel achter hoezeer ik dat waardeer. Dan kunnen in de toekomst ook de mensen ervan genieten die minder gefortuneerd zijn dan ik.'

In de loop van de dag kwamen de berichten bij de slagerij binnen.

''t Is een godgeklaagde schande,' hoorde Arie van de vrouw van de moeilijke schoenen.

'Ik vind het wel grappig,' zei Peter Vassaan.

Sté, die sinds een paar dagen weer gewoon meehielp in de winkel, leek er nauwelijks naar te luisteren. Sté was natuurlijk veel te vol van haar eigen verhaal: het was vandaag haar laatste dag. Morgenmiddag vloog ze weg en Sté zat nu al met haar hoofd in de wolken. Arie echter luisterde wel en aan het eind van de middag barstte hij van nieuwsgierigheid naar wat die maffe Stefeneel had uitgevreten.

'Ik moet even een stukje lopen,' zei hij tegen Sté. 'Ik heb pijn in mijn rug.' Hij realiseerde zich dat hij een smoes bedacht nog voordat hij had overwogen of hij niet gewoon de waarheid kon zeggen. Misschien vond Sté het immers prima dat hij even op de expositie wilde kijken, dat wist hij eigenlijk helemaal niet. Het kwam door Peter Vassaan, dacht Arie, dat hij anders naar de dingen ging kijken.

Toch was dat van die rug ook waar en dat kwam doordat hij gisteren bijna de hele dag in de weer was geweest met een hogedrukreiniger. Niet alleen het stuk voor de slagerij had hij gedaan: in een wolk van stoom en herrie had Arie de hele Fermatstraat schoongespoten, van de Pascalweg tot aan de Albert Einsteinsingel. Hij was daardoor de hele dag het mikpunt geweest van heel flauwe opmerkingen en nog veel flauwere grappen, maar hij had het met opgeheven hoofd en een blij gemoed doorstaan. Hij had zich een boeteling gevoeld, alsof zijn lawaaierige tocht door de Fermatstraat niet alleen de straat van smetten ontdeed, maar ook hemzelf, alsof het een 'penitentie' was. Raar, want dat woord kwam uit een heel andere kerk dan die waarin hij was opgevoed. Hij zou het er nog weleens met Peter over hebben.

Hij zag dat de deur van nummer 13 wijd openstond en dat er achter het keukenraam twee met de hand beschreven stukken karton hingen. Op het ene stond EXPOSITIE STIJN STEFFENEL, met daaronder in iets kleinere letters *toegang gratis*. Op het andere stond TE KOOP en daaronder in een ander handschrift: *(het huis)*.

Binnen liepen wel twintig mensen rond. Er waren er die geschokt keken en er waren er die liepen te lachen. Stijn zelf zat in de keuken te praten met een vrouw die tegen het aanrecht leunde. Pas na twee keer kijken herkende Arie haar als de vegetariër die dit huis had gekocht. Vandaag droeg ze geen zwarte overall of te grote trui, maar een jurkje. Bovendien had ze haar haar opgestoken. Noch zij, noch Stijn zag Arie: ze gingen helemaal op in een ernstig gesprek.

Arie ging naar de schilderijen. De muren in de gang waren bedekt tot aan het trapgat en ook de huiskamer hing vol. Op het moment dat hij de doeken bekeek, begreep Arie de gemengde reacties die hij in de winkel had gehoord. Op alle schilderijen stonden mensen die hij al jaren kende, maar niet zoals ze er nu bij hingen.

'Tjongejonge,' zei hij en hij krabde zich achter zijn oor. Hij keek naar mevrouw De Boer, met op haar buik het litteken van de keizersnede waaruit Frances werd geboren. Hij keek naar de baas van de zwarte labrador, met het litteken van zijn heupoperatie. Bij de dikke man die op 19 had gewoond, had het klieven van zijn borstbeen voor een openhartoperatie de nodige tekens achtergelaten en bij de vrouw van de moeilijke schoenen de amputatie van haar linkerborst. De vrouw van 12 had psoriasis op haar onderbenen, Peter Vassaan bleek besneden, de man die op 17 had gewoond, had een stoma. Hij was geschilderd inclusief zakje.

Stijn had iedereen bloot geschilderd en zo al het leed tentoongespreid dat hij bij de slager over de toonbank had horen gaan (en ook nog een beetje van wat hij had opgepikt in de wachtkamer van de huisarts op de Pascalweg). Alleen het kindje van Peter Vassaan was een vlekkeloos engeltje, dat ook op de tweede afbeelding van het gezin hoopvol de wereld inkeek. De meeste andere 'tweede' portretten straalden teleurstelling uit en gek genoeg ook iets van schaamte. Het waren portretten van na de loterij.

Rechts in de huiskamer trof Arie zichzelf, naast zijn Sté. Ook tweemaal. Hij bedacht dat hij waarschijnlijk boos zou moeten worden, maar eigenlijk moest hij lachen. Alleen die buik was wat overdreven.

'Indrukwekkend, nietwaar,' hoorde hij achter zich. Hij keek om. Het was Dido Bloemendaal. Ook zij zag er vandaag anders uit dan anders, ze had dat chique colbertje weer aan en droeg hoge hakken en rode lippenstift.

Ze draaiden zich beiden om toen er rumoer klonk in de gang. Frances de Boer was binnengekomen. Het nieuws over de expositie was kennelijk al over de straatgrenzen heen gegaan.

45

Toen Dido Frances de Boer zag, hield ze haar goed in de gaten. Ze wist als geen ander wat voor hysterie zich ineens van die pubers meester kon maken, zeker als ze zichzelf ineens bloot aan de muur zagen hangen.

Natuurlijk ging Frances meteen op zoek naar zichzelf. Toen ze de twee portretten van haar gezin had gevonden, sloeg ze een hand voor haar mond en begon met hoge uithalen te gieren.

'Kut, Stefeneel,' riep ze in de richting van de keuken, 'dat had je weleens mogen vragen, lul.' Frances verwoordde daarmee waarschijnlijk wat tamelijk veel mensen die zichzelf hier zagen hangen, dachten.

'Ik krijg geld van je,' riep Frances daarna en toen een paar mensen om haar heen begonnen te lachen, zei ze: 'Ja! We hebben recht op geld als je ons als model gebruikt.'

Stijn antwoordde iets, maar Dido verstond niet wat hij zei. Frances begon langs de andere doeken te lopen en steeds harder te lachen – totdat ze bij de twee schilderijen kwam van Berend en Maria Gerbel. Ze hingen rechts in de huiskamer. Frances viel stil en stond even als aan de grond genageld. Daarna draaide ze zich om en rende het huis uit, door iedereen nagestaard. Even deed niemand iets, toen ging Dido Bloemendaal haar achterna. Geen hysterische taferelen op straat, a.u.b.

De schoonmaakactie van slager Arie had in elk geval tegen de stank geholpen. Dido snoof de frisse buitenlucht op, sloeg haar armen om zich heen, keek links en rechts de vlekkeloze straat in, maar vond Frances pas toen ze het geluid hoorde van een neus die werd opgehaald. Het meisje zat op de stoeprand tussen twee geparkeerde auto's. Er kwam een blik van herkenning in haar met te veel kohl omrande ogen toen ze opkeek.

'Jij was het toch die mama wakker maakte?' zei ze.

'Ja, nee, dat was... Hoe gaat het met je moeder?' zei Dido.

Frances keek weer naar de straat en haalde haar schouders op.

'Goed. Denk ik.'

'Waarom ga je niet gewoon naar huis?' zei Dido ongeduldig. 'Dat lijkt me veel beter voor jou en erg fijn voor je moeder.' Ze probeerde streng te klinken, maar kon het niet helpen dat ze ook medelijden had met de veertienjarige. De kohl was uitgelopen waardoor ze iets van een wasbeertje had en Frances had nu ook weer die bange blik in haar ogen. Dido liet zich met enige moeite naast haar op de stoeprand zakken.

'Hij sloeg, weet je,' zei Frances ineens. *Wie?* dacht Dido gealarmeerd. *Wie sloeg wie?* Was er iemand die Frances sloeg? Tóch haar vader? Of was er een jongen op haar school die zijn handen niet thuis kon houden? Dido probeerde te bedenken wat ze zelf had gewild dat verstandige volwassenen indertijd tegen haar hadden gezegd. Anders dan het advies van haar vader om erop los te slaan.

'Het ligt niet aan jou,' zei ze. 'Het is niet jouw schuld.'

Daar dacht Frances even over na.

'Maar als je van iets afweet,' zei ze toen, 'dan ben je toch... hoe heet dat? Dat je erbij hoort, zeg maar.'

'Medeplichtig?' vroeg Dido.

'Zoiets ja.'

Frances werd dus niet gepest, Frances was een van die NSB'ers in de klas die erbij stonden en toekeken! Dido schoof een stukje van haar af.

'Doe dan wat,' zei ze. 'Zoek hulp. Ga naar een mentor of zo. Zeg in elk geval iets tegen iemand.'

'Oké,' zei Frances tot haar verbazing. 'Ze heeft hem vermoord en toen begraven. Zo.'

Dido schoot in de lach.

'Toe maar,' zei ze.

Frances keek haar verwijtend aan.

'Het is echt waar, hoor. Ik heb het gezien. Nou ja, niet dat ze hem vermoordde maar wel dat ze hem begroeven.'

'Wat? Wie? Waar?'

'Nou, zo ongeveer hier,' zei Frances en ze wees naar de straatklinkers vlak voor zich.

'Ja hoor,' zei Dido ongelovig. Dat was ook nog zoiets met die pubers, die ongebreidelde fantasie, gevoed door foute soaps.

Tot haar verbazing begon de veertienjarige weer te huilen. Ze geloofde kennelijk zelf wél in wat ze verzon.

'Ik ben een keer naar huis gegaan, weet je,' zei Frances tegen de straatstenen, 'op een nacht. Dat was nog maar in het begin, maar ik was het zat om steeds naar een ander huis te moeten. Zo leuk was dat nou ook weer niet. En ik had geen schone kleren meer en ik had ook nog m'n mobieltje thuis laten liggen.' Zonder iemand iets te zeggen was ze daarom lopend van haar onderduikadres naar de Fermatstraat gegaan. Het was hartstikke ver geweest en het was koud en het was superklote omdat ze de hele tijd alleen maar kon denken aan dure kleren, een verwarmd eigen zwembad, een stal met paarden en een tripje naar New York.

'Je kunt maar beter zeker weten dat het allemaal nooit voor jou is weggelegd, dan dat je het bijna hebt gehad, weet je,' zei ze en ze veegde een jasmouw over haar neus. 'Als je ouders niet zo fucking stom waren geweest.'

'Nou, nou,' zei Dido. Achter hen kwam slager Arie naar buiten. Hij liep vlak langs ze op weg naar de slagerij, maar Frances leek nu vastbesloten Dido's advies om in elk geval iets aan iemand te zeggen ter harte te nemen en bleef gewoon doorpraten.

'Toen ik hier in de straat kwam, zag ik Maria en nog een paar mensen, die ik niet kende.'

Maria, dacht Dido, daar had je Maria weer. Ze dacht aan wat Peter Vassaan op het feest over deze Maria had verteld.

'Ze stonden in het donker te fluisteren,' zei Frances, 'en er was er een aan het graven.' Het was haar meteen duidelijk geweest dat er iets stiekem gebeurde, alsof er een schat begraven werd. En het was natuurlijk nooit weg om te weten waar een schat begraven ligt, had ze gedacht, gezien wat haar net was overkomen met de loterij. Ze was dus achter een geparkeerde bestelbus blijven staan.

'Toen kwamen ze ermee naar buiten. Gadverdamme, echt *horror*.'

'Wat?'

'Meneer Gerbel. In vuilniszakken.'

Dido staarde naar haar.

'Dat was de man van Maria,' zei Frances. 'Dat was degene die haar sloeg.'

Dido zweeg. Wat moest ze hier nou van vinden?

'Maar...' zei ze en ze probeerde na te denken. 'Maar...' begon ze nog een keer, 'hoe wist je dat het meneer Gerbel was als hij in vuilniszakken zat?'

De vraag was even logisch als volslagen absurd.

'Ze zei het. Maria stond erbij en had het over *Berend*. Alsof ze het erg vond, maar toen zei een van die anderen die erbij waren dat ze die klootzak geen dag te laat de hersens had ingeslagen. Dat hij het verdiende.'

Frances keek opzij.

'Weet je wat ik denk,' zei ze. 'Ik denk dat Maria geen lot mocht kopen van haar man. Dat ze daarom, toen de straat won... nou ja, dan kun je je wel voorstellen dat...' Ze stond abrupt op en veegde stof en zand van haar kont.

'Zit er wat?' zei ze en ze draaide haar billen naar Dido.

'Nee,' zei Dido.

Frances keek opgelucht.

'Nou heb ik het gezegd,' zei ze. 'Dat moest toch?' Ze lachte onzeker. 'Nou is het jouw probleem. Ben jij ook medeplichtig.' Ze keek de straat in en zei: 'Nou ga ik naar huis.' Ze liep weg. Pubers waren vooral onnavolgbaar, dacht Dido.

Maar ze had nu wel iets om met Stijn te delen.

46

Toen Dido Bloemendaal nummer 13 weer binnenkwam, had ze een geschokte uitdrukking op haar gezicht. Stijn, nog steeds in de keuken, keek er bezorgd naar. *Wat nou weer?* Ze kwam naar hem toe en vroeg met veel pathos: 'Heb je een borrel?'

Was het maar waar. Zijn adrenalinespiegel was met een klap tot nul gedaald na het bezoek van de examencommissie vanmorgen. Zelfs de komst van zijn moeder had hem niet meer kunnen opwinden, ook niet toen ze met een kwaad gezicht vertrok.

'Blijf zitten,' zei Dido. 'Ik ga een fles wijn halen. Ik moet je straks iets bizars vertellen.'

Hij bleef zitten, maar vooral omdat hij uitgeput was. Er liep nu nog een handjevol mensen door het huis, maar hij was te moe om naar ze toe te gaan. Misschien dat George bij ze was, hij wist eigenlijk niet waar zij was gebleven. Het had hem toch al verrast dat ze was gekomen vandaag. Ze had tenslotte genoeg aan haar hoofd.

Hij glimlachte een beetje bitter voor zich uit. *Genoeg aan haar hoofd* was zwak uitgedrukt. Hijzelf althans vond het tamelijk heftig om deelgenoot te zijn aan een moord. *Het was hij of zij,* hoorde hij George in zijn hoofd weer zeggen, maar hij wist nog steeds niet of hij blij moest zijn dat ze woensdag op tijd waren geweest, dat Maria in het politiebureau nog op haar beurt had zitten wachten.

George was in de wachtruimte naast haar gaan zitten, vertelde ze toen ze op de terugweg waren.

'Wat heb je gezegd?' had ze gefluisterd. Maria was rood geworden. Ze zweeg een tijdje en bekende toen: 'Ik durfde niet. Ik heb gezegd dat mijn fiets is gestolen.' Ze was een beetje hysterisch gaan lachen. 'Ik heb niet eens een fiets.'

George keek naar de agent achter de balie, pakte Maria's hand en had haar meegetrokken, de hal van het bureau door naar buiten.

'Misverstandje,' riep ze naar de agent. 'Ik had hem even geleend.'

Terwijl ze het vertelde, kon Stijn zijn ogen bijna niet van het achteruitkijkspiegeltje losmaken. Maria keek vanaf de achterbank niet terug, ze staarde naar buiten. Het was of ze zich geneerde voor haar onbezonnen actie, die, zoals George niet ophield uit te leggen, iedereen in gevaar had gebracht.

Maria zal ermee moeten leren leven, dacht Stijn. Ze kan niet meer terug. *En ik ook niet.* Het benauwde hem.

George leek echter vooral opgelucht. Ze keek naar Stijn alsof ze hem voor het eerst zag en alsof het allemaal dankzij hem was dat het in orde zou komen. Toen Maria al was uitgestapt en voor de deur van het safehouse stond te wachten, toen had George haar handen om zijn gezicht gelegd en hem op zijn mond gekust. Het gaf hem het gevoel dat ze hem, ondanks de sprookjes die haar *niet* waren voorgelezen, zag als de reddende prins op het witte paard. Als je de beige Opel van zijn vader als wit paard wilde zien.

Dido Bloemendaal kwam de keuken weer in, een fles wijn in de ene, twee glazen en een kurkentrekker in de andere hand. Ze keek nog steeds geschokt. Ze gaf de fles aan Stijn, plofte op een keukenstoeltje en vroeg, toen hij de fles begon te ontkurken: 'Ken jij een meneer Gerbel?'

De kurkentrekker schoot bijna van de kurk in zijn hand.

'Hoezo?' vroeg hij, om tijd te winnen.

'Om wat Frances de Boer me zonet vertelde,' zei Dido. Ze schoof haar stoeltje dichter naar dat van hem en trok een samenzweerderig gezicht.

Hij schonk de wijn in.

'Het zal vast niet waar zijn, maar Frances beweert dat meneer Gerbel hier in de straat begraven ligt.' Dido lachte ongelovig en schudde haar hoofd. Hoe zo'n kind erbij kwam!

Natuurlijk moest hij nu zeggen dat hij van niets wist. Dat hij meneer Gerbel niet echt had gekend en niet begreep waar Frances het over had. Zo moest het voortaan altijd. Hij zou de rest van zijn leven moeten liegen, omdat je iets wat je eenmaal weet niet meer niet kunt weten. Al was het maar omdat in zijn hoofd zijn examen voor altijd gekoppeld zou zijn aan de moord. Maar hij was te moe en Dido had hem met haar vraag overvallen. Zijn reactie kwam te laat. Hij zag dat ze hem met open mond aanstaarde.

'Het is niet wáár,' fluisterde ze en daarna tamelijk onlogisch: 'Het is waar! Jij weet er óók van. Waarom ga je in 's hemelsnaam niet naar de politie?'

'Geen politie,' zei hij moeizaam. Om Maria, dacht hij, om het safehouse, om George, om Frances en Effie en misschien ook om Arie, om de expositie... Hij nam een grote slok wijn.

'Hij zou Maria doodgeslagen hebben als ze zich niet had verdedigd,' zei hij. 'Ik heb haar nog nooit zonder blauwe plekken gezien.'

George kwam de keuken binnenvallen.

'Je gaat slagen, Stefeneel,' zei ze opgewekt. Ze keek naar de wijnfles, pakte een van haar grote koffiemokken uit een keukenkastje en schonk zichzelf in. 'De commissie was onder de indruk vanmorgen, dat kon ik zien, en de pers daarnet ook.'

Ze leunde tegen het aanrecht, keek naar Dido en nam een slok. Dido knikte naar haar, richtte toen haar blik weer op Stijn en leunde naar hem toe. Zacht zei ze: 'We hebben het er nog wel over. Voorlopig blijft het tussen ons.' Daarna zei ze luider: 'Ja, ik denk ook dat het een succes was. Gefeliciteerd, Stijn.' Ze legde vertrouwelijk een hand op zijn schouder en knipoogde.

Hij zag George kijken en omdat hij zich geen raad wist met de situatie, stond hij op en liep zonder iets te zeggen naar de huiskamer. De laatste bezoekers vertrokken en de kamer raakte leeg. Even stond hij in zijn eentje om zich heen te kijken, een laatste keer, naar al dat werk. Het was voor vandaag afgelopen.

's Maandags bleek de examencommissie tevreden en de eerste recensie die in de krant verscheen, was zelfs behoorlijk jubelend. Ze dronken er 's avonds op, hij en George, in de huiskamer van nummer 13. Die situatie zou Stijn een week geleden waarschijnlijk nog erg blij hebben gemaakt, maar hij werd er nu een beetje nerveus van. Na de eerste fles vroeg hij zich bovendien bezorgd af of het eigenlijk wel goed was dat ze dronk, vanwege de zwangerschap. George keek hem verbijsterd aan toen hij er iets over zei.

'Zwanger,' lachte ze. 'Denk jij dat ook al. Waarom weet ik daar zelf eigenlijk niets van?' Blozend had hij proberen te bedenken hoe hij er ook alweer bij kwam. Het had iets te maken met Peter Vassaan en katten... Ze schudde ongelovig het hoofd.

'Dit is echt een heel rare straat,' zei ze. Toen keek ze om zich heen naar de portretten aan de muur en zei: 'Dat klopt vast ook niet allemaal.' Ze stond toen met haar rug naar het portret van Berend en Maria.

Ze gingen naar de keuken om de tweede fles wijn te halen. Hij maakte hem aan het aanrecht open en George keek langs hem heen naar buiten.

'Daar is je aanbidster,' zei ze geamuseerd. Verbaasd keek hij om en zag Dido Bloemendaal voor het keukenraam op de stoep staan. Ze had de krant van die dag onder haar arm. Hij kreunde. Dido Bloemendaal was hem nu een beetje te veel.

George wist er wel wat op. George ging tussen hem en het raam staan alsof ze Dido niet had gezien, sloeg haar armen om Stijns nek en begon hem te zoenen. Zonder iets te vragen. Maar ja, George vroeg zelden iets.

De volgende ochtend werd Stijn uit zijn bed gehaald door de politie. Ze waren gebeld door de overburen op nummer 15, zeiden ze. Geschrokken ging hij met ze mee. Op nummer 13 keken ze een tijdje zwijgend naar het gebroken glas van de tuindeuren, de baksteen op de huiskamervloer en de schilderijen aan de muur. Of daar iets mee was gebeurd, vroeg de politie en ze wezen op de doeken. Stijn had ze aangekeken en een wenkbrauw opgetrokken. Toen zei de ene agent, een jongetje met puistjes: 'Je weet het niet, met kunst. Het zou toch kunnen dat het zo hoort?'

Stijn was gaan lachen. Wat moest hij ook anders, nu al zijn werk aan flarden gesneden was? Er was geen doek dat aan het mes was ontkomen.

Wie dit gedaan zou kunnen hebben? vroeg de politie nog. Stijn keek om zich heen en dacht: iedereen. Iedereen in de Fermatstraat, behalve de kleine Basje en Sté Koker. Basje was te klein, Sté zat inmiddels in Amerika. Bleven er tientallen potentiële daders over. Hij keek nog eens en probeerde de woede te plaatsen die uit het snij- en hakwerk sprak. Flinke japen. Arie?

Pas toen zijn oog op *16/1* en *16/2* viel, de doeken die over zijn eigen gezin gingen, realiseerde hij zich dat de dader zich verraadde in de schade die aan die doeken was toegebracht. Ze waren niet zoals de andere alleen maar aan flarden: bij beide was er iets weggesneden. Hij keek naar beneden, maar zag de ontbrekende stukken nergens liggen. Nergens de blote kont van zijn moeder, met op de linkerbil die stoute tattoo.

Dat hij van het bestaan van de tattoo wist, was per ongeluk: zijn moeder was een keer vergeten de badkamerdeur op slot te doen en hij was als tienjarige onverhoeds binnengestormd. Het kostte hem twee harde draaien om zijn oren: een omdat hij binnenkwam en een voor het geval hij ooit iets tegen iemand zou zeggen.

Stijn hield inderdaad zijn mond, maar dat kon niet voorkomen dat hij nog vaak *dacht* aan het rondborstige zeemeerminnetje dat hij op de bil van zijn moeder had gezien. Iets wat je weet, kon je immers niet meer niet weten. Op basis van de afbeelding had hij uiteindelijk besloten dat, hoe ongeloofwaardig het ook leek, zelfs zijn onberispelijke moeder ooit een ondeugende puber was geweest. Was haar ergens in de jaren zestig het hoofd op hol gebracht door een zeeman? Waren er kroegen afgeschuimd? Of was het nog veel stouter? Hij had zijn moeder er nooit naar durven vragen en ook zijn vader, die toch op de hoogte moest zijn, vroeg hij niets. Maar elke keer als hij zijn moeder haar oudtestamentische waarheden hoorde debiteren, dacht Stijn aan de zeemeermin en toen hij het portret van zijn moeder schilderde, had hij zijn hand er niet van kunnen weerhouden te schilderen wat hij wist.

Hij wendde zich naar de politieagenten en zei: 'Het kan iedereen zijn geweest. Ik heb geen idee.'

Toen George even later binnenkwam, stond hij zijn werk van de muur te halen. Ze keek rond en zei troostend: 'Je gaat nieuwe dingen maken. Nog mooier.' Daarna ging ze koffie zetten.

Hij begon doekresten van de spieramen te trekken en rolde ze op, losse draden er zo goed mogelijk omheen. Straks zou hij de haken uit de muur schroeven. De gaten plamuren. Een keertje sauzen.

In de keuken floot George een liedje. Een liefdesliedje. Stijn zuchtte. Hij wist niet of hij George ooit zou kunnen zien zonder aan moord te denken. Ze waren zo kwetsbaar, George en hij en Maria... Er hoefde maar iemand te zijn die zijn mond opendeed, per ongeluk of expres, en het sprookje was uit.

47

Dido Bloemendaal had de leuke kunstenaar Stijn alles willen vergeven. Dat hij rookte, dat hij niets van zaken wist, dat hij een moord verzweeg... maar *niet* dat hij stond te zoenen met een kleine, slanke vrouw die George heette. Dat ze haar negeerden toen ze voor het raam stond. *Dikke Dido, domme Dildo,* we doen gewoon net of we haar niet zien, dan gaat ze vanzelf wel weg.

Het was niet eerlijk.

'*You win some, you lose some,*' zei haar broer toen ze hem telefonisch haar beklag deed. 'Dat moet je toch weten als je in de Fermatstraat woont. Haha.'

Ze vroeg hem of hij dan ook zo vriendelijk zou willen zijn haar uit te leggen welk *some* zij dan had gewonnen? Wanneer het haar voor het laatst had meegezeten?

'Je hebt nog steeds een baan, je hebt een huis, je bent gezond,' zei haar broer. 'Je hebt een leuke broer.'

Haha.

Ze hing op en ging naar de keuken om een pak chocoladekoekjes te halen.

Die nacht kon Dido niet slapen, hoewel het stil was bij de buren. Ze ging haar bed uit en zocht in de keuken naar nog een pak koekjes. Toen ze somber voor het keukenraam naar buiten stond te kijken, hoorde ze voetstappen in de donkere straat. Ze stopte met kauwen, luisterde en herkende de nachtelijke wandelaar. Nieuwsgierig tuurde ze door het raam. Was het nou een man of een vrouw? Ze zag het toen de wandelaar onder de straatlantaarn doorliep: het was een vrouw. Een lange vrouw. Wat zou die hier 's nachts toch steeds doen? Ze had geen hond bij zich. Wel had ze de houding van een geslagen hond.

Dido haalde haar schouders op, draaide zich om en ging met de koekjes naar de bank in de huiskamer. Ze was niet in de stemming om medelijden te hebben met iemand anders dan zichzelf. Wrokkig staarde ze naar het paarse tapijt. Wat had die kleine, slanke vrouw die George heette wat zij niet had?

Het besef dat ze jaloers was, maakte Dido's humeur er niet beter op. Jaloers in de Fermatstraat.

Haha.

Het besef van macht overviel haar plotsklaps, zoals je ineens iets briljants te binnen kan schieten. Die kleine, slanke vrouw die George heette, die wist vast ook van de moord. Dat kon niet anders; het kon geen toeval zijn dat ze het huis had gekocht waar die Berend Gerbel had gewoond. Dido's handen ontspanden zich.

Ze hoefde maar één keer te laten weten dat ze er geen been in zag om te gebruiken wat ze wist van Stijn en van die George. Dan zouden ze het wel uit hun hoofd laten haar te negeren. Dan zouden ze wel uitkijken haar jaloers te maken. Het was zij, Dido Bloemendaal, die de troeven in handen had.

Veel dank aan...

Ingrid voor haar nauwgezette commentaar bij het tot stand komen van *Losers*; Tanja, Bonnie, Frank en de anderen van Artemis & co voor de hulp en steun; groene slager Jacko voor de blik achter de schermen; Tom voor het wekelijkse hart onder de riem en de inspirerende discussies; Frank, Loes, Huub, Leonie, Annechien en Jeroen voor het meelezen.